Nagib Machfus
Miramar

Nagib Machfus

Miramar

Aus dem Arabischen von Wiebke Walther

Unionsverlag
Zürich

Die arabische Erstausgabe erschien 1967
unter dem Titel *Miramar*

Umschlaggestaltung: Heinz Unternährer, Zürich
Gesetzt aus der Bembo 10/12 Punkt
Satz: Uhl + Massopust, Aalen
Druck und Bindung: Clausen & Bosse, Leck
ISBN 3-293-00150-5

Inhalt

I. Amir Wagdi

Alexandria. Endlich!

Alexandria, ein Tropfen hellen Taus, Speichel weißer Wolken. Die Stadt des Sonnenlichts, von Himmelswasser glänzend rein gewaschen, das Herz von Erinnerungen, voll der Süße des Honigs und der Bitternis von Tränen.

Das riesige, hohe Gebäude sieht dich an wie ein altvertrautes Gesicht, das sich in dein Gedächtnis eingegraben hat und dir gut bekannt ist. Aber es schaut gleichgültig ins Nichts, scheint dich nicht wiederzuerkennen. Düster die Wände, deren Farbe durch die viele Feuchtigkeit abgeblättert ist. Sie blicken auf die von Palmen und Dattelpalmen umsäumte Landzunge, die sich weit hinaus ins Mittelmeer erstreckt bis dahin, wo in der Saison die peitschenden Schüsse der Jagdflinten ertönen. Der starke, erfrischende Wind weht meinen schmalen, gebeugten Körper fast um. Er stößt nicht mehr – wie früher – auf ernsthaften Widerstand.

Mariana, meine liebe Mariana! Ob ich dich wiederfinde in deiner Zufluchtsstätte? Ich vermute, daß du dort bist, hoffe es. Wenn nicht, so sage ich besser mir und meiner Welt ade. Denn es ist nur noch wenig geblieben, und das Leben dreht sich seltsam im Kreis für Augen wie meine, die matt geworden sind und wimpernlos unter den weißen Brauen.

So bin ich endlich wieder bei dir, Alexandria.

Ich drückte den Klingelknopf vor der Wohnung im vierten Stock. Das Guckloch in der Tür wurde aufgeschoben, und ich sah das Gesicht von Mariana. Du hast dich sehr verändert, meine Liebe, und erkennst mich nicht im dunklen Gang. Aber deine klare weiße Haut und dein blondes Haar schimmern im Licht, das durch ein Fenster im Inneren der Wohnung fällt.

»Ist das die Pension Miramar?«

»Ja, mein Herr!«

»Ich möchte ein Zimmer.«

Nun wurde mir die Tür geöffnet. Das bronzene Jungfrauenbild empfing mich. Und da war irgendein Duft, der mir doch hin und wieder gefehlt hatte. Wir standen da und sahen uns an. Groß und schlank bist du wie früher, und dein Haar ist blond, und gesund siehst du aus. Aber deine Schultern sind gebeugt, und dein Haar ist sicherlich gefärbt. Die Adern auf deiner Hand und die Fältchen um deine Mundwinkel zeigen mir, daß du alt geworden bist. Du bist jetzt etwa fünfundsechzig, meine Liebe, aber die Schönheit hat dich noch nicht ganz verlassen. Erinnerst du dich denn noch an mich?

Zuerst blicktest du mich mit rein geschäftlichem Interesse an, dann sahst du genauer hin. Die Lider über deinen blauen Augen zuckten. Ja, jetzt erinnerst du dich, und ich gewinne mein verloren geglaubtes Leben zurück.

»Ist das möglich – Sie?«

»Madame!«

Wir schüttelten uns herzlich die Hände. Die Rührung überfiel sie so, daß sie laut auflachte, laut lachte wie die Frauen der Anfuschi. Doch sie fing sich sofort wieder. »Ist denn das die Möglichkeit, Amir Bey, Ustas Amir!«

Wir setzten uns auf das schwarze Kanapee unter das Jungfrauenbild, und unsere beiden Schatten zeichneten sich schemenhaft in der Scheibe des Bücherschranks ab, der nur zur Zierde dastand.

Ich schaute mich um und sagte: »Das Entrée ist so geblieben, wie es war!«

»Aber nein, es ist schon einige Male renoviert und verändert worden!« protestierte sie und zeigte stolz: »Sehen Sie denn nicht den Kronleuchter und den Wandschirm und dort das Radio?«

»Ich bin ganz einfach glücklich, Mariana, Gott sei Dank sind Sie bei guter Gesundheit!«

»Und Sie hoffentlich auch, Monsieur Amir, toi, toi, toi!«

»Der Dickdarm und die Prostata machen mir zu schaffen, aber trotzdem, ich kann nicht klagen!«

»Sie kommen zur Nachsaison?«

»Nein, ich bin gekommen, um für immer zu bleiben!« sagte ich ernst. »Wann haben wir uns eigentlich zum letzten Mal gesehen?«

»Das war vor... Sagten Sie, um für immer zu bleiben?«

»Ja, meine Liebe! Ich habe Sie das letzte Mal vor etwa zwanzig Jahren gesehen.«

»Und Sie haben sich dieses ganze Leben lang nicht hier blicken lassen!«

»Ich hatte viel zu tun und eine Menge Sorgen.«

»Ich bin sicher, daß Sie in all diesen Jahren immer wieder in Alexandria gewesen sind.«

»Manchmal schon, aber ich hatte sehr viel zu tun. Sie wissen doch, wie es mit den Journalisten ist.«

»Sicher, aber ich kenne auch die Männer und ihre Ausflüchte.«

»Mariana, meine Liebe, Sie sind für mich Alexandria, nur Sie!«

»Natürlich haben Sie geheiratet?«

»Nein, noch nicht.«

»Und wann werden Sie endlich Ihre Absicht in die Tat umsetzen?« fragte sie lachend.

»Ich will weder eine Ehe noch Kinder«, entgegnete ich leicht verstimmt, »ich habe mich zur Ruhe gesetzt. Dies wird mein Lebensabend, Mariana!«

Sie machte eine ermunternde Handbewegung, so fuhr ich fort: »Und nun zieht es mich wieder nach Alexandria, meiner Geburtsstadt. Da von meinen Verwandten hier niemand mehr lebt, habe ich den einzigen Freund aufgesucht, der mir in meiner Welt noch geblieben ist.«

»Es ist schön, wenn der Mensch einen Freund findet, der seine Einsamkeit teilt!«

»Erinnern Sie sich noch an die guten alten Zeiten?«

»Sie sind vergangen, wie alles, was schön ist!« sagte sie in theatralischem Ton und murmelte dann vor sich hin: »Aber wir müssen weiterleben.«

Dann kam das Berechnen und Feilschen. Sie betonte, daß die Pension ihre letzte Einnahmequelle sei. So freue sie sich über jeden Gast zur Winterszeit, selbst über die sonst so lästigen Studenten. Um sie ausfindig zu machen, nehme sie Makler und auch Angestellte einiger Hotels zu Hilfe. Sie sagte das mit der stolzen Traurigkeit eines Menschen, dem es früher einmal besserging.

Sie gab mir das Zimmer Nummer 6 auf der dem Meer abgewandten Seite. Wir einigten uns auf eine angemessene Miete für das ganze Jahr außer den Sommermonaten und darauf, daß ich den Sommer über bleiben könne, wenn ich dann dieselbe Miete zahlte wie die übrigen Sommergäste. Wir einigten uns über alles, auch über das obligatorische Frühstück. Madame bewies, daß sie durchaus in der Lage war, im geeigneten Moment ihr Herz von

Erinnerungen freizuhalten, um unbelastet rechnen und planen zu können.

Sie fragte nach meinen Koffern, und ich sagte ihr, ich hätte sie bei der Gepäckaufbewahrung am Bahnhof gelassen. Lachend meinte sie: »Sie waren sich also nicht sicher, daß es Mariana noch gibt?« und fuhr dann herzlich fort: »Möge es ein Aufenthalt auf Dauer sein!«

Ich schaute auf meine Hände, die mich an die Mumien im Ägyptischen Museum erinnerten.

Mein Zimmer war nicht schlechter möbliert als die, die zum Meer gelegen waren. Es hatte die gleichen Möbel und bequemen Sessel älteren Stils. So mußten die Bücher in ihrer Kiste bleiben bis auf die wenigen, in denen ich gelegentlich blättern würde. Die hatten Platz auf dem Tisch oder dem Toilettentisch. Störend war nur, daß ständiges Halbdunkel herrschte, denn das Zimmer ging auf einen großen Lichthof, an dessen einer Wand die Dienstbotentreppe nach oben führte und in dem die Katzen miauten und Arbeiter sich laut unterhielten. Ich sah mir die übrigen Zimmer an, das rosa- und das veilchenfarbene und das himmelblaue. Alle standen sie leer. In jedem von ihnen hatte ich früher einen Sommer oder auch länger gewohnt. Und obwohl die alten Spiegel, die kostbaren Teppiche, die silbernen Leuchter und die Kerzenhalter aus Kristall verschwunden waren, ging von den tapezierten Wänden und den hohen Decken mit ihren Stuckengeln ein Hauch verblichener Pracht aus. Sie seufzte, und zum ersten Mal sah ich, daß sie ein Gebiß trug: »Es war einmal eine vornehme Pension!«

»Nur Gott ist von ewiger Dauer!« versuchte ich zu trösten.

Verächtlich schürzte sie die Lippen: »Im Winter sind die

meisten Gäste Studenten, und im Sommer nehme ich alles, was hier kreucht und fleucht.«

»Amir Bey, legen Sie doch bitte ein gutes Wort für mich bei seiner Exzellenz, dem Pascha, ein!«

»Exzellenz!« verwandte ich mich beim Pascha, »der Mann hat zwar nicht gerade hervorragende Zeugnisse, aber er hat seinen Sohn im Krieg verloren, und man sollte ihn deswegen für den Bezirk kandidieren lassen.« Er stimmte meinem Vorschlag zu, Gott gebe ihm dafür den schönsten Platz in seinem Paradies.

Er mochte mich und las meine Artikel mit aufrichtigem Interesse. Einmal sagte er zu mir: »Sie sind wirklich das Gewissen der Nation!« – er sprach es aber, Gott hab ihn selig, mit seinem Nuscheln so undeutlich aus, daß es sich anhörte wie: »Das Gebiß der Nation.« Einige ehemalige Kollegen von der Nationalen Partei hörten das, und immer, wenn sie mich sahen, rief mir einer zu: »Ein herzliches Willkommen dem Gebiß der Nation!«

Dennoch, es waren die Tage des Ruhms, des kämpferischen Geistes, die Tage des Heldentums.

Amir Wagdi war damals eine Persönlichkeit. Er war so einflußreich, daß Freunde zu ihm kamen, wenn es etwas zu bitten galt, Feinde ihn mieden, wo es etwas zu fürchten gab.

Im Zimmer hänge ich meinen Erinnerungen nach, lese oder überlasse mich einem Schläfchen. Im Entrée ist Gelegenheit, Radio zu hören und mit Mariana zu plaudern. Wenn ich eine andere Art des Zeitvertreibs suche, so ist im Erdgeschoß das Café Miramar. Es ist höchst unwahrscheinlich, daß ich irgendwo jemanden treffe, den ich kenne oder der mich kennt, nicht einmal im Trianon.

Die Freunde von früher sind nicht mehr da, diese Zeiten sind vorbei. Ich weiß, wie du im Winter bist, Alexandria. Bei Sonnenuntergang kehrst du deine Straßen und Plätze leer, und nur noch der Wind, der Regen und die Einsamkeit treiben ihr Spiel in ihnen. Aber in deinen Zimmern pflegt man trauliche Zwiegespräche und plaudert des Abends und nachts miteinander.

»Dieser Greis, diese Mumie im schwarzen Anzug, ist wohl ein Überlebender der Arche Noah!«

Derjenige, den die Zeit, diese Komödiantin, zum Chefredakteur gemacht hatte, meinte: »Diese altarabische Rhetorik, die Sie verwenden, ist passé. Können Sie denn nicht im Stil des Düsenzeitalters schreiben?«

Düsenzeitalter! O du Marionette, die vor Fett und Dummheit birst! Die Feder wurde für Menschen erfunden, die Verstand und Geschmack besitzen, nicht für verrückte Randalierer, die als Dauergäste in Spielklubs und Nachtbars fungieren. Aber das Schicksal hat uns dazu verdammt, zeit unseres Lebens im Gefolge von Kollegen zu arbeiten, die neu sind im Gewerbe. Sie haben ihr Wissen im Zirkus aufgeschnappt und sind nun in die Redaktionen eingefallen, um in der Rolle von Seiltänzern zu brillieren.

Ich saß im Morgenmantel im Sessel, während Mariana es sich auf dem schwarzen Kanapee bequem gemacht hatte. Aus dem Radio erklang Tanzmusik von einem französischen Sender. Ich hätte lieber etwas anderes gehört, aber ich wollte sie nicht stören. Sie hielt die Augen geschlossen, als ob sie träume, und wiegte den Kopf im Takt wie früher.

»Wir waren Freunde und sind es noch immer, meine Liebe.«

»Ein ganzes Leben lang.«

»Aber wir haben uns nicht ein einziges Mal geliebt.«

Sie lachte auf und sagte dann: »Sie haben doch einen Hang zur Provinz, bestreiten Sie es nicht!«

»Bis auf ein einziges Mal, erinnern Sie sich noch?«

Diesmal lachte sie lange und bestätigte dann: »Ja, einmal kamen Sie mit einer Khawagijja, und ich habe von Ihnen verlangt, daß Sie sich als ›Amir Wagdi und Frau‹ eintrügen.«

»Noch etwas anderes hat mich Ihnen fern gehalten: Sie waren eine Luxusfrau. Das Monopol auf Sie hatten die Spitzen der Gesellschaft.«

Sie strahlte in vollkommenem Glück. Mariana, für mich ist es sehr wichtig, daß du mich überlebst, und sei es nur um einen einzigen Tag, damit ich mir nicht noch eine andere Bleibe suchen muß. Mariana, du bist ein lebendiges Zeugnis dafür, daß die Vergangenheit keine Einbildung ist, von der Zeit des Imams Mohammed Abduh bis heute.

»Leben Sie wohl, Ustas!«

Er warf mir einen verdrießlichen Blick zu, denn er ärgerte sich jedesmal, wenn er mich sah.

»Es ist an der Zeit, daß ich mich verabschiede!« fuhr ich fort.

»Ein schwerer Verlust für mich«, sagte er und verbarg seine Erleichterung, »aber ich wünsche Ihnen alles Gute!«

Damit war alles zu Ende. Eine Seite der Geschichte wurde umgeschlagen, ohne ein Abschiedswort, geschweige denn eine ehrende Abschiedsfeier oder vielleicht auch nur eine kleine Meldung im Stil des Düsenzeitalters. O ihr Feiglinge, ihr Patrioten, habt ihr keine Helden außer Fußballspielern?

Ich schaute sie unverwandt an, wie sie da unter dem Jungfrauenbild saß, und sagte dann: »Nicht einmal die schöne Helena in ihrer besten Zeit war so attraktiv!«

»Bevor Sie kamen, saß ich hier immer allein«, lachte sie, »ich erwartete niemanden mehr, war ständig von einer Nierenkolik bedroht.«

»Das kommt hoffentlich so bald nicht wieder! Aber was ist aus Ihren Leuten geworden?«

»Sie sind alle ausgewandert«, seufzte sie, verzog den faltigen Mund und fuhr dann fort: »Ich wußte nicht, wohin ich gehen sollte. Athen habe ich niemals in meinem Leben gesehen. Ich bin hier geboren. Die kleinen Pensionen werden jedenfalls nicht verstaatlicht.«

Wahrhaftigkeit der Rede, Hingabe zur Arbeit und Zuneigung unter den Menschen anstelle von Gesetzen – dafür stehe ich ein ... Wie gut hast du damals gesprochen! Gott hat dich geehrt, daß er dich zur rechten Zeit sterben ließ und mit zwei Statuen zu deinem Andenken.

»Ägypten ist doch Ihre Heimat, und Alexandria hat nicht seinesgleichen!«

Draußen heulte der Wind. Langsam senkte sich die Dunkelheit hernieder. Sie stand auf und zündete drei Kerzen eines Kronleuchters an, der unten in eine Art Weintraube auslief. Dann ging sie wieder zu ihrem Platz zurück und sagte: »Ich war eine Dame, eine wirkliche Dame.«

»Sie sind heute noch eine Dame, meine Liebe.«

»Trinken Sie noch wie in früheren Zeiten?«

»Ein Gläschen am Abend. Ich nehme nur noch ganz leichte Kost zu mir. Darum bin ich trotz meines hohen Alters noch so rüstig.«

»Oh, Monsieur Amir. Sie sagten, Alexandria habe

nicht seinesgleichen. Nein, die Stadt ist nicht mehr so, wie wir sie früher kannten. Heute sieht man hier den Abfall auf den Straßen liegen.«

»Meine Liebe«, erkärte ich mitfühlend, »sie muß eben ihren eigentlichen Bewohnern wiedergegeben werden!«

»Aber wir sind es, die sie geschaffen haben!« protestierte sie erregt.

»Liebe Mariana, trinken Sie denn wie in früheren Zeiten?«

»Nein, nicht ein einziges Glas mehr. Ich leide unter Bluthochdruck wegen meiner Nieren.«

»Am besten wäre, man stellte uns nebeneinander ins Museum. Aber versprechen Sie mir bitte, daß Sie nicht vor mir sterben!«

»Monsieur Amir, die erste Revolution hat mir meinen ersten Mann genommen, die zweite hat mich um mein Geld und meine Leute gebracht. Warum das alles?«

»Sie leben doch, Gott sei Dank, in gesicherten materiellen Verhältnissen, und heute sind wir Ihre Leute. Dergleichen passiert in der Welt jeden Tag von neuem.«

»Was ist das nur für eine Welt!«

»Wollen wir nicht von dem französischen auf einen arabischen Sender umstellen?«

»Nur an dem Abend, wo die Lieder von Umm Kulthum gespielt werden. Sonst gibt es für mich keinen anderen Sender!«

»Wie Sie wünschen, meine Liebe.«

»Sagen Sie mir doch, warum quälen Menschen sich gegenseitig? Und warum werden wir immer älter?«

Ich lachte, ohne etwas darauf zu antworten. Dann ließ ich den Blick über die Wände schweifen, auf die Marianas Vergangenheit ihre Spuren gezeichnet hatte. Da hing das Bild des Kapitäns in Uniform mit hoher Mütze und dickem Schnurrbart, ihr erster Mann, vielleicht auch ihr erster und letzter Geliebter, der in der Revolution von 1919 getötet worden war. An der gegenüberliegenden Wand über dem Schreibtisch das Bild ihrer alten Mutter. Sie war Lehrerin gewesen. Im Blickfeld im Saal hinter dem Wandschirm hing das Foto ihres zweiten Mannes, des Kaviarkönigs und Besitzers des Ibrahimijja-Palais. Er hatte eines Tages Bankrott gemacht und Selbstmord begangen.

»Wann haben Sie eigentlich die Pension eröffnet?«

»Fragen Sie mich bitte lieber, wann ich sie eröffnen mußte!«

»Im Jahre 1925«, sagte sie dann.

Im Jahr des Unglücks und der Ärgernisse.

»Da sitze ich wie ein Gefangener im eigenen Hause, und dem König werden die Unterstützungsschreiben zugesandt!«

»Das ist doch alles nur Lüge und Erfindung, Exzellenz.«

»Und ich dachte immer, die Revolution hätte die Menschen von ihren Schwächen geläutert.«

»Die Substanz ist Gott sei Dank immer noch in Ordnung. Ich lese Ihnen den Artikel von morgen vor, Euer Gnaden.«

Sie rieb sich das Gesicht mit Zitronensaft ein und sagte: »Ich war eine Dame, Monsieur Amir. Ich liebte das süße Leben, liebte Licht und Pracht und Luxus, liebte elegante Kleider und vornehme Salons. Ich überstrahlte alle anderen Gäste wie die Sonne.«

»Das habe ich mit eigenen Augen gesehen.«

»Aber Sie haben nur die Pensionsinhaberin kennengelernt.«

»Auch sie leuchtete wie die Sonne.«

»Die Gäste waren vornehme Leute, aber das war kein Trost für meinen sozialen Abstieg.«

»Sie sind immer noch eine richtige Dame!«

Sie nickte mit dem Kopf und fragte dann: »Und Ihre Freunde von früher, was ist aus ihnen geworden?«

»Was das Schicksal über sie verhängt hat.«

»Warum haben Sie nicht geheiratet, Monsieur Amir?«

»Ich hatte Pech. Hätten wir wenigstens Kinder!«

»Oh ..., keiner meiner beiden Ehemänner war fähig, ein Kind zu zeugen!«

Ich bin ziemlich sicher, daß du diejenige bist, die nicht fähig war, ein Kind zu bekommen. Das ist schon deswegen bedauerlich, weil wir nur in der Welt sind, um Kinder in sie zu setzen.

Jenes große Haus, das später in ein Hotel umgewandelt wurde und das jedem, der über den Gaafar-Khan geht, wie eine alte Festung vorkommt, sein alter Hof, durch den dann ein Weg zum Khan al-Khalili angelegt wurde, sie sind eingemeißelt in meinem Herzen, sie und die alten Häuser darum herum und der uralte Club. Sie prägen meine Erinnerung an den Rausch der ersten Liebe, die zur Hoffnungslosigkeit verurteilt war. Der Turban und der weiße Bart und harte Lippen, die »Nein« sagten, die in blindem Fanatismus das Todesurteil über die Liebe verhängten, über die Liebe, die Millionen Jahre vor jeder Religion auf diese Welt kam.

»Maulaja, ich möchte nach dem Brauch Gottes und seines Gesandten ein Mitglied Eurer Familie werden.«

Er schwieg. Eine Tasse Kaffee stand unberührt zwischen uns. Ich fuhr fort: »Ich bin Journalist, habe einiges Vermögen, bin der Sohn eines Scheichs, der Diener in der Moschee unseres Herrn Abul Abbas al-Mursi war.«

»Gott erbarme sich seiner«, entgegnete er, »er war ein frommer, gottesfürchtiger Mann.« Die Gebetskette fest umklammernd, fuhr er fort: »Mein Sohn, du warst einer von uns. Du warst eine Zeitlang Stipendiat der Azhar.«

Wann würde das jemals vergessen sein, diese alte Geschichte!

»Dann wurdest du von der Azhar gewiesen. Du erinnerst dich?«

»Maulaja, das ist doch längst vorbei. Damals konnte man wegen der geringsten Lappalie verwiesen werden. Wenn sich zum Beispiel einer in jugendlichem Temperament dazu verleiten ließ, einmal abends auf das Podium eines Musikanten zu steigen. Es reichte auch, eine freimütige Frage zu stellen.«

»Kluge Leute haben ihn dann verurteilt, weil er abscheulicher Dinge bezichtigt wurde«, sagte er eisig.

»Maulaja, wer kann einen Menschen der Ketzerei bezichtigen, wo doch niemand als Gott das menschliche Herz kennt?«

»Das kann der sehr wohl, dem Gott die rechte Leitung zuteil werden läßt!«

Verdammt, wer will von sich behaupten, daß er sich im Glauben wirklich auskennt? Gott hat sich den Propheten offenbart, wir aber sind solcher Offenbarungen weitaus bedürftiger als sie. Denn wenn wir tastend nach dem rechten Platz in dem großen Haus suchen, das man die Welt nennt, muß uns der Schwindel befallen.

Wir wollen uns vor Trägheit hüten. An einem sonnigen Morgen spazierenzugehen, ist erquicklich. Wie schön sind die warmen Tage im Palma und im Pelikan! Selbst wenn du ganz allein zwischen mehreren Generationen einer Familie sitzt. Der Vater liest die Zeitung, die Mutter stickt, und die Söhne spielen. Wenn doch einfallsreiche Leute für Alleinstehende ein Gerät erfunden hätten, das sich mit ihnen unterhält, oder einen Roboter, der mit ihnen Tricktrack spielt. Oder wenn man ihnen neue Augen einsetzte, mit denen sie sich noch einmal in die Blumen dieser Erde und in alle Farben des Himmels verlieben könnten!

Wir lebten ein langes Leben voller Ereignisse und Gedanken. Mehr als einmal wollten wir sie in Tagebüchern aufzeichnen, wie es unser alter Freund Achmed Schafiq Pascha getan hat. Aber wir haben diesen Vorsatz nie in die Tat umgesetzt, und dann verlor er sich irgendwo zwischen dem Aufschieben und dem Hoffen auf später. Heute ist von diesem alten Vorsatz nur noch die Wehmut über das geblieben, was nun endgültig verloren ist, denn meine Hand ist zittrig geworden, mein Gedächtnis schwach, meine Kräfte sind geschwunden. Heimgegangen zur ewigen Ruhe sind für mich heute meine Erinnerungen an die Azhar, ist meine Freundschaft mit dem Scheich Ali Machmud, mit Zakarija Achmed und Sajjid Darwisch, ist die Volkspartei mit dem, was mir an ihr gefiel und was mich an ihr störte, ist die Nationale Partei mit ihren Aufschwüngen und ihren Torheiten, ist die Wafd-Partei mit ihrem die Zeit überdauernden internationalen revolutionären Denken, ist das Parteiengezänk, das mich im Schneckenhaus kühler, wirkungsloser Neutralität Zuflucht suchen ließ, sind die Muslimbrüder, die ich nicht mochte, die Kommunisten, die ich nicht verstand, ist die Revolution mit ihrer Tragweite und ihrer Absorptionsfähigkeit für alle politischen Strömungen, die es vorher gab, vorbei sind auch meine Liebesabenteuer und die Mohammed-Ali-Straße mit ihren Lokalen, ist schließlich gar mein Widerwille gegen die Ehe. Wenn meinen Erinnerungen beschieden gewesen wäre, niedergeschrieben zu werden, es wären wirklich Denkwürdigkeiten.

Voller Wehmut ging ich zum Atheneus, zu Pastroudis und in den Antoniadis-Garten. Ich setzte mich eine Weile in die Halle des Windsor- und des Cecil-Hotels, wo sich in früheren Zeiten die Paschas und die ausländischen Spitze trafen, damals der beste Platz, um Neuigkeiten zu hören und Ereignisse zu verfolgen. Aber ich sah nur wenige Ausländer, Orientalen sowohl als Europäer. Als ich zurückkam, erfüllten mich zwei Gebete zu Gott, das eine, daß er mir gnädig bestimmen möge, meine Glaubensprobleme zu lösen, und das andere, daß er mir keine Krankheit schicken möge, die mir die Fähigkeit nahm, mich zu bewegen, ohne daß ich jemanden fände, der mich dann an der Hand führte.

Wie reizend war dieses Bild, das so viel Jugendlichkeit ausstrahlte: Sie stand mit dem linken Bein auf dem Boden, hatte das rechte Knie auf den Sitz gelegt und lehnte sich an die Stuhllehne, sich mit den Handgelenken aufstützend. Sichtlich stolz auf ihre Schönheit, lächelte sie in die Kamera. Der Ausschnitt des klassischen weiten Kleides gab den langen, schlanken Hals und ein marmorgleiches Dekolleté frei.

Jetzt hatte sie ihren schwarzen Mantel angezogen und einen blauen Schal umgelegt. Sie wollte zum Arzt gehen, hatte sich aber noch einmal hingesetzt, denn es war noch zu früh, um loszugehen.

»Sagten Sie nicht, die Revolution hätte Sie um Ihr Vermögen gebracht?« fragte ich sie.

Sie hob die Augenbrauen hinter den Brillengläsern und fragte zurück: »Ja, haben Sie denn nicht von der Aktienkatastrophe damals gehört?« Vielleicht sah sie die Wißbegier in meinem Blick und konnte sich vorstellen, was mir durch den Kopf ging, denn sie erklärte: »Alles, was ich während des Zweiten Weltkrieges erworben hatte, ging damals verloren. Glauben Sie mir, ich habe es nur durch meinen Mut verdient, als ich nämlich beschloß, in Alexandria zu bleiben, während es die meisten anderen aus Furcht vor deutschen Angriffen verließen und nach Kairo oder aufs Land gingen. Ich strich einfach die Fensterscheiben blau an und zog die Vorhänge zu. Getanzt wurde bei Kerzenschein. Großzügiger und spendierfreudiger als damals die Offiziere des Empire ist gewiß niemand.«

Ich fand mich allein, nachdem sie fortgegangen war, und blickte ihrem ersten Mann in die Augen, so, wie er auch mich ansah. Wer mag dich wohl getötet haben und mit welcher Waffe? Wie viele von unserer Generation hast du umgebracht, bevor man dich umbrachte? Von unserer guten alten Generation, die so viele Opfer bringen mußte wie keine andere.

Immer noch ertönte französische Musik. Was das Schicksal mir in meiner Einsamkeit zumutet, ist wirklich grausam. Mariana hatte ein heißes Bad genommen, als sie vom Arzt zurückkam. Jetzt saß sie da, in einen weißen Burnus gehüllt, das gefärbte Haar geflochten und mit Dutzenden von weißen Haarnadeln hochgesteckt.

Sie stellte das Radio auf Flüsterton, um selbst auf Sendung zu gehen, und fragte: »Monsieur Amir, Sie haben sicher viel Geld?«

»Warum, haben Sie irgendwelche Projekte?« fragte ich vorsichtig zurück.

»Nein, aber in Ihrem Alter – selbst in meinem, obwohl ich viel jünger bin als Sie – ist nichts so schlimm wie Armut und Krankheit.«

Immer noch vorsichtig, erklärte ich: »Ich habe in gesicherten materiellen Verhältnissen gelebt und hoffe, bis zu meinem Tod so leben zu können.«

»Ich kann mich nicht erinnern, daß Sie je das Geld mit vollen Händen ausgegeben hätten.«

Zögernd erwiderte ich: »Ich hoffe, daß meine Ersparnisse mich überleben.«

Sie winkte desinteressiert ab: »Der Arzt hat mir diesmal Mut gemacht, und ich habe ihm versprochen, mir keine Sorgen zu machen.«

»Es tut nicht gut, sich mit Sorgen zu belasten!«

»Wir wollen fröhlich sein und uns vergnügen, wenn die Silvesternacht kommt!«

»Ja!« gab ich lachend zurück, »so, wie es uns unsere Herzen erlauben.«

Sie wiegte genießerisch den Kopf und flüsterte vor sich hin: »O ihr Silvesternächte, wie schön ihr wart!«

»Sie wurden ja favorisiert von höchstrangigen Männern!« murmelte ich, in Erinnerungen versunken.

»Aber nur ein einziges Mal habe ich wahre Liebe erlebt.« Sie zeigte auf das Foto des Kapitäns und fuhr dann fort: »Einer von den Studenten, die ich heute bediene, hat ihn umgebracht.« Stolz betonte sie: »Es war eine Pension für vornehme Leute. Ich hatte einen Koch, einen Küchenjungen, einen Kellner, eine Waschfrau und zwei Stubendiener. Heute kommt nur noch einmal die Woche eine Waschfrau.«

»Viele aus der alten Oberschicht beneiden Sie darum, wie es Ihnen heute geht.«

»Aber ist das Gerechtigkeit, Monsieur Amir?«

»Jedenfalls ist es normal, Madame.«

Ich lachte begütigend, als ich sah, wie ihr Gesicht sich verfinsterte.

Der Allerbarmer lehrte dich
Den Koran zum Vortrage.
Den Menschen schuf er an dem Schöpfungstage,
Und lehrte ihn, was klar er sage.
Bahn halten Sonn' und Mond bei Nacht und Tage;
Und Stern und Baum sind in Anbetungslage.
Er hob den Himmel und setzt' ein die Waage.

Ich las weiter in der Sure »Der Allerbarmer«, die ich liebte, seit ich auf der Azhar gewesen war. Ich hatte es mir in einem großen Sessel bequem gemacht und die Füße auf ein Kissen gelegt. Es regnete in Strömen. Die Wasserfluten klatschten auf die Stufen der Eisentreppe im Lichthof.

Was auf der Erd' ist, muß vergehn,
Und nur das Antlitz deines Herrn wird bestehn,
Das herrlich ist zu nennen.

Plötzlich brachen von draußen Stimmen in die Stille. Ich hob den Kopf vom Koran und lauschte. War das ein Gast oder ein Neuankömmling? Marianas Stimme war von einer Herzlichkeit, die nur der Begrüßung eines guten, alten Freundes gelten konnte. Da wurde auch gelacht. Der harte Tonfall einer hohlen Stimme kristallisierte sich heraus. Wer konnte das sein? Es war später Nachmittag, und es regnete heftig. Die Wolken am Himmel tauchten das Zimmer in nächtliches Dunkel. Ich knipste die Lampe an, als durch die Jalousien hindurch das zuckende Licht eines Blitzes drang und das permanente Donnergrollen kurzzeitig besiegte.

Ihr Heer der Genien und Menschen,
Wenn ihr entrinnen könnt den Grenzen
Des Himmels und der Erd', entrinnt nur!
Ihr werdet ohne Vollmacht nicht entrinnen!

Er war ziemlich klein und dick, hatte Pausbacken, ein Doppelkinn und trotz seiner dunklen Gesichtsfarbe blaue Augen. Sein unverkennbar aristokratisches Gepräge ergab sich aus dem Stolz seines Schweigens, wenn er einmal schwieg, und den ausgewogenen, wohlbedachten Bewegungen seines Kopfes und seiner Hände, die seine Worte begleiteten, wenn er sprach.

Madame nannte mir am Abend seinen Namen: Tolba Bey Marzuq, und erklärte mir: »Er war stellvertretender Minister für religiöse Stiftungen und eine hochbedeutende Persönlichkeit.« Mehr brauchte sie mir nicht zu sagen, denn ich hatte ihn durch meinen Beruf während der Zeit der politischen und Parteienkämpfe von weitem kennengelernt. Er gehörte zu den Anhängern des Hofes und war so von Haus aus ein Feind der Wafd-Partei. Ich entsann mich auch, daß sein Besitz und Vermögen vor einem Jahr oder auch schon vor längerer Zeit sequestriert worden waren und daß man ihm seine Einkünfte bis auf einen festgesetzten Betrag genommen hatte. Madame zeigte sich so glücklich und gefühlvoll, wie sie nur konnte. Immer wieder pries sie ihre alte Freundschaft zu Tolba Bey. Ihre überströmende Begeisterung ging so weit, daß sie ihn als eine alte Liebe bezeichnete.

Als wir dann miteinander sprachen, sagte mir der Mann: »Ich habe früher viel von Ihnen gelesen.« Ich lachte vielsagend, und er lachte seinerseits: »Sie waren für mich ein Paradebeispiel für die Macht einer Rhetorik, die es sich zur Aufgabe gesetzt hat, Lappalien zu verteidigen.« Er brach in ein langes Gelächter aus, aber ich hatte keine Lust, mich mit ihm zu streiten.

Madame wandte sich schadenfroh an mich: »Tolba Bey ist ein alter Schüler der Jesuiten. Wir werden von jetzt an gemeinsam französische Schlager hören und Sie alleine leiden lassen.«

»Er ist gekommen, um bei uns zu wohnen«, sagte sie dann und streckte ihm beide Hände zum Willkommen entgegen. Ich hieß ihn meinerseits willkommen, und sie fuhr voller Bedauern fort: »Er besaß tausend Feddan Land. Er konnte mit Geld nur so um sich werfen.«

»Die Zeit, da man mit Geld um sich warf, ist vorbei«, setzte der Mann widerwillig entgegen.

»Wo ist jetzt eigentlich Ihre Tochter, Tolba Bey?«

»In Kuwait, zusammen mit ihrem Mann, dem Bauunternehmer.«

Ich wußte, daß sein Vermögen sequestriert worden war, weil man ihn des illegalen Geldtransfers ins Ausland beschuldigt hatte, aber er erklärte sein Unglück so: »Ich habe mein gesamtes Vermögen wegen eines kleinen Scherzes verloren.«

»Wurde eigentlich ein Ermittlungsverfahren gegen Sie eingeleitet?« fragte ich ihn.

»Es war ganz einfach so, daß sie mein Geld brauchten«, erwiderte er verächtlich.

Die Frau sah ihn prüfend an und meinte dann: »Sie haben sich sehr verändert, Tolba Bey.«

Sein kleiner Mund zwischen den Pausbacken lächelte. »Ich hatte einen Schlaganfall, der mich fast das Leben gekostet hätte.« Als wolle er sich selbst trösten, fuhr er fort: »Aber ich darf wieder in mäßigen Mengen Whisky trinken.«

Er tauchte das Croissant in Tee mit Sahne und aß dann so vorsichtig, wie es jemand tut, der seinem neuen Gebiß noch nicht traut. Nur wir beide saßen am Frühstückstisch. Die wenigen Tage, die vergangen waren, hatten uns einander näher gebracht, hatten die Schranken der Vorsicht zwischen uns beseitigt. Das Gefühl, ein und derselben Generation anzugehören, hatte die alten Gegensätze besiegt, auch wenn wir nach wie vor unterschiedliche, einander entgegengesetzte Temperamente hatten. Aber es gab Zeiten, da brachen die verdrängten Widersprüche hervor, gewannen an Bedeutung, führten zu Spannungen.

So fragte er mich einmal ohne jeden Anlaß: »Wissen Sie eigentlich, was die Ursache all des Unglücks ist, das uns betroffen hat?«

»Welches Unglück meinen Sie?« gab ich erstaunt zurück.

»Sie alter Schlaumeier, Sie wissen sehr gut, was ich meine.«

»Mich hat kein Unglück irgendwelcher Art betroffen!«

Er hob die grauen Augenbrauen und erklärte: »Sie haben euch als Volksbewegung und eure Beliebtheit beim Volk ebenso konfisziert, wie sie unser Vermögen eingezogen haben.«

»Vielleicht erinnern Sie sich daran, daß ich aus der Wafd-Partei ausgetreten bin, ja, daß ich mich seit den Ereignissen vom 4. Februar allen Parteien ferngehalten habe?«

»Und wenn schon! Das war ein Schlag, der den Stolz dieser ganzen Generation hinweggefegt hat.«

Um jeden Streit zu vermeiden, wollte ich eine Frage stellen: »Einmal abgesehen von meinem Standpunkt dazu, wüßte ich gern Ihre Meinung zu ...«

»Es gibt einen Grund, der weit zurückliegt, für den Strick, den man uns um den Hals gelegt hat«, meinte er mit ebensoviel Ruhe wie Verachtung, »einen Mann, an den sich kaum einer zu erinnern scheint.«

»Wen meinen Sie?«

»Saad Zaghlul.«

Ich mußte lachen, aber er sagte scharf: »Ja doch, als er hartnäckig Haß zwischen den Menschen stiftete, den König angriff, die Volksmassen umbuhlte, hat er eine böse Saat gelegt. Sie hat gekeimt, ist gewachsen und hat sich ausgedehnt wie ein Krebsgeschwür, das uns schließlich den Garaus macht.«

Es waren nur wenige Menschen im Palma. Tolba Marzuq schaute gern in das fast stehende Nilwasser im Machmudijja-Kanal, während ich die Beine ausstreckte und es mir im Liegestuhl bequem machte, als wollte ich im warmen, reinen Sonnenschein ein Schläfchen machen. Wir waren in die Außenbezirke von Alexandria geflohen, dahin, wo es viele Bäume und Blumen gab und an klaren Tagen Wärme und Frieden. Wir hatten in einem segensreichen Winkel des Paradieses Zuflucht gesucht.

Wie nervös mein Freund auch war, wie sehr er übertrieb, er verdiente Mitleid. Jenseits der Sechzig hatte er ein neues, bitteres Leben beginnen müssen. Er beneidete seine Tochter im Exil und hatte seltsame Träume. Er konnte es nicht ertragen, einer Theorie zuzuhören, die die Tragödien seiner Vergangenheit in irgendeiner Weise zu rechtfertigen suchte, und glaubte fest, daß der Anschlag gegen sein Vermögen ein Anschlag gegen die Existenz Gottes, gegen Seine Weisheit und ein gottgefälliges Leben war.

»Als ich hörte, daß Sie in der Pension wohnen, hätte ich beinah davon Abstand genommen, auch einzuziehen.«

Ich konnte das kaum glauben, so fragte ich ihn, warum er denn überhaupt dort hatte einziehen wollen.

»Ich hatte mir die Pension Miramar in der Hoffnung ausgesucht, dort nur noch ihre Besitzerin vorzufinden, die schließlich europäischer Abstammung ist.«

Was denn seine schlechte Meinung über mich am Ende ausgeräumt habe, fragte ich ihn.

»Ich habe nachgedacht und kam schließlich zu der Überzeugung, daß die Geschichte keinen Spitzel kennt, der über achtzig war.«

Ich lachte lange und wollte dann wissen: »Und warum haben Sie Angst vor Spitzeln?«

»Im Grunde habe ich gar keine, aber manchmal mache ich mir Luft, indem ich offene Reden führe.« Nervös fuhr er fort: »Im Rif gab es keinen Platz mehr für mich, und die Atmosphäre in Kairo läßt mich meine Erniedrigung ständig spüren. Da fiel mir meine frühere Geliebte ein. Ich sagte mir: Sie hat in einer Revolution ihren Gatten verloren und in der nächsten ihr Vermögen. So sprechen wir beide dieselbe Sprache.«

Er lobte mich, weil ich trotz meines hohen Alters noch so rüstig war, und verführte mich dazu, mit ihm Filme zu besuchen und in die Cafés zu gehen, die im Winter geöffnet hatten.

Einmal fragte er: »Warum wohl hat Gott von der Politik der Stärke Abstand genommen?« Ich verstand nicht, worauf er hinauswollte, so erklärte er: »Ich meine die Sintflut, Stürme und ähnliches.«

»Ja, glauben Sie denn, daß die Sintflut mehr Menschen vernichtet hat als die Bombe von Hiroshima?« erwiderte ich.

Er fuchtelte zornig mit den Händen und brauste auf: »Ja, bedienen Sie sich nur der Propagandalosungen der

Kommunisten, Sie Schlaumeier. Die größte Sünde an der Menschheit begingen die USA, als sie sich weigerten, die Weltherrschaft anzutreten, solange nur sie allein im Besitz der Atombombe waren.«

»Sagen Sie mir lieber, wollen Sie Ihr Verhältnis mit Mariana wieder aufnehmen?«

Er mußte lachen: »Was für eine verrückte Idee! Ich bin ein alter Mann, den das Leben und die politischen Verhältnisse arg zugerichtet haben. Mich wird auch ein Wunder nicht mehr aufrichten. Und ihr sind von ihrer Weiblichkeit nur die künstlichen Farben geblieben.« Noch einmal lachte er auf und fragte dann: »Und Sie, haben Sie Ihre Vergangenheit so ganz vergessen? Ich habe damals in der Zeitschrift ›al-Kaschkul‹ von Ihren Skandalaffären gelesen, zum Beispiel davon, wie Sie in der Mohammed-Ali-Straße Frauen nachgestiegen sind, die ganz in ihre Milaja gehüllt waren.«

Ich lachte, ohne mich dazu zu äußern, so fragte er: »Sind Sie schließlich zur Religion und ihren Satzungen zurückgekehrt?«

»Und Sie? Manchmal kommt es mir so vor, als ob Sie an gar nichts glauben.«

Ärgerlich gab er zurück: »Wie sollte ich nicht an Gott glauben, da ich in seiner Hölle schmore!«

»Menschen wie Sie sind für die Hölle erschaffen! Gott wird Ihnen keinerlei Segnungen zuteil werden lassen! Verlassen Sie diese Stätte der Reinheit, so wie Satan aus dem Gnadenreich Gottes verjagt wurde!«

Die große Uhr im Salon schlug Mitternacht. Der Wind pfiff durch den Lichtschacht. Ich saß in den großen Sessel versunken, und Trägheit und Wärme hinderten mich daran, ins Bett zu gehen. Einsamkeit bedrückte mich, als ich so allein im Zimmer saß, aber ich sagte mir: Was nützt die Reue, wenn man die achtzig hinter sich hat!

Plötzlich öffnete sich die Tür, ohne daß jemand angeklopft hätte. Tolba Marzuq stand auf der Schwelle und sagte: »Entschuldigung, ich habe am Licht in Ihrem Zimmer gemerkt, daß Sie noch nicht schlafen.«

Ich sah ihn erstaunt an. Er hatte an diesem Abend mehr getrunken als sonst.

Voller Selbstironie fragte er mich, wobei er seinen Worten mit Kopfbewegungen eine besondere Bedeutung zu verleihen suchte: »Können Sie sich überhaupt vorstellen, was ich gewohnheitsmäßig jeden Monat für Medikamente, Vitamine, Hormone, Duftwässerchen, Salben und so weiter ausgegeben habe?«

Ich wartete darauf, daß er weiterspräche, aber er senkte die Augenlider, als ob die Anstrengung ihn erschöpft hätte, drehte sich um, schloß die Tür hinter sich und ging.

Das Zelt war übervoll von Menschen, und auf dem Platz, wo der Maulid gefeiert wurde, wimmelte es, als sei dies der Tag der Auferstehung. Leuchtraketen explodierten in der Luft, und ihr aufflammendes Licht durchschnitt die Dunkelheit, denn es war Maulid, der Geburtstag des Propheten. Der Rolls-Royce verlangsamte seine Fahrt und kam vor dem Zelt zum Stehen. Ihm entstieg Tolba Marzuq, und Scharen von Angehörigen der Dimirdaschijja-Sekte eilten herzu, ihn zu begrüßen. Das war die Glaubensrichtung derer, die die Liebe zum Propheten mit der zum britischen Hochkommissar gleichermaßen im Herzen trugen. Der Besitzer des Rolls-Royce warf mir einen flüchtigen Blick zu und wandte sich dann stolz von mir ab. Damals sagte man, du seist betrunken dorthin gekommen, betrunken, ebenso, wie du heute bei mir erschienen bist. Der Vorsänger wurde aufgefordert, in die Mitte des Zeltes zu treten und anzustimmen: »O allerhöchster Himmel.« In den letzten Stunden der Nacht sang er: »Oh, könnte ich dich sehen!« und versetzte die Gläubigen in einen Wahnsinnstaumel des Entzückens.

Wann war nur jene seltsame Nacht gewesen? Genau wußte ich es nicht mehr, aber gewiß vor dem Tod des verehrten Mannes, sonst wäre mir der Gesang nicht in dieser Schönheit im Gedächtnis geblieben.

Ich saß allein im Entrée der Pension, niemand außer mir war da, als es an der Tür läutete. Ich öffnete das Guckloch, so wie Madame es stets tat, und sah ein Gesicht vor mir, dessen Anblick mich sofort froh stimmte. Es war das braunhäutige Gesicht eines Fellachenmädchens, von einem schwarzen Tuch umrahmt, gut geschnitten, sehr natürlich in seinem Ausdruck und beeindruckend durch den hübschen, wachen Blick seiner Augen.

»Wer bist du?«

»Ich bin Zuchra«, sagte sie mit einer Selbstverständlichkeit, als nenne sie den Namen einer hochberühmten Persönlichkeit.

Lächelnd fragte ich sie: »Und was willst du, Zuchra?«

»Ich möchte Madame Mariana sprechen.«

Ich öffnete ihr die Tür, und sie trat ein, mit einem kleinen Bündel in der Hand. »Wo ist Madame?« fragte sie und schaute sich suchend um.

»Sie wird bald kommen. Nimm doch Platz!«

Sie setzte sich auf einen Sessel und nahm ihr Bündel auf den Schoß. Ich kehrte voll frischer Energie zu meinem

Platz zurück. Dann schaute ich sie an, ihren kräftigen, anmutigen Körper, ihre Jugendfrische, ihre außergewöhnliche Schönheit, und war sehr glücklich.

Um mit ihr in ein Gespräch zu kommen, fragte ich: »Du sagtest, du heißt Zuchra?«

»Zuchra Salama.«

»Woher stammst du, Zuchra?«

»Aus al-Zijadijja in der Provinz Buhera im Nordwesten.«

»Bist du mit Madame verabredet?«

»Nein.«

»Dann willst du ...«

»Ich bin gekommen, um mit ihr zu sprechen.«

»Sie kennt dich natürlich?«

»Ja.«

Ihre Jugend und ihre Schönheit erfüllten mich mit einem Glück, wie ich es schon lange nicht mehr verspürt hatte. Ich fragte sie weiter: »Lebst du schon lange in Alexandria?«

»Ich habe nie hier gelebt, aber ich bin oft mit meinem verstorbenen Vater hier zu Besuch gewesen.«

»Und woher kennst du Madame?«

»Mein Vater brachte ihr immer Käse, Butter, Butterschmalz und frische Hühnchen ins Haus, und ich habe ihn manchmal begleitet.«

»Aha, ich verstehe. Und jetzt möchtest du übernehmen, was dein Vater vorher besorgt hat?«

»Nein.« Sie schaute zum Wandschirm, als wolle sie nicht mehr preisgeben, und ich respektierte ihr Geheimnis und mochte sie deswegen nur noch mehr. Mit all meiner Zärtlichkeit wünschte ich ihr insgeheim, daß Gott sie beschützen möge.

Ich küßte ihre magere Hand, deren Haut wie gegerbtes Leder wirkte, und sagte: »Durch den Segen deiner Gebete bin ich zu einem Mann geworden, wie es ihrer nicht viele gibt. Komm doch mit mir nach Kairo!«

Sie sah mich voller Zärtlichkeit an und entgegnete: »So gebe dir Gott noch mehr von seinen Wohltaten und Segnungen. Aber ich werde dieses Haus nicht verlassen. Es ist mein ganzes Leben.«

Ein enges Haus mit Wänden, von denen die Farbe abblättert, das die Winde ohrfeigen und an dessen Wänden sich das Salz des Meeres abgelagert hat, das der Geruch der Fische erfüllt, die am Ufer der Anfuschi-Bucht zuhauf liegen.

»Aber du wirst hier ganz allein leben«, warnte ich sie.

»Mit mir ist der, der die Nacht und den Tag erschaffen hat«, entgegnete sie.

Es klingelte, und Zuchra stand auf, um die Tür zu öffnen. Madame sah sie erstaunt an und rief dann: »Zuchra! Das ist doch nicht möglich!« Strahlend über die herzliche Begrüßung küßte ihr das Mädchen die Hand.

»Schön, dich hier zu sehen! Gott hab deinen Vater selig. Hast du geheiratet, Zuchra?«

»Nein.«

»Nicht möglich!« Sie lachte laut und wandte sich dann zu mir: »Zuchra ist die Tochter eines ehrenhaften Mannes, Monsieur Amir.« Sie gingen zusammen hinein, und ich war bewegt von väterlicher Zärtlichkeit.

Als wir uns zum allabendlichen Beisammensein eingefunden hatten, Tolba, Mariana und ich, erklärte Madame: »Endlich kann ich mich ein bißchen ausruhen.« Sie schwieg einen Augenblick und fuhr dann fort: »Zuchra wird bei mir arbeiten.«

Ein seltsames Gefühl, gemischt aus Freude und Beklommenheit, bemächtigte sich meiner, und ich fragte: »Ist sie denn hierhergekommen, um als Hausmädchen zu arbeiten?«

»Ja, warum nicht? Jedenfalls wird sie sich in einer hervorragenden Position befinden.«

»Aber was . . .?«

»Sie hatte einen halben Feddan Land gepachtet und hat den selbst bestellt. Wie finden Sie das?«

»Sehr schön, aber warum hat sie ihren Grund und Boden verlassen?«

»Sie ist geflohen.«

»Geflohen?«

»Man hat sie für eine Feudalherrin gehalten«, spöttelte Tolba Marzuq.

»Ihr Großvater wollte sie mit einem Greis in seinem Alter verheiraten, damit sie bei ihm Hausdienste verrichtet. Den Rest können Sie sich denken.«

Traurig warf ich ein: »Das ist gefährlich. So etwas nimmt man im Dorf nicht hin.«

»Sie hat außer ihrem Großvater niemanden als ihre ältere Schwester und deren Mann.«

»Und wenn die herausbekommen, daß sie hier ist?«

»Das ist möglich, aber was macht es schon?«

»Fürchten Sie sich denn nicht?«

»Sie ist schließlich kein Kind mehr. Und ich habe nichts weiter getan, als ihr eine Zuflucht und eine ehrenhafte Arbeit zu bieten.« Dann nachdrücklich: »Monsieur Amir, ich werde sie nicht im Stich lassen!«

Ich werde meine Aufgaben nicht im Stich lassen, solange Blut in meinen Adern ist, möge die Staatsmacht mit uns tun, was immer sie will.

Sie unterwies sie, und Zuchra lernte mit überraschender Schnelligkeit. Mariana sagte froh: »Das Mädchen ist erstaunlich, Amir Bey, ganz erstaunlich, klug und stark. Sie begreift sofort, worum es geht. Mein Glück ist perfekt!«

Ein andermal fragte sie mich: »Was meinen Sie, soll ich ihr fünf Pfund geben zusätzlich zu Essen und Kleidung?«

Ich äußerte meine Zustimmung und bat dann: »Stecken Sie sie nicht in moderne Kleider europäischen Zuschnitts!«

»Ja, soll sie sich denn weiterhin anziehen wie ein Fellachenmädchen?«

»Meine Liebe, das Mädchen ist hübsch. Denken Sie darüber nach!«

»Ich halte die Augen schon offen. Das Mädchen ist anständig, Monsieur Amir!«

So tänzelte Zuchra in einem Baumwollkleid durchs Haus, das ihr wie auf den Leib geschnitten war und die Schönheiten ihres Körpers betonte. Das geschah sicher zum ersten Mal, denn bis jetzt war er unter einem weiten, knöchellangen Gilbab verborgen gewesen. Ihr Haar war mit Kerosin gewaschen worden und nun hübsch in der Mitte des Kopfes gescheitelt und in zwei dicken Zöpfen zusammengefaßt, die ihr hinter den Ohren hinabhingen.

Tolba Marzuq sah sie prüfend an, wandte sich dann zu mir, als sie gegangen war, und flüsterte mir ins Ohr: »Im nächsten Sommer werden wir sie im Genevoise oder im Monte Carlo bewundern können!«

»Das liegt in Gottes, nicht in Ihrer Hand!« wies ich ihn zurecht. Auf dem Weg hinaus ging er an ihr vorbei und fragte sie scherzhaft: »Hast du ausländische Vorfahren, Zuchra?«

Sie maß ihn mit einem fragenden Blick. Es war deutlich, daß sie ihn nicht sympathisch fand.

Dann schaute sie zu mir, und ich versuchte sie zu begütigen: »Er macht nur Spaß, Zuchra. Betrachte seine Worte als eine Art Lob.« Lächelnd fuhr ich fort: »Auch ich gehöre zu deinen Verehrern, Zuchra.«

Sie lächelte unschuldig, und ich zweifelte nicht daran, daß sie mich ebenso mochte wie ich sie, und war sehr froh darüber. Immer, wenn sie mit ihrer Arbeit fertig war, lud Madame sie ein, sich zu uns ins Entrée zum Radio zu setzen. Sie suchte sich stets einen Platz etwas abseits von uns, in der Nähe des Wandschirms, und verfolgte unsere Gespräche mit dem ernsthaften Wunsch, uns zu verstehen und sich zu bilden. Zu mir gewann sie Zutrauen, weil sie spürte, daß ich sie gern hatte, und wir wurden Freunde. Wir sprachen miteinander, wann immer sich eine Gelegenheit dazu ergab. Eines Abends erzählte sie uns ihre Geschichte selbst, in der Annahme, wir hörten sie zum ersten Mal.

Sie weihte uns auch in Einzelheiten ein: »Der Mann meiner Schwester hätte mich am liebsten umgebracht, weil ich meinen Boden selbst bearbeitete.«

»Hat er dir nicht Schwierigkeiten dabei gemacht, Zuchra?«

»Nein, ich bin Gott sei Dank stark. Weder im Handel noch beim Ackerbau oder bei Marktgeschäften kann mir jemand das Wasser reichen.«

»Aber die Männer kümmern sich auch um andere Dinge«, lachte Tolba Marzuq.

»Wenn es nötig sein sollte, kann ich auftreten wie ein Mann«, setzte sie freundlich dagegen. Ich pflichtete ihr eifrig bei. Madame fügte hinzu: »Zuchra ist nicht unerfahren. Sie hat schließlich ihren Vater auf seinen Gängen begleitet, und er hat sie sehr gern gehabt.«

Zuchra sagte traurig: »Ich habe ihn mehr geliebt als

mich selbst. Mein Großvater dagegen denkt nur daran, mich auszunutzen.«

»Wenn du wirklich als ein Mann hättest auftreten können, wärst du nicht zur Flucht gezwungen gewesen«, fuhr Tolba Marzuq fort, sie zu necken.

Ich verteidigte sie: »Tolba Bey, Sie kennen die Atmosphäre auf den Dörfern besser als jeder andere. Sie wissen, daß alles, was die Alten sagen, dort für heilig gehalten wird. Sie wissen um die fürchterlichen Traditionen dort. Entweder sie wäre geblieben, dann hätte sie die Ehefrau eines ungeliebten Mannes werden müssen, oder sie mußte einfach fliehen.«

Sie sah mich dankbar an und sagte dann bekümmert: »Ich habe meinen Grund und Boden verlassen müssen.«

»Sie werden dir allerhand hinterherreden als Begründung für deine Flucht«, meinte da Tolba Marzuq.

Sie wurde blaß vor Zorn, schaute ihn wütend an, spreizte Zeige- und Mittelfinger auseinander und stieß hervor: »Die werde ich dem ins Auge stoßen, der mir Böses nachsagt!«

»Aber Zuchra, verstehst du denn keinen Spaß?« rief Madame.

Mich hatte ihr Zornesausbruch betroffen gemacht, so versuchte auch ich zu begütigen: »Das war doch nur ein Scherz, Zuchra!« Dann wandte ich mich zu ihm und fragte ihn: »Wo bleibt Ihr Feingefühl, mein Lieber?«

»Es wurde sequestriert«, spottete er.

Sie hatte braune Augen, glatte, rosige Wangen, in ihrem Kinn war ein Grübchen. Fast hätte sie meine kleine Enkelin sein können. Die, die dann ihre Großmutter wäre, stand einen flüchtigen Augenblick lang vor mir. Sie hat weder die Liebe noch die Ehe je erlebt. Ich kann mich nicht mehr daran erinnern, wie sie aussah. Bargawan, Darb al-Achmar und das Mausoleum von Sidi Abu s-Su'ud, dem Allheiler, jene Stätten des alten Kairo, sind alles, was mir im Gedächtnis geblieben ist.

»Wie lange werden Sie hierbleiben, Ustas Amir?« Sie hatte mir den Nachmittagskaffee ins Zimmer gebracht, und ich hatte sie gebeten, dazubleiben, damit ich mich mit ihr unterhalten konnte.

»Ich wohne für immer hier, Zuchra.«

»Haben Sie denn keine Familie?«

»Ich habe niemanden auf der Welt außer dir«, scherzte ich.

Sie lachte aus vollem Herzen vor Freude. Ihre Hände waren klein und hart, die Fingerspitzen rauh. Sie hatte große Plattfüße. Aber ihre Figur und ihr Gesicht waren wunderschön.

Einmal flüsterte sie mir zu: »Er ist unsympathisch.« Ich wollte sie versöhnlich stimmen und sagte: »Er ist ein unglücklicher alter Mann, und außerdem ist er krank.«

»Er denkt, er ist ein Pascha, aber die Zeit der Paschas ist doch schon lange vorbei!«

Ihre Worte berührten mich seltsam, und meine Gedanken durchwanderten den Zauberkreis eines ganzen Jahrhunderts.

»Sie weigern sich, den Justizminister zu besuchen, weil er nur ein Efendi ist ...«

»Aber Exzellenz, Männer der Justiz haben ihre Vorstellungen von Würde!«

»Ich bin zuerst einmal ein Fellache, sie jedoch sind Tscherkessen, das ist der Grund!« Dann, noch entschlossener: »Hören Sie! Diese Leute haben mir lange genug den

Pöbel zum Vorwurf gemacht, und ich war ihnen gegenüber stolz darauf, der Anführer der unteren Bevölkerungsschichten zu sein, all derer, die den blauen Gilbab tragen. Hören Sie, der Besuch hat unbedingt stattzufinden, und zwar mit allem Respekt mir gegenüber!«

Sogar die Namen der Whisky-Sorten behielt sie im Kopf, denn sie mußte sie im High-Life-Laden besorgen.

Sie sagte mir: »Jedesmal, wenn ich sie verlange, wenden sich mir die Blicke zu, und die Leute fangen an zu lachen.«

Ich wiederholte in Gedanken meinen Wunsch, daß Gott sie beschützen möge.

Was für ein Lärm! Die Stimmen waren mir nicht fremd, aber sie waren von einer leidenschaftlichen Lautstärke. Was geschah da draußen? Ich stand aus dem Bett auf. Es war fünf Uhr nachmittags. Ich zog meinen Morgenmantel an und ging hinaus. Ich sah gerade noch Tolba Marzuq die Hände zusammenschlagend in seinem Zimmer verschwinden. Dann erblickte ich Zuchra, die mit gebeugtem Rücken, finster dreinschauend und vor Wut den Tränen nahe, dasaß. Madame stand höchst verärgert vor ihr. Was war passiert?

Madame erklärte, als sie mich sah: »Zuchra ist sehr mißtrauisch, Amir Bey!«

Ermutigt durch meine Gegenwart, sagte Zuchra schroff: »Er wollte, daß ich ihn massiere!«

Madame fiel ihr ins Wort: »Das verstehst du nicht. Er ist krank. Wir alle wissen das. Er braucht Massage. Früher fuhr er jedes Jahr nach Europa. Und wenn du es nicht tun willst, wird dich niemand dazu zwingen!«

Scharf warf Zuchra ein: »Von so etwas habe ich noch

nie vorher gehört! Ich betrat sein Zimmer, nichts ahnend, und da lag er halbnackt auf dem Bauch.«

»Hör auf, Zuchra! Er ist doch ein alter Mann, älter als dein Vater! Das Ganze ist ein Mißverständnis! Steh auf, wasch dir das Gesicht, und vergiß die Angelegenheit!«

Wir saßen allein auf dem schwarzen Kanapee. Draußen heulte der Sturm, die Fenster klapperten. Bedrückendes, beklemmendes Schweigen lag über uns. Madame berichtete: »Er hat es tatsächlich von ihr verlangt. Aber ich zweifle nicht an seinen guten Absichten.«

»Aber Mariana!« warf ich leise und bedeutungsvoll ein.

»Zweifeln Sie etwa an seinen guten Absichten?« fragte sie scharf zurück.

»Frivolität kennt keine Grenzen!«

»Aber er ist ein ehrwürdiger alter Mann. Das wissen Sie doch selbst!«

»Auch ehrwürdige alte Männer können frivol sein.«

»Ich habe ihm gesagt, daß sie das Geld eher gebrauchen kann als eine andere, eine Fremde. Und sie ist doch schließlich nur ein Fellachenmädchen!«

»Und Sie hatten sich vorgenommen, sie zu beschützen!« erinnerte ich sie.

Tolba Marzuq kam und setzte sich mit der Unbefangenheit und Gelöstheit eines Unschuldigen. Dann sagte er: »Fellache bleibt Fellache, von der Geburt bis zum Tod.«

»Lassen Sie sie leben und sterben, wie Gott sie geschaffen hat«, entgegnete ich ärgerlich.

»Sie ist eine wilde Katze«, grollte er, »lassen Sie sich nicht davon täuschen, wie hübsch sie in dem Kleid und Madames grauer Jacke aussieht. Sie ist eine wilde Katze!«

Ich bin traurig deinetwegen, Zuchra. Jetzt erst begreife ich, wie allein du bist. Die Pension ist nicht der geeignete

Ort für dich. Und Madame, deine Beschützerin, wird sich nicht scheuen, bei der ersten Gelegenheit deine Unschuld aufs Spiel zu setzen.

Nach dem ersten Glas fragte Tolba Marzuq: »Wer will mir etwas über die Weisheit Gottes erzählen, die sich in seiner Schöpfung offenbare?«

Madame, froh darüber, daß das Gespräch einen anderen Lauf nahm, rief: »Vorsicht, Tolba Bey, werden Sie nicht zum Gotteslästerer!«

»Sagen Sie mir doch, Madame«, fragte er und wies auf das Jungfrauenbild, »warum war Gott damit einverstanden, daß sein Sohn gekreuzigt wurde?«

»Wenn das nicht geschehen wäre, so hätte uns der Fluch getroffen«, entgegnete sie ernst.

Er lachte lange und fragte dann: »So hat uns also der Fluch noch nicht getroffen?«

Ich tat so, als merkte ich nicht, daß er mir heimlich einen Blick zuwerfen wollte. Da stieß er mich mit dem Ellenbogen an und verlangte: »Sie müssen mich wieder mit Zuchra versöhnen, Sie Schlaumeier!«

Ein neuer Gast? Etwas in seinem braunhäutigen Gesicht mit den klaren Zügen deutete darauf hin, daß er ein Fellache war. Er war mittelgroß, nicht dick, sein Teint von dunkler Bräune. Er trug eine starke Brille und mochte etwa dreißig sein. Madame ließ ihn am Frühstückstisch Platz nehmen und stellte ihn uns vor: »Monsieur Sarhan al-Buheri.« Dann nannte sie ihm unsere Namen und forderte ihn auf, uns mehr von sich zu erzählen, wenn er das wolle.

Er sagte mit kräftiger Stimme und mit der Klangfarbe eines Mannes vom Lande, der in die Stadt gezogen war: »Ich bin Prokurist in der Spinnerei-Gesellschaft von Alexandria.«

Nachdem er hinausgegangen war, lachte Madame vor Freude und gab bekannt: »Auch ein Gast, der länger bleiben will und zu denselben Bedingungen!«

Kaum eine Woche später kam Husni Allam, ebenfalls für einen längeren Aufenthalt. Er war ein junger Mann, nur wenig jünger als Sarhan, vierschrötig, von heller Gesichtsfarbe, mit einem kräftigen Körper, der einem Ringkämpfer gut angestanden hätte. Madame sagte, er gehöre zu den bedeutenden Persönlichkeiten der Stadt Tanta.

Schließlich stieß noch Mansur Bahi, Rundfunksprecher im Sender Alexandria, etwa fünfundzwanzig Jahre alt, zu uns. Sein zartes, schmalgeschnittenes, hübsches Gesicht gefiel mir gut. Ja, er hatte etwas Kindliches, um nicht zu sagen Feminines. Aber es war vom ersten Moment an deutlich, daß er verschlossen und introvertiert war.

So waren also nun alle Zimmer belegt, und Madame war überglücklich. Ich war froh, Menschen begrüßen, kennenlernen und meinen Hunger nach Begegnungen stillen zu können.

»Junge, hübsche fröhliche Menschen«, sagte ich zu Madame, »hoffentlich setzen sie sich zu uns Alten, wenn wir abends beisammen sind!«

Glücklich meinte sie: »Jedenfalls sind es keine Studenten!«

Bis zum ersten Abend der Umm-Kulthum-Tage waren unsere Beziehungen zueinander sehr förmlich. Aber damals erfuhr ich, daß sie die Nacht mit uns zusammen am Radio verbringen wollten, daß uns also eine angenehme Nacht mit jungen Menschen und Musik bevorstand.

Sie hatten gemeinsam ein Abendessen mit gegrilltem Fleisch und Whisky vorbereitet. Wir waren um das Radio versammelt, und Zuchra bediente uns fleißig. Die Nacht war kühl, aber still. Kein Sturm heulte. Zuchra sagte, der Himmel sei so klar, daß man die Sterne zählen könne. Die Gläser kreisten, und Zuchra saß neben dem Wandschirm und beobachtete uns lächelnd. Nur Tolba Marzuq litt unter einer heimlichen Unruhe. Ein paar Tage zuvor hatte er mir gesagt: »Die Pension wird zur Hölle werden!« Er fürchtete sich vor Fremden, denn er zweifelte nicht daran, daß sie über seine Vergangenheit und die Sequestrierung seines Vermögens gut Bescheid wußten, wenn nicht über die Zeitungen, so über den Rundfunksprecher Mansur Bahi.

Madame in ihrer unstillbaren Neugier hatte alles Wissenswerte aus ihnen herausgelockt. »Monsieur Sarhan al-Buheri stammt aus der Familie al-Buheri!« Ich hatte von der Familie nie zuvor gehört, und selbst Tolba Marzuq schien sie nicht zu kennen.

»Ein Freund hat ihm von der Pension erzählt, als er davon hörte, wie unzufrieden er mit seiner alten Wohnung war.«

»Und Husni Allam?«

»Monsieur Husni stammt aus der Familie Allam in Tanta.«

Es kam mir so vor, als ob Tolba Marzuq sie kenne, aber er vermied nach Möglichkeit jedes Gespräch.

»Er besitzt hundert Feddan.« Sie sagte das mit einem solchen Stolz, als handle es sich um ihren eigenen Besitz. »Nicht mehr und nicht weniger, denn die Revolution hat ihn nicht angetastet.« Sie frohlockte so, als sei sie selbst der Enteignung entgangen. »Er ist nach Alexandria gekommen, um sich eine Arbeit zu suchen.«

»Warum bestellen Sie denn Ihren Boden nicht?« fragte ihn da Sarhan.

»Ist verpachtet«, antwortete er knapp.

Sarhan blickte ihn scherzhaft prüfend an und meinte: »Geben Sie nur zu, daß Sie in Ihrem ganzen Leben auch nicht eine Handbreit Boden selbst bestellt haben!«

Alle drei lachten, aber Husni lachte lauter und dröhnender als die beiden anderen. Dann zeigte Madame auf Mansur Bahi: »Und der hier ist der Bruder eines alten Freundes, eines der besten Polizeioffiziere, die Alexandria je gekannt hat.«

Tolba nutzte die Gelegenheit, daß alle zum Glas gegriffen hatten, neigte sich zu mir und flüsterte: »Wir sind hier in einem Nest von Spitzeln.«

Ich raunte ihm meinerseits zu: »Diese barbarischen Zeiten sind vorüber, seien Sie nicht albern!«

Doch da drängte sich die Politik in unser abendliches Gespräch.

Sarhan begann mit einem grenzenlosen Enthusiasmus: »Der Rif ist nicht wiederzuerkennen!« Seine Stimme klang unterschiedlich, je nachdem, ob er beim Sprechen gerade den Mund voll hatte oder nicht. »Genauso die Arbeiter. Ich bin ja in der Spinnerei-Gesellschaft täglich mit ihnen zusammen. Kommen Sie, und überzeugen Sie sich selbst!«

Mansur Bahi – er war bisher der Schweigsamste gewesen, brach aber manchmal in lautes Lachen aus, als sei er plötzlich ein anderer geworden – wollte wissen: »Sagen Sie nur, Sie befassen sich wirklich mit Politik!«

»Ich war in der Befreiungsorganisation und dann in der Nationalen Union, und heute bin ich Mitglied im Komitee der Zwanzig sowie Vertreter der Belegschaft im Verwaltungsrat.«

»Haben Sie sich vorher schon mit Politik beschäftigt?«

»Nein.«

Husni Allam erklärte: »Ich bin zutiefst überzeugt von der Revolution. Deswegen gelte ich auch als einer, der gegen seine eigene Klasse revoltiert, gegen die Klasse, die von der Revolution beseitigt werden soll.«

»Jedenfalls hat die Revolution Sie auch nicht tangiert«, warf Mansur Bahi ein.

»Das ist nicht der eigentliche Grund. Aber sogar die Armen unserer Klasse mögen die Revolution manchmal nicht.«

Mansur Bahi meinte schließlich: »Ich bin völlig davon überzeugt, daß die Revolution mit ihren Feinden mehr Erbarmen hatte, als es nötig gewesen wäre.«

Offensichtlich dachte Tolba Marzuq, wenn er weiterhin schweige, könne ihm das schaden. So sagte er: »Ich habe Nachteile gehabt, und ich müßte lügen, wenn ich sagte, daß mich das nicht schmerzt. Aber ich wäre auch ein Egoist, wenn ich leugnete, daß das, was getan wurde, getan werden mußte.«

Als ich, kurz bevor es Morgen wurde, in mein Zimmer ging, folgte er mir und fragte mich nach meiner Meinung zu seinen Äußerungen. Ich sagte mit fremder Stimme, denn ich hatte mein Gebiß herausgenommen: »Wunderbar!«

»Meinen Sie, daß mir einer geglaubt hat?«

»Das ist doch unwichtig!«

»Ich sollte mir besser eine andere Bleibe suchen.«

»Seien Sie doch nicht albern!«

»Jedesmal, wenn ich höre, wie jemand das preist, was mich umgebracht hat, bekomme ich Rheumatismus.«

»Sie müssen sich daran gewöhnen.«

»So wie Sie?«

»Wir sind grundverschieden. Das wissen Sie sehr gut«, lachte ich.

Mit den Worten: »Ich wünsche Ihnen unangenehme Träume« verließ er mich.

Madame hatte nicht mitgetrunken, sondern nur ein Glas heiße Milch und ein Stück gegrilltes Fleisch zu sich genommen. Sie sagte: »Umm Kulthums Fehler ist, daß sie so spät anfängt.« Aber die jungen Männer verkürzten uns die Pein des Wartens.

Mansur Bahi überraschte mich mit der Bemerkung: »Ich weiß viel über Ihre Vergangenheit.« Eine jungenhafte Freude überkam mich. Mir war, als sei ich plötzlich wieder in meine Jugendzeit zurückversetzt. Er erklärte mir: »Ich habe oft alte Zeitungen durchgesehen, wenn ich Programme vorbereitete.«

Da ich ihn erwartungsvoll anschaute, um mehr von ihm zu hören, fuhr er fort: »Das ist wirklich eine lange Geschichte, und Sie haben sich in bemerkenswerter Weise an unterschiedlichen politischen Strömungen beteiligt: an der Volkspartei, an der Nationalen Partei, am Wafd, an der Revolution ...«

Wie in letzter Verzweiflung nahm ich die Gelegenheit wahr, begab mich auf eine Reise in die Tiefen der Vergangenheit, sprach mich lobend über Standpunkte aus, die nicht vergessen werden dürften. Wir gingen die Parteien durch, die Volkspartei, was für und was gegen sie sprach, die Nationale Partei, ihre Vor- und ihre Nachteile, den Wafd und wie er die alten Gegensätze beseitigte, seine Basis im Volk, nämlich Studenten, Arbeiter und Bauern, warum ich mich nach der Unabhängigkeit von ihm abgewandt hatte und schließlich, warum ich die Revolution unterstützte.

»Aber Sie haben sich nie für das soziale Grundproblem interessiert?«

»Ich habe einige meiner Jugendjahre an der Azhar verbracht«, lachte ich, »so ist es ganz natürlich, daß ich mich verhalte wie ein Standesbeamter, dessen Sendung im Leben es ist, zwischen dem Orient und Europa eine statthafte und gesittete Verbindung herzustellen.«

»Aber ist es nicht seltsam, daß Sie die beiden einander verfeindeten Parteien gleichzeitig angriffen, ich meine, die Muslimbrüder und die Kommunisten?«

»Nein, es war eine Zeit der Ratlosigkeit. Dann kam die Revolution und hat das Gute, das jede Seite aufzuweisen hatte, übernommen.«

»So ist also Ihre Ratlosigkeit nun vorbei?«

Ich bejahte. Dann aber dachte ich an meine private Ratlosigkeit, die von keiner Partei oder Revolution aus der Welt geschafft werden konnte. Heimlich sprach ich wieder mein ganz persönliches Gebet, das niemand kannte außer mir.

Und schließlich kam der Augenblick, da ich mich mit all meiner Verwirrung im Meer der Melodien und der Freude treiben ließ. Ich betete zu Ihm, daß aus den sich gegenseitig abstoßenden, einander zerfleischenden Gliedern ein Körper würde, der vor Geist und Harmonie pulsierte. Ich bat Ihn, daß Er mich Übereinstimmung und Harmonie mit einer Ordnung lehre, die von der Macht der Liebe und des Friedens behütet wird. Daß Er meine Qualen in einer Melodie dahinschmelzen ließe, die meinem Herzen und meinem Verstand das Glück klarer Weitsicht schenkte. Daß Er sanfte Süße über dieses Dasein gösse, das sich uns stets widersetzen will.

Wissen Sie schon das Neueste? Eine seltsame Nachricht! Das Kabinett hat gestern auf dem Hausboot von Munira al-Machdijja, der bekannten Sängerin, getagt!

»Was für reiche, charmante junge Männer!« Das konnte Mariana nicht oft genug wiederholen. Zuchra hatte immer mehr zu tun. Aber sie trug ihre Belastungen mit größtem Eifer.

Tolba Marzuq jedoch erklärte: »Ich traue keinem von ihnen.«

»Auch nicht Husni Allam?« fragte Mariana.

»Sarhan al-Buheri ist der Gefährlichste«, fuhr er fort. »Er hat aus der Revolution den größten Nutzen gezogen. Ganz zu schweigen von der Familie al-Buheri, die niemand kennt. Schließlich ist jeder, der aus der Provinz al-Buhera stammt, ein Buheri. Auch Zuchra ist Zuchra al-Buherejja.«

Ich mußte ebenso lachen wie Madame. Zuchra, die in der Stadt etwas erledigen mußte, ging an uns vorbei. Sie hatte sich ein blaues Tuch über das Haar gebunden, das sie sich selbst gekauft hatte, tänzelte in Madames grauer Jacke, war bezaubernd wie taufrisches Gras oder eine Feldblume.

Ich setzte das Gespräch fort: »Mansur Bahi ist ein kluger Bursche. Was meinen Sie? Er mag keine hohlen Phrasen. Es kommt mir so vor, als ob er zu denen gehöre, die in der Stille arbeiten. Und außerdem gehört er wirklich zur Generation der Revolution.«

»Was mag ihn wohl, ihn oder andere, veranlaßt haben, sich der Revolution anzuschließen?«

»Sie sprechen so, als gebe es im Land keine Fellachen, keine Arbeiter und keine jungen Leute.«

»Einige hat man ihres Vermögens beraubt. Alle hat man ihrer Freiheit beraubt.«

»Sie pflegen einen antiquierten Freiheitsbegriff«, widersprach ich sarkastisch. »Und selbst den habt ihr während der Zeit eurer Gewaltherrschaft nicht respektiert.«

Als ich aus dem Bad kam, bemerkte ich im Gang zwei Gestalten. Zuchra und Sarhan al-Buheri flüsterten oder waren doch im vertrauten Gespräch miteinander. Vielleicht wollte er sich tarnen, als er mich sah, denn er sprach plötzlich lauter und über Dinge, die in Zuchras Verantwortungsbereich fielen. Ich ging in mein Zimmer und tat so, als hätte ich nichts gesehen und nichts gehört, aber ein Gefühl der Unruhe hatte mich befallen. Wie konnte Zuchra ihren Seelenfrieden wahren, wo das Haus von jungen Männern wimmelte?

Als sie mir den Nachmittagskaffee brachte, fragte ich sie: »Was machst du eigentlich immer am Sonntagabend, wenn du frei hast?«

»Ich gehe ins Kino.«

»Allein?«

»Mit Madame.«

Liebevoll sagte ich: »Gott beschütze dich.«

»Sie sind besorgt um mich, als wäre ich ein kleines Mädchen«, entgegnete sie lächelnd.

»Das bist du doch auch, Zuchra.«

»Nein, Sie werden feststellen, daß ich in kritischen Zeiten auftreten kann wie ein Mann!«

Ich neigte mich zu ihrem hübschen Gesicht, das ich so gern hatte, und warnte: »Zuchra, diese jungen Männer kennen keine Grenzen, wenn es um ihr Vergnügen geht, aber wenn es ernst wird ...« Ich schnipste mit den Fingern.

»Mein Vater hat mich über alles belehrt«, entgegnete sie.

»Ich habe dich wirklich gern und habe Angst um dich.«

»Ich verstehe schon. Seit mein Vater tot ist, war niemand so zu mir wie Sie, und ich habe Sie auch gern.«

Nie zuvor hatte ich gehört, daß diese Worte der Zuneigung mit solch überströmender Zärtlichkeit gesagt wurden. Dabei hätte es durchaus sein können, daß mich Dutzende unschuldiger Kindermünder in gleicher Weise angesprochen hätten, die Münder meiner Kinder und Enkel nämlich, die ich heute hätte, wäre nicht damals in verstockter Dummheit ein Vorwurf gegen mich erhoben worden, eine Beschuldigung, zu der kein Mensch auf dieser Erde das Recht hat.

Ein weißer Gesichtsschleier, der die Augen frei ließ. Die alte Frau trat aus dem Tor in die Gasse und sagte: »Komm, Mädchen, es hat aufgehört zu regnen.«

Das Mädchen mit dem weißen Schleier folgte ihr, schritt vorsichtig über den schlüpfrigen Boden und wich einer großen Pfütze aus. Von ihrer Schönheit ist mir heute nur noch der Eindruck von damals in Erinnerung geblieben.

Ich trat zur Seite und sagte bei mir: »Lob dem Schöpfer, der solche Schönheit in seiner Gnade erschaffen hat!« In meines Herzens Tiefe erzitternd, faßte ich den Vorsatz: »Ich will mein Vertrauen auf Gott setzen, und je eher, desto besser!«

Wir waren allein im Entrée. Ich saß unter dem Bild der Jungfrau, deren blaue Augen gedankenschwer dreinschauten. Seit den Mittagsstunden hatte es ununterbrochen geregnet, und hin und wieder grollte Donner durch die Wolken.

»Monsieur Amir, es liegt etwas in der Luft«, erklärte Madame. Vorsichtig fragend schaute ich sie an, da fuhr sie mißbilligend fort: »Zuchra!« Dann, nach einer kurzen Pause: »Und Sarhan al-Buheri!«

Mir wurde zwar beklommen zumute, aber ich fragte ganz naiv zurück: »Was meinen Sie damit?«

»Sie wissen sehr wohl, was ich meine!«

»Aber das Mädchen ...«

»In solchen Dingen täusche ich mich nicht.«

»Das Mädchen ist anständig und weiß sich richtig zu verhalten, meine liebe Mariana.«

»Wie auch immer sie sein mag, ich habe es nicht gern, wenn sich etwas hinter meinem Rücken tut!«

Zuchra soll also entweder anständig bleiben oder tun, was dir nützt. Ich durchschaue dich, du alte Vettel!

Ich träume – während meines Nachmittagsschläfchens – von der blutigen Demonstration, nach der die Engländer den Platz vor der Azhar stürmten. Als ich die Augen öffne, dröhnen mir die Stimmen der Demonstranten und die Schüsse durchs Hirn. Nein, das sind andere Stimmen, außerhalb meines Zimmers, die durch die Pension hallen. Ich ziehe mir den Morgenrock an und trete voller Beunruhigung auf den Gang. Alle stehen im Entrée. Einige sind lediglich neugierig wie ich. Sarhan al-Buheri aber ist aufgeregt, zornig, rückt seine Krawatte und seinen Hemdenkragen zurecht. Ebenso Zuchra. Blaß vor Zorn steht sie da. Der Kragen ihres Kleides ist zerrissen. Ihre Brust hebt und senkt sich. Husni Allam im Morgenrock setzt gerade eine schreiende und schimpfende fremde Frau vor die Tür, die Sarhan al-Buheri ins Gesicht spuckt, bevor sich die Tür hinter ihr schließt.

Madame ruft: »Das ist doch unmöglich, wir sind eine angesehene Pension!«

»Das geht zu weit!« protestiert sie heftig. Dann leert sich das Entrée, und nur wir drei bleiben zurück, sie, ich und Tolba Marzuq.

»Was ist denn nur passiert?« frage ich, immer noch schlaftrunken.

»Ich habe nicht viel mehr gesehen als Sie«, erwidert Tolba Marzuq. Madame geht in Sarhans Zimmer, offenbar, um zu hören, was geschehen war.

»Unser Freund al-Buheri scheint ein ausgesprochener Don Juan zu sein«, setzt Tolba Marzuq das Gespräch fort.

»Was veranlaßt Sie zu dieser Meinung?«

»Haben Sie denn die Frau nicht gesehen, die ihn angespuckt hat?«

»Aber wer war die fremde Frau?«

»Eine Frau, irgendeine Frau!«

»Eine Frau, die ihrem abhanden gekommenen Mann hinterherlief«, fährt er lachend fort.

Dann kommt Zuchra, immer noch aufgeregt, und stößt hervor, ohne daß sie jemand gefragt hat: »Ich habe Ustas Sarhan die Tür geöffnet, da war ihm die Frau auf den Fersen, ohne daß er es merkte, und dann gab es ein heftiges Handgemenge zwischen beiden.«

Madame kehrt zurück, während Zuchra noch dasteht, und erklärt: »Das Mädchen war seine Verlobte, wenn ich es richtig verstanden habe.«

Die Angelegenheit wird nun verständlich, so meine ich, aber Tolba Marzuq fragt boshaft: »Und was hatte Zuchra damit zu tun?«

»Ich wollte zwischen ihnen vermitteln«, entgegnet Zuchra, »und dann geschah, was Sie gesehen haben.«

»Du bist wirklich eine brillante Faustkämpferin!« stellt der Mann fest.

»Wollen wir doch die Geschichte als beendet ansehen!« bitte ich.

Im Namen Gottes, des Barmherzigen,
des Erbarmers
Ta-sin-mim
Dies sind die Zeichen
Des offenkundigen Buches.
Vortragen wollen wir dir von der Kunde
Moses und Pharaos, nach der Wahrheit,
Für solche, die da glauben.
Nun, Pharao war gewaltig auf der Erde,
Und er spaltete ihre Bewohner in Gruppen.
Tat dabei Unrecht einer Gruppe von ihnen,
Indem er schlachtet' ihre Söhne
Und beschämt' ihre Frauen.
Ja, er war einer von den Frevlern.
Wir aber wollen Huld erweisen
Den Unterdrückten auf der Erde,
Und sie machen zu Vorständen,
Und sie machen zu Erben.

Ich höre, wie jemand an die Tür klopft. Madame kommt lächelnd herein und setzt sich vor mich auf einen Schemel, auf den ich manchmal meine Beine ausstrecke. Im Lichtschacht heult der Sturm. Ich bin noch im Morgenmantel. Das Zimmer wirkt schläfrig durch sein Halbdunkel, das die wirkliche Tageszeit verbirgt.

Ein Lachen unterdrückend, erklärt sie: »Ich komme mit einer seltsamen Nachricht zu Ihnen.«

»Einer hoffentlich erfreulichen«, murmle ich, schließe den Koran und lege ihn auf die kleine Kommode.

»Zuchra hat beschlossen, sich weiterzubilden.«

Ich schaue sie ausdruckslos an, denn ich verstehe nicht, was sie sagen will.

»Wirklich, sie hat beschlossen, sich weiterzubilden. Sie

hat mir gesagt, sie würde jeden Tag eine Stunde verschwinden, um Unterricht zu nehmen.«

»Das ist tatsächlich erstaunlich!« meine ich.

»Im fünften Stock dieses Hauses wohnt eine Familie, deren eine Tochter Lehrerin ist. Mit der hat sie eine Absprache getroffen.«

»Ich kann nur wiederholen: Das ist ganz erstaunlich!«

»Ich habe von mir aus nichts dagegen eingewandt, auch wenn es mir um ihren Lohn leid tut, den die Lehrerin nun einkassieren wird.«

»Das ist nett von Ihnen, Madame! Aber ich bin verblüfft im wahrsten Sinne des Wortes.«

Als Zuchra mir den Nachmittagskaffee bringt, scherze ich: »Du verbirgst mir etwas, du kleine Geheimniskrämerin!«

»Vor Ihnen kann man doch nichts verbergen!« entgegnet sie scheu.

»Und dein Entschluß, dich weiterzubilden? Erzähl mir doch, wie bist du darauf gekommen?«

»Alle Mädchen lernen heutzutage etwas. Die Straßen sind voll von ihnen!«

»Aber du hast doch früher nicht daran gedacht?« Sie lacht fröhlich, und ich fahre fort: »Du hast dir gesagt, daß du hübscher bist als sie. Und solange sie nichts lernen, brauchst du auch nichts zu lernen, stimmt's?« Sie schaut mich glücklich an, ohne etwas zu sagen, so fahre ich fort: »Aber das ist nicht alles.«

»Was sollte denn sonst noch sein?«

Ich zögere einen Moment und sage dann: »Da ist auch noch unser Freund Sarhan al-Buheri.« Sie wird rot und senkt den Blick. Voller Mitgefühl versuche ich, auf sie einzuwirken: »Daß du dich weiterbilden willst, ist eine gute Idee, Sarhan aber . . .«

Ich zögere, so fragt sie: »Was ist mit ihm?«

»Diese ehrgeizigen jungen Männer!«

»Wir stammen alle von Adam und Eva ab!« entgegnet sie ärgerlich.

»Das ist richtig, aber ...«

»Die Welt ist doch anders geworden!«

»Die Welt ist anders geworden, aber sie haben sich bis jetzt nicht geändert!«

Sie schaut nachdenklich vor sich hin und erzählt dann von ihren Plänen: »Wenn ich lesen und schreiben kann, lerne ich ein Handwerk, zum Beispiel Schneidern!«

Weil ich befürchte, daß ich zuviel gesagt, sie verletzt habe, frage ich: »Liebt er dich denn wirklich?«

Sie nickt bejahend mit dem Kopf, so sage ich: »Dann möge Gott dich beschützen und glücklich machen!«

Ich helfe ihr gelegentlich bei ihren ersten Schritten in dieser unbekannten Welt, der Welt der Buchstaben und Zahlen. Alle haben von ihrem Entschluß erfahren und ihn lange debattiert, aber niemand macht sich über sie lustig. Jedenfalls nicht in ihrer Gegenwart. Ich glaube, alle mögen sie, jeder auf seine Weise.

Tolba Marzuq verfolgt den Fall, denn ihm bleibt keins ihrer Geheimnisse verborgen. Er stellt mir die Frage: »Was wäre eigentlich die beste Lösung für Zuchras Problem? Daß sich eines Tages noch ein Filmproduzent bei uns einmietet? Was meinen Sie dazu?«

Blöder Kerl!

Als ich eines Nachmittags wie gewohnt zu unserem Beisammensein im Entrée gehen will, sehe ich Zuchra neben einem fremden Mädchen auf dem Kanapee sitzen. Ich erkenne auf den ersten Blick, daß es die Lehrerin sein muß. Ein hübsches Mädchen vom Lande. Sie beehrt uns mit ihrer Gegenwart, weil sie Besuch in ihrer Wohnung hat. Madame hat sie, wie es ihre Art ist, bereits ausgefragt und einiges in Erfahrung gebracht, was sie wissen wollte. Sie berichtet, daß sie bei ihren Eltern wohne und daß sie einen Bruder habe, der in Saudi-Arabien arbeite. Die Lehrerin erscheint nun öfter in der Pension und ist stets des Lobes voll über den Fleiß ihrer Schülerin.

Einmal, als Zuchra mir den Nachmittagskaffee bringt, fällt mir auf, daß sie düster dreinblickt. Ich frage sie, wie es ihr geht, da antwortet sie matt: »Ich bin stark wie ein Pferd!«

»Und deine Lektionen?«

»Von der Seite gibt es nichts zu klagen.«

»So bleibt nur unser Freund al-Buheri«, meine ich beunruhigt. Wir schweigen eine Weile, als lauschten wir dem strömenden Regen, dann sage ich: »Ich ertrage es nicht, dich traurig zu sehen.«

»Das glaube ich Ihnen«, sagt sie dankbar.

»Was ist denn passiert?«

»Das Glück läßt mich im Stich.«

»Ich habe dir vom ersten Tag an gesagt ...«

»Die Angelegenheit ist nicht so einfach, wie Sie meinen.« Dann schaut sie mich niedergeschlagen an und fragt voll innerer Erregung: »Was soll ich tun? Ich liebe ihn doch! Was soll ich nur tun?«

»Ist dir klar geworden, daß er lügt?«

»Nein, er liebt mich wirklich. Aber er redet immer von Hindernissen.«

»Ein Mann, der eine Frau liebt ...«

»Er liebt mich«, sagt sie nachdrücklich, »aber er redet immer von Hindernissen.«

»Für die kannst du doch nichts«, sage ich zärtlich. »Jedoch mußt du deinen Weg selbst wissen.«

»Was nützt es mir zu wissen, was ich tun muß, wenn ich es nicht tun kann!« wendet sie ein.

»Exzellenz, wie konnten Sie es übers Herz bringen ...«

»Ich hatte zwischen zwei Dingen zu wählen«, unterbrach er mich, »entweder eine Anleihe bei der Agro-Kredit-Bank aufzunehmen und gleichzeitig auf deren Wunsch bekannt zu geben, daß ich von nun an gegen die Wafd-Partei antrete, oder meinen finanziellen Ruin zu erklären.«

»Viele hätten aber sicher das letztere vorgezogen!«

»Schweigen Sie!« schrie er wütend. »Sie besitzen keine Handbreit Land, haben weder Sohn noch Tochter! Ich wurde geschlagen und in die Qasr-al-Nil-Kaserne gesperrt. Aber meine Tochter ist mir lieber als alles auf der Welt!«

»Kommen Sie mit mir!« flüstert Madame mir zu, »Zuchras Familie ist da!«

Ich folge ihr ins Entrée und sehe Zuchras Schwester und ihren Mann dort sitzen. Das Mädchen steht mitten im Raum und blickt sie hart und unnachgiebig an.

»Es ist gut, daß du zu Madame gegangen bist«, sagt der Mann, »aber daß du geflohen bist, ist eine Schande!«

»Du hast uns in ganz al-Zijadijja bloßgestellt!« fügt ihre Schwester hinzu.

Zuchra entgegnet in heftigem Zorn: »Ich bin frei, und niemand hat das Recht, sich in meine Angelegenheiten zu mischen.«

»Wenn dein Großvater hätte reisen können ...«

»Nach dem Tod meines Vaters habe ich niemanden mehr, der für mich da ist und dem ich Rechenschaft schuldig wäre!«

»Pfui! Ist er denn so ein schlechter Mensch, weil er dich mit einem anständigen Mann verheiraten wollte?«

»Er wollte mich verkaufen ...«

»Gott verzeihe dir! Komm jetzt mit uns!«

»Ich gehe nicht mehr zurück, und wenn die Welt untergeht!« Ihr Schwager will etwas sagen, aber sie kommt ihm zuvor: »Du hast mir überhaupt nichts zu befehlen!«

»Ich führe hier ein anständiges Leben, ich lebe von meiner Hände Arbeit!« betont sie und weist auf Madame.

Ich habe den Eindruck, als wollten sie ihr offen ihre Meinung über Madame, die Pension und das Bild der Jungfrau sagen. Doch können sie das nicht in Gegenwart von Madame.

»Zuchra ist die Tochter eines Mannes, den ich verehrt habe«, greift Madame ein. »Ich behandle sie wie meine Tochter. Wenn sie hierbleiben will, so ist sie mir herzlich willkommen!«

Madame sieht mich auffordernd an, so bitte ich: »Denk nach, Zuchra, und triff deine Wahl!«

Aber sie bleibt hartnäckig: »Ich werde nicht zurückkehren, und wenn die Welt untergeht!«

Die Reise endet also mit einem Mißerfolg. Als der Mann mit seiner Frau hinausgeht, sagt er zu Zuchra: »Du hättest den Tod verdient!«

Wir debattieren über das Ganze. Dann fordert mich Zuchra auf: »Sagen Sie mir offen Ihre Meinung!«

»Ich wünschte, daß du in dein Dorf zurückgingest.«

»In die Schande soll ich zurückgehen?«

»Ich habe gesagt: ›Ich wünschte‹, Zuchra. Mein Wunsch wäre, daß du zurückgehst und dadurch glücklich wirst.«

»Ich liebe meinen Boden und das Dorf, aber Elend mag ich nicht!«

Als Madame hinausgeht, um irgend etwas zu erledigen, nutzt sie die Gelegenheit und sagt traurig: »Sehen Sie, hier ist die Liebe, die Möglichkeit, etwas zu lernen, hier sind Sauberkeit und Hoffnung!«

Ich verstehe ihre Traurigkeit. Wie sie war ich mit meinem Vater aus dem Dorf geflohen. Wie sie hatte ich das Dorf geliebt, aber das Leben dort als beengend empfunden. Dann bildete ich mich weiter, wie sie es tun will. Wie sie wurde ich grundlos beschuldigt, auch mir wurde von einigen Leuten gesagt, ich verdiene den Tod. Wie sie faszinierten mich die Liebe, die Möglichkeit, etwas zu lernen, die Sauberkeit und die Hoffnung.

Ich bitte zu Gott, daß er dich glücklicher werden läßt als mich, Zuchra.

Der Herbst neigt sich seinem Ende zu, aber in Alexandria macht das Wetter, was es will. Es beglückt uns mit einem strahlenden warmen Morgen, und der Ramlah-Platz erfreut sich der Sonnenstrahlen unter einem klarblauen Himmel. Machmud Abul-Abbas, der Zeitungsverkäufer, lächelt mir zu, als ich vor seiner Auslage mit den bunten Umschlägen von Zeitschriften und Büchern stehe.

Er lächelt mir zu und sagt: »Mein sehr verehrter Herr!«

In der Annahme, er habe sich verrechnet, sehe ich ihn fragend an, wie er da hochgewachsen und hübsch vor mir steht.

»Mein verehrter Herr, Sie wohnen in der Pension Miramar?« will er von mir wissen. Bejahend nicke ich mit dem Kopf. Er fragt weiter: »Entschuldigen Sie, gibt es in dieser Pension nicht ein Mädchen namens Zuchra?«

Plötzlich interessiert, antworte ich: »Ja.«

»Wo sind ihre Angehörigen?«

»Aber warum fragen Sie?«

»Entschuldigung, ich möchte um ihre Hand anhalten.«

Ich denke kurz nach und sage dann: »Ihre Angehörigen sind im Rif, und ich glaube, sie versteht sich nicht mit ihnen. Haben Sie sie selbst schon ins Vertrauen gezogen?«

»Sie kommt manchmal und holt Zeitungen, aber sie ermutigt mich nicht gerade.«

Noch am selben Abend sucht er Madame auf und hält um Zuchras Hand an. Madame fragt Zuchra, nachdem er gegangen ist. Aber sie weist ihn sofort und ohne nachzudenken zurück.

Als Mariana uns – mir und Tolba – die Geschichte erzählt, wirft ihr der Mann vor: »Sie haben sie verdorben, Madame. Sie haben aus ihr ein adrettes Mädchen gemacht und ihr Ihre Kleider angezogen. Jetzt hat sie hier Umgang mit hervorragenden jungen Männern und bekommt Flausen im Kopf. Das wird ein böses Ende geben!«

Als sie mir den Nachmittagskaffee bringt und wir wie jeden Tag miteinander allein sind, sprechen wir über die Angelegenheit.

»Du hättest darüber nachdenken sollen!« ermahne ich sie im nachhinein.

»Aber Sie wissen doch alles!« protestiert sie.

»Es schadet nie, wenn man etwas bedenkt und sich mit jemandem berät.«

»Sie denken, ich stehe so tief, daß ich nicht nach Höherem schauen darf!« tadelt sie mich.

Ich mache eine abwehrende Handbewegung. »Ich halte ihn ganz einfach für einen geeigneten Ehemann.«

»Mit ihm würde ich ein Leben führen genau wie auf dem Dorf, vor dem ich geflohen bin.«

Mir gefällt ihr Argument nicht, aber sie fährt fort: »Ich habe einmal gehört, wie er sich mit einem Freund unterhielt, ohne daß er mich sah. Er sagte, daß Frauen zwar unterschiedlich sind, aber doch in einem übereinstimmen. Jede Frau sei ein anmutiges Tier ohne Verstand und Religion. Das einzige Mittel, sie zu zähmen, seien Fußtritte.« Sie sieht mich herausfordernd an. »Ist es denn eine Schande, wenn ich mir ein Leben wünsche, in dem ich geachtet werde?«

Ich weiß nicht, was ich darauf antworten soll. Obwohl ich mein Bedauern geäußert habe, fühle ich eine grenzenlose Hochachtung für sie. Ich werde dich nicht mit Altweiberweisheiten belästigen. Saad Zaghlul hörte sich zwar die Ratschläge der alten Männer durchaus an, aber er folgte meistens den Meinungen der jungen. Gott beschütze dich, Zuchra!

»Es geschehen wichtige Dinge um Sie herum, und Sie wissen nichts davon, Alter!« sagt Tolba Marzuq und lächelt boshaft. Wir sitzen allein im Entrée. Nur der unaufhörlich strömende Regen leistet uns Gesellschaft.

»Was ist passiert?« frage ich, schlimme Nachrichten erwartend.

»Der Don Juan von al-Buhera bereitet im verborgenen einen Umsturz vor.«

Die Angelegenheit interessiert mich, weil sie mit Zuchra zu tun hat, so frage ich ihn, was er meint.

»Er hat nicht mehr das alte Ziel. Er steuert jetzt geradewegs auf ein neues zu.«

»Sprechen Sie deutlicher und ohne Schadenfreude!«

»Gut, jetzt ist die Ustasa an der Reihe.«

»Die Lehrerin meinen Sie?«

»Genau! Ich habe beobachtet, wie sie Blicke miteinander tauschten, und Sie wissen ja, daß ich langjährige Erfahrungen mit dieser Art der Verständigung habe.«

»Was sind Sie doch für ein Mann! Ständig nehmen Sie Ihre bösen Gedanken für die Realität!«

»Papa Amir«, spottet er schadenfoh, »ich fordere Sie auf, sich das artigste aller Dramen im Miramar nicht entgehen zu lassen!«

Ich entschließe mich, ihm keinen Glauben zu schenken, bin aber doch voller Unruhe. Da erzählt uns Husni Allam am selben Tag von einer Auseinandersetzung, die es zwischen Sarhan al-Buheri und Machmud Abul-Abbas, dem Zeitungsverkäufer am Ramlah-Platz, gegeben habe. Ich ahne, was dahintersteckt, aber was daraus geworden ist, übersteigt meine Vorstellungskraft.

»Sie schlugen so aufeinander ein, daß Passanten eingreifen mußten«, berichtet Husni.

»Haben Sie die Prügelei beobachtet?« fragt ihn Tolba Marzuq.

»Nein, ich habe unmittelbar danach erfahren, was geschehen ist.«

»Wurde die Polizei gerufen?« erkundigt sich Madame teilnahmsvoll.

»Nein, es endete mit einer Flut von Beschimpfungen und Drohungen.«

Sarhan erwähnt den Vorfall nicht, und wir vermeiden es, davon zu reden. Mir fällt wieder ein, was Tolba von Sarhan und der Lehrerin erzählt hat, da packen mich Kummer und Sorgen.

»Treue kennt der Seemann kaum – gebt, Augen, meinen Träumen Raum!«

Wir hatten so laut geklatscht und gerufen, daß er es wieder und wieder sang, sang bis zum Morgengrauen. Damals war ich jung, voller Kraft, aß gut und trank viel. Aber mein Herz litt unter der Last seines Kummers.

Ich träume vom Tod meines Vaters.

Erst gegen Morgen bin ich in Schlaf gesunken. Ich sehe, wie sie ihn aus dem Säulengang der Abul-Abbas-Moschee tragen, wo ihn der Tod ereilt hat. Dann bringen sie ihn nach Hause. Ich weine. Der Aufschrei meiner Mutter klingt mir im Ohr. Ich höre ihn immer noch, als ich die Augen öffne.

O Gott, was geschieht da draußen? Ist es wie beim letzten Mal? Die Pension Miramar hat sich in eine Arena verwandelt. Aber als ich aus meinem Zimmer trete, ist alles vorbei. Mariana sieht mich und kommt zu mir, als suche sie bei mir Hilfe.

Wir gehen in mein Zimmer, und sie ruft: »Das geht zu weit, das geht zu weit, ab mit ihnen allen in die Hölle!«

Ich sehe sie schlaftrunken an, und sie erzählt mir die neue Geschichte. Sie sei von lautem Gezänk aufgewacht, habe ihr Zimmer verlassen und gesehen, wie draußen Husni Allam und Sarhan al-Buheri aufeinander einprügelten.

»Husni Allam?«

»Ja. Warum nicht? Es muß doch hier jeder sein Stück von der allgemeinen Tollheit abbekommen!«

»Aber aus welchem Grund?« frage ich verärgert.

»Tja, dafür müssen Sie einen Schritt zurückgehen, bis zu einem Vorfall, den ich auch nicht miterlebt habe, weil ich schlief wir ihr alle.«

»Und sie?«

»Zuchra sagt, Husni Allam sei betrunken von draußen hereingekommen und habe versucht ...«

»Nein!«

»Ich glaube ihr, Monsieur Amir.«

»Ich auch, aber bei Husni war nie zu beobachten, daß er ...«

»Wir können die Augen nicht überall haben! Sarhan wachte im rechten Moment auf, und dann geschah es.«

»Wie bedauerlich!«

Sie streicht sich über den Hals, als wolle sie ihre vom vielen Schreien schmerzenden Stimmbänder beruhigen, und sagt dann: »Das geht zu weit..., sollen sie alle zur Hölle fahren!«

»Jedenfalls Husni Allam!« schränke ich ärgerlich ein.

Sie sagt nichts dazu, ereifert sich auch nicht mehr, sondern verläßt mürrisch das Zimmer.

Als Zuchra am nächsten Nachmittag zu mir kommt, blicken wir uns vielsagend an.

Ich murmle: »Es tut mir sehr leid, Zuchra!«

»Das sind Männer ohne jeden Anstand!« entgegnet sie zornig.

»Dies ist aber auch nicht der richtige Platz für dich!«

»Ich habe mich noch immer meiner Haut wehren können, und das habe ich diesmal auch getan!«

»Aber das ist nicht das ruhige Leben, das man einem lieben Mädchen wie dir wünscht!«

»Mistkerle gibt es überall«, widerspricht sie, »auch auf dem Dorf.«

Nach Tagen verlasse ich wieder die Pension, eine beißende Kälte, tosende Stürme und heftige Regenfälle haben mich in ihr gefangengehalten. Es waren scheußliche Tage. Wir hatten uns in die Zimmer verkrochen, aber auch in unseren Schneckenhäusern ließ uns das Wetter keine Ruhe. Regen peitschte gegen die Fenster, die Wände erzitterten unter den Schlägen des Donners, Blitze flammten auf wie Warnsignale, der Sturm heulte unheimlich wie böse Geister.

Als ich die Pension verlasse, empfängt mich das andere

Gesicht Alexandrias, frei von Zorn, wieder sanftmütig geworden. Dankbar spüre ich die reinen, goldenen Sonnenstrahlen, blicke auf die Wellen, die unschuldig plätschern, während in den Himmel kleine Wölkchen gezeichnet sind, die sich gegenseitig zuzupusten scheinen. Ich setze mich ins Trianon, um einen Kaffee mit Milch zu trinken, so wie ich es früher mit Garabli Pascha, dem Scheich Gawisch und Madame Lapraska tat, der einzigen Französin, die ich neben einem ganzen Schwarm von Frauen ausprobiert habe, die in die Milaja gehüllt waren. Tolba Marzuq setzt sich für eine Weile zu mir, dann geht er zur Halle des Windsor-Hotels, um sich dort mit einem alten Freund zu treffen.

Plötzlich tritt Sarhan al-Buheri zu mir, grüßt, setzt sich und sagt dann: »Wie schön, Sie zu treffen! Gestatten Sie, daß ich mich von Ihnen verabschiede. Sie waren nicht da, als ich die Pension verließ.«

»Wollen Sie abreisen?« frage ich ihn erschrocken.

»Ja«, sagt er mit seiner dröhnenden Stimme, »mein Aufenthalt hier geht zu Ende. Wenn ich fortgegangen wäre, ohne mich von Ihnen zu verabschieden, so hätte mir das allerdings mein ganzes Leben lang leid getan!«

Ich bedanke mich für seine Liebenswürdigkeit. Mir drängen sich viele Fragen auf, aber er läßt mich nicht mehr zu Wort kommen, denn er winkt jemandem zu, schüttelt mir die Hand und geht.

Unruhig und traurig frage ich mich, was nun wohl aus Zuchra wird.

Der Angeklagte rüttelte an den Stäben seines Käfigs, als er das Urteil hörte, und schrie, so laut er konnte, in den Gerichtssaal: »Wie wirst du dich jetzt über meine Situation freuen, Danaf, und du, Na'ima, du Offiziershure!«

Als ich in die Pension zurückkomme, finde ich Madame, Tolba Marzuq und Zuchra im Entrée beisammen, befangen in einer Traurigkeit, die eine deutlichere Sprache spricht als laute Schmerzensschreie oder heftige Klagen. Ich setze mich schweigend zu ihnen. Mir ist inzwischen klargeworden, was ich eigentlich den anderen hatte fragen wollen.

Madame sagt: »Endlich hat dieser Sarhan seine Maske fallen gelassen!«

»Er kam vor ein paar Stunden im Trianon zu mir und sagte, daß er die Pension verlassen würde«, murmle ich.

»Die Wahrheit ist: Ich habe ihn hinausgeworfen.«

Dann, mit einer Handbewegung zu Zuchra: »Er ist schamlos über sie hergefallen, hat sie verprügelt und dann verkündet, er werde jetzt die Lehrerin heiraten.«

Ich schaue zu Tolba. Der sieht mich an und spottet: »So hat er sich schließlich doch noch fürs Heiraten entschieden!«

»Mir hat er nie gefallen«, meint Madame. »Ich habe ihn vom ersten Moment an durchschaut. Ein ausgemachter Halunke!«

»Monsieur Mansur Bahi wollte ihn zur Rede stellen«, fährt sie dann fort, »und da gab es plötzlich eine weitere Schlägerei. Ich habe ihm ins Gesicht geschrien, daß er für immer verschwinden soll.«

Mitleidig schaue ich zu Zuchra. Ich bin mir sicher, daß das Spiel zu Ende ist und der Übeltäter ungestraft entkommen. Mein Zorn ist so groß wie in jenen bitteren Tagen der Vergangenheit.

»Er ist ein hundsgemeiner Kerl«, versuche ich Zuchra zu trösten, »und hat es nicht verdient, daß du ihm nachtrauerst.«

Als ich mit Tolba Marzuq allein bin, sage ich zu ihm:

»Wenn sie doch den Heiratsantrag von Machmud Abul-Abbas angenommen hätte!«

Er entgegnet wie jemand, der seinen Gesprächspartner aus Träumen reißen möchte: »Aber Mann! Welcher Machmud denn? Haben Sie immer noch nicht begriffen, daß ihr etwas Unersetzliches verlorengegangen ist? Ihre Jungfräulichkeit!«

Ich runzle protestierend die Stirn und fühle mich gleichzeitig überrumpelt.

»Wo haben Sie denn Ihren Verstand gelassen, Alter?« spottet er. »Wo bleibt denn da Ihr Scharfsinn?«

»Zuchra ist keine von denen!«

»Gott erbarme sich Ihrer Arglosigkeit!«

Einerseits bin ich ihm böse, andererseits hege ich doch Zweifel. Tieftraurig denke ich: Das arme Mädchen!

Tolba Marzuq fährt fort: »Madame war die erste, die mich auf die Beziehung zwischen den beiden aufmerksam gemacht hat, aber ich hatte das gar nicht nötig.«

»Sie hat eine verdorbene Phantasie.«

»Wie Sie wissen, ist sie immer bereit, entweder sie zu beschützen oder aber sie auszubeuten.«

»Sie tut weder das eine noch das andere«, brause ich auf, »das kann ich beschwören.«

Dann kommt unsere Begegnung am Nachmittag, traurig, bewegend. Sie bittet mich, ich solle sie nicht an meine Ratschläge von früher erinnern, sie nicht tadeln oder schelten. Ich unterlasse das alles und empfehle ihr stattdessen, sie solle ihrer Zukunft mit dem Mut entgegensehen, der ihr so gut anstünde.

»Sag mir, Zuchra, hat dein Eifer, etwas zu lernen, nachgelassen?«

»Ich werde eine andere Lehrerin finden!« entgegnet sie entschlossen, aber ohne jede Begeisterung.

»Wenn du irgendwelche Hilfe brauchst ...«

Sie lehnt sich gegen mich und küßt mich leicht auf die Schulter, dann beißt sie sich auf die Lippen, um die Tränen zurückzuhalten. Ich strecke meine von dicken Adern durchzogene, wie gegerbt wirkende Hand aus, streiche ihr zärtlich über das schwarze Haar und murmle: »Gott beschütze dich, Zuchra!«

Ich bleibe an diesem Abend in meinem Zimmer und gebe meiner völligen Erschöpfung nach. Die Müdigkeit hält mich noch einige Tage lang dort fest. Dann muntert mich Madame auf, meine Schwäche zu überwinden, um die bevorstehende Silvesternacht zu feiern.

»Wollen wir sie im Monseigneur verbringen, wie Tolba Bey vorgeschlagen hat«, fragt sie mich während dieses Gesprächs, »oder hier?«

»Hier ist es besser, meine Liebe«, murmle ich ohne große Begeisterung.

Wie oft hatte ich diese Nacht im Sault's, im Groppi, im Tausendundeiner Nacht und im Lipton-Garten verbracht. Es gab aber auch ein Jahr, da erlebte ich sie als Häftling im Militärgefängnis der Zitadelle.

Am dritten Morgen meines Rückzugs aufs Zimmer kommt Madame in höchster Aufregung hereingestürzt und ruft, ganz außer Atem: »Haben Sie schon das Neueste gehört?« Sie läßt sich in den großen Sessel fallen: »Sarhan al-Buheri ist ermordet worden!«

»Was?« rufe ich.

»Er wurde auf der Straße nach Palma ermordet aufgefunden.«

Tolba Marzuq kommt hinter ihr her, hält voller Nervosität die Zeitung in der Hand und kommentiert: »Eine höchst unangenehme Nachricht! Sie wird uns Probleme schaffen, die wir jetzt noch gar nicht absehen können!«

Ohne zu einem Ergebnis zu kommen, erörtern wir die Angelegenheit nach allen Richtungen, prüfen alle Möglichkeiten, denken an die erste Verlobte Sarhans, an Husni Allam, Mansur Bahi, Machmud Abul-Abbas. Abschließend meint Madame: »Vielleicht ist der Mörder aber auch ein ganz anderer, auf den wir nie kommen würden.«

»Warum nicht?« rätsle ich. »Schließlich wissen wir so gut wie nichts von dem jungen Mann, weder von seiner Vergangenheit noch von seinen Kontakten, noch von seinen Lebensumständen.«

Madame ist voller Unruhe: »Ich hoffe nur, daß man den Mörder so schnell wie möglich findet und daß wir absolut nichts mit ihm zu tun haben und auch, daß kein Polizistengesicht hier auftaucht!«

»Das hoffe ich ebenfalls aus ganzem Herzen!« unterstützt sie Tolba Marzuq.

Ich frage nach Zuchra, und Madame sagt seufzend: »Die Sache hat sie schwer mitgenommen. Das könnt Ihr mir glauben. Das arme Mädchen!«

»Kann ich sie nicht sehen?« frage ich bekümmert.

»Sie ist völlig verstört in ihrem Zimmer und hat die Tür hinter sich zugeschlossen.«

Noch einmal erörtern wir die Angelegenheit nach allen Seiten, ohne zu einem Ergebnis zu kommen.

Ich schließe die Augen und höre immer wieder Seine Worte:

> Was auf der Erd' ist, muß vergehn,
> Und nur das Antlitz deines Herrn wird bestehn,
> Das herrlich ist zu nennen;
> Welche Gnad' eures Herrn wollt ihr verkennen?

II. Husni Allam

Vergiß es, Sunnyboy, vergiß es!

Das Antlitz des Meeres ist schwarz, durchsetzt mit Injektionen von Bläue. Es birst vor Zorn, aber es unterdrückt seinen Zorn. Seine Wellen schlagen aufeinander ein und suchen sich gegenseitig abzuwürgen. Es kocht vor ewiger Wut, die nirgends entweichen kann.

Eine Revolution! Warum nicht? Um euch zu bestrafen, euch arm zu machen, eure hocherhobenen Nasen in den Staub zu stopfen, ihr Gezücht höfischer Sklavinnen! Ich gehöre zu euch, und das ist ein Urteilsspruch, gegen den mir keiner der üblichen Rechtskniffe hilft. Das Mädchen mit den blauen Augen hatte mich durchschaut, als sie mir mit den Worten einen Korb gab: »Er ist ungebildet! Und die hundert Feddan bieten sich mir auf der Hand eines Rüpels!« Dann macht sie sich wieder klein und wartet auf den nächsten Zuchtbullen.

Vom Balkon des Cecil-Hotels sieht man die Corniche nicht. Ich muß mich dazu über die Brüstung beugen. Das Meer erstreckt sich unmittelbar unter mir, als wäre ich auf einem Schiff. Es dehnt sich bis zum Fort Qajitbey, eingezwängt aber zwischen die Mauern der Corniche und steinerne Arme, die ins Wasser schlagen wie böse Geister. In dieser Umarmung erstickt es. Seine Wellen schlagen schwerfällig gegeneinander, in unterdrückter Wut. Sein Antlitz ist bläulichschwarz, kündet von seinem Zorn. In seinem Bauch toben die Geheimnisse und die Abfälle des Todes.

Mein Zimmer ist ein Hotelzimmer wie alle anderen. Es erinnert mich an das Palais der Familie Allam in Tanta. Deswegen ersticke ich darin. Denn die Pracht und der Ruhm der Großgrundbesitzer des Rif sind geschwunden. Dies ist die Zeit der Diplome für den Pöbel. Dann eben Revolution! Soll sie euch zermalmen! Ich sage mich von euch los. Ich werde mir eine Arbeit suchen! Ich sage mich von euch los, ihr Fetzen zerschlissener Jahrhunderte!

Eines Tages, als Mohammed, der Nubier, mir das Frühstück aufs Zimmer brachte, kam es mir in den Sinn, mich bei ihm zu beklagen: «Ich fühle mich in eurem Luxusbau ausgesprochen unbehaglich!« Es ist mir zur Gewohnheit geworden, mit dem Personal der Hotels, in denen ich absteige, freundschaftlich zu verkehren und, wenn ich die Leute brauche, nicht nur freundlich, sondern auch großzügig zu ihnen zu sein.

Der Mann fragte mich jetzt: »Wollen Sie länger in Alexandria bleiben?«

»Sehr lange!«

»Wäre es dann nicht günstiger, in einer guten Pension zu wohnen?«

Als ich ihn neugierig ansah, fuhr er fort: »Es gibt da eine gute, sehr saubere Pension. Sie zahlen dort weniger und haben mehr Gesellschaft. Aber das muß selbstverständlich ein Geheimnis zwischen uns bleiben!«

Er ist höflich, nützlich und falsch. Verrichtet seinen Dienst auf der einen Seite und arbeitet zugunsten der anderen wie viele meiner teuren Landsleute. Natürlich herrscht in einer Pension eine familiäre, eine intime Atmosphäre. Und das ist passender für jemanden, der an ein neues Projekt denkt. Was hat mich denn zum Cecil gezogen außer der alten Gewohnheit und natürlich meinem immer noch ungebrochenen Stolz!

Das Guckloch in der Tür wurde geöffnet und gab ein hübsches Gesicht frei, hübscher, als es sich für ein Dienstmädchen ziemt. Hübscher auch, als es sich für eine Dame ziemt. Was für ein bezauberndes junges Mädchen! Sie wird sich auf den ersten Blick in mich verlieben.

»Ja?«

Ein Fellachenmädchen? Seltsam! Von nun an soll das Cecil in seinen schwarzen Wellen begraben liegen!

»Mohammed Kamil im Cecil-Hotel hat mir die Pension empfohlen.«

Sie ließ mich im Entrée Platz nehmen und verschwand im Inneren der Wohnung. Ich schaute auf die Fotos, um einen ersten Eindruck von denen zu erhalten, die auf ihnen abgebildet waren. Wer war dieser englische Offizier? Und wer die Schöne, die sich auf die Stuhllehne stützte? Sie war aufregend hübsch, aber das Foto war alt. Nach der Mode des Kleides mußte sie eine Zeitgenossin der Jungfrau Maria sein!

Dann kam eine alte Frau mit gefärbtem Haar in leuchtendem Goldblond, sicher die Besitzerin der Pension. Ganz der Typ einer französischen Kupplerin im Ruhestand, oder auch nicht im Ruhestand, wie ich hoffe. Und das dort ist ihr Foto aus der Zeit, bevor sie das Alter zur Ruine gemacht hat. Jetzt klären sich die Dinge langsam. Mohammed Kamil hat sich über mein Unbehagen seine eigenen Gedanken gemacht. Gut so! Je angenehmer das Leben wird, desto besser läßt sich's über die neuen Projekte nachdenken.

»Ich möchte ein Zimmer, Madame.«

»Sie haben im Cecil gewohnt?« Das imponiert ihr zweifellos. Sie wäre am liebsten vierzig Jahre jünger. Ich bejahte.

Sie fragte: »Wie lange wollen Sie bleiben?«

»Mindestens einen Monat, vielleicht wird aber auch ein ganzes Jahr daraus.«

»Ein Zimmer können Sie haben, aber für die Sommermonate treffen wir eine Sondervereinbarung.«

»Einverstanden!«

»Sie sind Student?«

»Ich komme aus besten Verhältnissen.«

Sie kam mit einer Liste und fragte nach meinem Namen.

»Husni Allam«, sagte ich.

Ein ungebildeter Mensch. Ein Rüpel mit hundert Feddan auf der Hand. Glücklich, weil er die Art Liebe nicht kennt, von der die Schlagersänger schluchzen.

Ein angenehmes Zimmer mit veilchenfarbenen Wänden. Da erstreckt sich das Meer in reinem Blau bis zum Horizont. Eine herbstliche Brise spielt mit den Vorhängen, und am Himmel treiben verstreute Schäfchenwolken. Ich sah dem Fellachenmädchen zu, wie es das Bett mit Laken und Decken zurechtmachte. Ihr Körper war kräftig und anmutig, mit ausgeprägten Rundungen. Wenn ich mich nicht täusche, hat sie bisher weder ein Kind geboren noch abgetrieben! Jedenfalls dürfte es angebracht sein, daß ich mir Zeit nehme, um die Geheimnisse hier einzukreisen.

»Wie heißt du, meine Schöne?«

»Zuchra«, entgegnete sie mit ernstem Gesicht.

»Du bist, was dein Name sagt, eine hübsche Blume!«

Sie bedankte sich mit einer Neigung des Kopfes, jedoch ohne zu lächeln.

»Gibt es noch andere Gäste in der Pension?«

»Zwei ältere Herren und einen jungen Mann in Ihrem Alter, mein Herr.«

»Und welchen Kosenamen hat er dir gegeben?«

Höflich und kühl erwiderte sie: »Mein Name ist Zuchra.«

Sie ist ernster, als es nötig wäre. Sie wird jeder Wohnung zur Zierde gereichen, die ich in Zukunft miete. Sie ist zudem viel hübscher als meine dämliche Verwandte, die beschlossen hat, ihren Bräutigam nach Vorschrift der National-Charta zu wählen.

Vergiß es, Sunnyboy, vergiß es!

»Meinst du es wirklich ernst?«

»Aber natürlich, meine Liebe!«

»Ich bin mir ziemlich sicher, du kennst die Liebe gar nicht.«

»Ich will dich heiraten, wie du siehst.«

»Mir kommt es so vor, als ob du gar nicht lieben könntest.«

»Ich will dich heiraten. Heißt das nicht, daß ich dich liebe?«

Gegen meinen Zorn und meine Wut ankämpfend, stieß ich hervor: »Und ich bin doch durchaus geeignet für eine Ehe, nicht wahr?«

»Wie stehen die Bodenpreise zur Zeit?« fragte sie nach kurzem Zögern.

Ich sah die Schuld für diese demütigende Situation bei mir und sagte im Hinausgehen: »Ich verlasse dich jetzt, damit du in Ruhe überlegen kannst.«

Am Frühstückstisch lernte ich die anderen Gäste kennen. Amir Wagdi, ein Journalist im Ruhestand, mindestens achtzig, schlank und ziemlich groß, von einer Gesundheit, um die man ihn nur beneiden konnte. Sein runzliges Gesicht mit den eingesunkenen Augen und den hervorstehenden Knochen würde keinen Wurm mehr fett machen. Sein Anblick war mir widerwärtig. Wie hatte er nur am Leben bleiben können, während jeden Tag Generationen jüngerer Männer umkamen.

Tolba Marzuq war mir kein Unbekannter. Mein Onkel väterlicherseits hatte eines Tages die Sequestration seines Vermögens mitfühlend kommentiert. Aber natürlich sagte ich ihm nichts davon. Wir hatten die Nachrichten von der Sequestration gierig verschlungen wie einen Horrorfilm und waren immer noch brennend an ihnen interessiert.

Er fragte mich: »Stammen Sie aus der Familie Allam in Tanta?«

Ich bejahte mit heimlicher Freude.

»Ich kannte Ihren Vater recht gut«, sagte er da, »er war ein hervorragender Grundbesitzer und Landwirt.« Dann wandte er sich an Amir Wagdi, der gerade vom Tisch aufstand, und lachte: »Er stand Gott sei Dank nicht allzu lange unter dem Einfluß dieser Clowns.« Da er merkte, daß ich nicht verstand, was er meinte, erklärte er: »Ich spreche von den Wafdisten.«

Gleichgültig bemerkte ich: »Soviel ich weiß, war er Wafdist, als das ganze Land wafdistisch war.«

Er glaubte mir und fragte dann weiter: »Soweit ich informiert bin, haben Sie noch Geschwister?«

»Mein Bruder ist Konsul in Italien, und meine Schwester ist die Gattin unseres Botschafters in Abessinien.«

»Und was tun Sie?« setzte er seine Fragerei mit hüpfenden Pausbäckchen fort.

In diesem Augenblick haßte ich ihn so, daß ich ihm den Tod wünschte. Sollte er zur Wasserleiche werden oder bei einem Brand verkohlen! Aber ich entgegnete, als mache es mir nichts aus: »Nichts!«

»Bestellen Sie denn Ihren Boden nicht?«

»Er ist verpachtet, wie Sie vielleicht wissen. Ich denke jedoch daran, etwas Neues anzufangen.«

Sarhan al-Buheri, der dritte Gast, Prokurist in der Spinnerei-Gesellschaft von Alexandria, und die alte Madame hatten uns zugehört. »Und was wollen Sie tun?« fragte Sarhan al-Buheri.

»Darüber bin ich mir noch nicht ganz im klaren.«

»Wäre es nicht das sicherste, Sie suchten sich einen Verwaltungsposten im Staatsdienst?«

Auch er war mir in diesem Moment widerwärtig. Die leichte Klangfarbe eines Menschen, der aus dem Rif kam, haftete ihm an wie Speisengeruch einem Gefäß, das nicht sorgfältig abgewaschen wurde. Und er war reichlich rüpelhaft. Für ihn wäre es keine Beleidigung gewesen, wenn Mirved ihn als unerzogen oder ungebildet bezeichnet hätte. Wenn ihm jetzt noch einfällt, nach meinem Diplom zu fragen, werfe ich ihm mein Teeglas ins Gesicht.

»Woher hast du diese Begeisterung für die Revolution?«

»Sie ist meine Überzeugung, Onkel.«

»Ich glaube dir nicht.«

»Du mußt mir aber glauben!«

Er lachte müde und meinte dann: »Offensichtlich hat die Tatsache, daß dir Mirved einen Korb gegeben hat, dich um deinen Verstand gebracht.«

Gleichgültig entgegnete ich: »Ich hatte ohnehin nur flüchtig an eine Heirat gedacht.«

»Gott erbarme sich deines Vaters«, gab er mit demselben Gleichmut zurück, »er hat dir seine Starrköpfigkeit vererbt, aber nicht seine Klugheit.«

Ich war so wütend, daß ich am liebsten die Revolution, personifiziert in der Gestalt von Sarhan al-Buheri, der zweifellos aus ihr Nutzen zog, angegriffen hätte, aber ich beherrschte mich.

Die Alte fragte mich: »Warum erzählen Sie uns nichts von Ihren Plänen?«

»Ich habe noch nichts Geeignetes gefunden.«

»So sind Sie also reich?«

Ich lächelte selbstsicher, ohne zu antworten. Da schaute sie mich aufmerksam an.

Ich verließ die Pension zusammen mit Sarhan, und der Lift brachte uns hinunter. Er sah mich mit einem Lächeln an, das zu einem besseren gegenseitigen Kennenlernen aufzufordern schien. So legte sich meine Wut auf ihn langsam. Fast so, als wolle er einen Schnitzer korrigieren, den er gar nicht bemerkt hatte, sagte er: »Ein Verwaltungsposten im Staatsdienst ist heute sicherer als alles andere, aber ein freier Beruf, mit Bedacht gewählt ...«

Wir verließen den Lift, bevor er seinen Satz beendet hatte, doch sein bekräftigender Tonfall machte weitere Worte überflüssig. Wir trennten uns. Er ging zur Straßenbahnhaltestelle, ich zur Garage. Ich kam am Café Miramar unten im Gebäude vorbei und mußte daran denken, wie ich in früheren Tagen mit meinem Onkel dort gesessen hatte, bevor die Katastrophe eingetreten war. Er ging jeden Nachmittag dorthin, um die Wasserpfeife zu rauchen, und saß dann, in seine leichte Abaja gehüllt, inkognito da wie ein König im Gewand eines Mannes aus dem Volk, umringt von einer Schar von Scheichs, Abgeordneten und angesehenen Männern. Ja, das sind längst vergangene Tage, aber er hätte noch mehr verdient als das, was ihn ohnehin getroffen hat.

Ohne ein bestimmtes Ziel zu haben, nur getrieben von meinem ewigen Verlangen nach Schnelligkeit und Vagabundieren, bestieg ich meinen Ford. Ich sagte mir, daß es gut wäre, Sarhan al-Buheri nicht links liegen zu lassen, denn seine Erfahrung und seine Bekannten in der Stadt konnten mir vielleicht von Nutzen sein. So fuhr ich im irren Tempo, das meinen aufgepeitschten Nerven entsprach, an den Stränden von Mazarita, von Schatbi und Ibrahimijja vorbei. Die Luft unter dem von Wolken verschatteten Himmel war angenehm, erfrischend, aktivierend. Die Corniche, eingefaßt von der Bläue des Meeres, wirkte rein und klar, war sie doch frei vom Schweiß und Lärm der Sommergäste. Ich war fest entschlossen, nur noch nach Tanta zu fahren, um Geld zu holen oder Land zu verkaufen. Zum Teufel mit dieser Stadt und den Erinnerungen an sie!

Ich fuhr in Richtung Sijuf und raste dann über die Straße nach Abuqir, die schönste aller Straßen. Mit der Geschwindigkeit des Wagens stiegen wieder meine Lebensgeister und meine Lust zu provozieren. Doch zum letzten Glück fehlten mir die Europäerinnen, die es früher hier gab, die alte Pracht, die Barren reinen Goldes. Dann sah ich mir die Morgenvorstellung im Kino Metropol an. Ich flirtete mit einem Mädchen im Aufenthaltsraum vor dem Bufett. Wir aßen im Omar Khajjam gemeinsam zu Mittag und schliefen während der Siesta miteinander in ihrer Wohnung in al-Ibrahimijja. Als ich am späten Nachmittag in die Pension zurückkam, wußte ich nicht einmal mehr ihren Namen.

Das Entrée und der Salon waren leer. Ich nahm eine Dusche, und als das Wasser an mir hinunterlief, fiel mir das hübsche Fellachenmädchen wieder ein. Nachdem ich in mein Zimmer zurückgekehrt war, verlangte ich eine

Tasse Tee, um sie wiederzusehen. Ich bot ihr ein Stück Schokolade an, aber sie zögerte, es anzunehmen.

»Warum denn nicht«, redete ich ihr gut zu, »wir sind doch hier eine Familie!« Voller Freude schaute ich ihr zu, während sie mich ohne jede Verlegenheit ansah und nicht einmal den Blick senkte. War sie schüchtern oder gerissen?

»Zuchra, gibt es viele wie dich im Rif?«

»Unzählige!« gab sie zur Antwort, als merke sie nicht, worauf ich hinauswollte.

»Aber wie viele von ihnen sind so schön wie du?«

Sie bedankte sich bei mir für die Schokolade und ging. War sie schüchtern oder gerissen? Jedenfalls mußte ich sie jetzt nicht unbedingt haben. Sollte sie sich nur etwas zieren und kokettieren. Das war ihr gutes Recht. Schließlich hatte sie ja auch meine Komplimente für ihre außerordentliche Schönheit verdient.

Vergiß es, Sunnyboy, vergiß es!

Ich betrachtete so lange das alte Foto von Madame, daß sie schließlich lachend fragte: »Gefällt es Ihnen?« Sie erzählte mir die Geschichte ihrer ersten Ehe, dann die der zweiten. »Und wie finden Sie mich jetzt?«

Ich sah auf die Adern, die an ihrem Handgelenk hervorsprangen, und auf ihre grobe, großporige Haut, die mich an Fischschuppen erinnerte, und erklärte: »Schön wie eh und je!«

»Meine Krankheit hat mich vor der Zeit altern lassen«, kommentierte sie ergeben. Dann, übergangslos: »Aber ist es eigentlich klug, daß Sie Ihr Geld für ein neues Projekt riskieren wollen?«

»Warum denn nicht?«

»Und wenn der Staat es nun kassiert?«

»Es gibt doch auch sichere Projekte!« Da es sein konnte, daß sie ihren Kies zusammenkratzen wollte, witzelte ich: »Wie wär's denn, wenn wir unser Geld zusammenwerfen und gemeinsam etwas Profitables starten?«

Sie gab sich erschrocken und wehrte lachend ab: »Ich? O je, die Pension wirft knapp mein tägliches Brot ab!«

Der Methusalem der Journalistik stieß zu uns, in einen schweren Morgenmantel gehüllt. Ich fand ihn ganz munter trotz seiner ekelhaften Vergreisung. Als wolle er meine und seine Situation kommentieren, verkündete er: »Die Jugend sucht nach Abenteuern, und das Alter preist das Wohlergehen.«

Ich wünschte ihm eine gute Gesundheit, da fragte er mich: »Sind Sie wegen eines Projekts nach Alexandria gekommen?«

Da ich bejahte, fragte er weiter: »Bemühen Sie sich ernsthaft um etwas?«

»Ich habe jedenfalls das Nichtstun tüchtig satt!«

Er rezitierte den Vers:

»Jungsein und Geld und Müßiggang
führen zum sicheren Untergang.«

Aber ich verabscheue Gedichte ebenso wie Gespräche über Zeugnisse und Diplome. In mir spürte ich das Überlegenheitsgefühl eines turkmenischen Reiters vor einem Haufen Pöbel. Ja, das Schicksal hat einigen von ihnen die Nase vergoldet. Dasselbe Schicksal, das unser Licht hatte verlöschen lassen. Ich versuchte mich damit zu trösten, daß Revolutionen außergewöhnlich sind wie Naturkatastrophen, und fühlte mich im übrigen wie jemand, der ein Auto mit leerer Batterie starten will.

Da erschien plötzlich ein uns noch unbekannter junger Mann hinter dem Wandschirm und ging auf die Wohnungstür zu. Madame lud ihn ein, sich zu uns zu setzen, und stellte ihn uns vor: »Monsieur Mansur Bahi.«

Sprecher bei Radio Alexandria. Wieder einer mit Hochschuldiplom. Ein zartes, hübsches Gesicht, nicht sehr männlich. Auch er einer vom Pöbel mit der vergoldeten Nase. In seiner Zurückhaltung lag etwas, was mich reizte, ihm eine zu versetzen.

Nachdem er gegangen war, fragte ich Madame: »Wird er länger hierbleiben oder nicht?«

Stolz entgegnete sie: »Er wird länger bleiben, mein Lieber. Bei mir steigt niemand nur für kurze Zeit ab.«

Zuchra kam von draußen mit einem Plastikbeutel voller Lebensmittel. Ich schaute ihr gierig hinterher. Das Land war voller Frauen, aber dieses Mädchen wirkte auf mich einfach sexy.

Vergiß es, Sunnyboy, vergiß es!

»So hast du dich also doch noch verliebt?«

»Ach wo! Das ist weder Liebe noch Leidenschaft. Aber es handelt sich um ein wunderbares Mädchen. Noch dazu mein eigenes Fleisch und Blut. Und ich möchte heiraten.«

»Jedenfalls bist du ein junger Mann, wie ihn sich jedes Mädchen wünscht.«

Die Umm-Kulthum-Soiree war selbst in der Pension Miramar ein Höhepunkt. Wir aßen, tranken und lachten. Wir redeten über Gott und die Welt, sogar über Politik. Aber nicht einmal der Alkohol konnte die Angst ausräumen. Amir Wagdi machte sich wichtig und trug uns wie ein alter Volkserzähler Heldenmärchen vor, die er selbst erlebt haben wollte. Dieser Jammergreis war offenbar wild entschlossen, uns davon zu überzeugen, wie großartig er früher einmal war. Durchschnittstypen gibt's ja nicht auf dieser verdammten Welt. Und natürlich auch niemanden, der sich nicht begeistert für die Revolution einsetzt. Sogar Tolba Marzuq. Selbst meine Wenigkeit. Wir mußten vorsichtig sein. Sarhan war ein Nutznießer des Regimes und Mansur höchstwahrscheinlich ein Spitzel. Und der Alte, wer weiß? Selbst bei Madame war es nicht abwegig anzunehmen, daß die Sicherheitsorgane ihr eine Art Überwachungsfunktion übertragen hatten.

Als Zuchra mir eine Flasche Soda brachte, fragte ich sie: »Und du, Zuchra, liebst du die Revolution?«

»Sehen Sie sich doch nur einmal das Bild an, das sie sich ins Zimmer gehängt hat!« forderte Madame mich auf.

War das etwa eine Erlaubnis, mich in ihr Zimmer zu schleichen? Zwar hatte der Whisky uns jetzt zur Intimität verleitet, aber ich wußte, daß das nicht von langer Dauer sein würde. Zwischen mir und Sarhan oder Mansur würde es nie eine echte Freundschaft geben. Und dies bißchen Sympathie würde bald ebenso vergessen sein wie das Mädchen, das ich im Büfett des Kinos Metropol aufgelesen hatte. Ich mußte mir unbedingt eine Arbeit suchen, die meine Kräfte brauchte und meine Zeit einteilte, weil ich sonst aus irgendeiner Situation heraus irgendeine Erzdummheit oder gar einen Mord begehen würde. Sicher war, daß ich für immer Junggeselle bleiben würde, denn ich wollte mich nicht noch einmal einem »Nein!« aussetzen. Außerdem gab es in dieser aufstrebenden Gesellschaft kein passendes Mädchen für mich. So konnte ich also alle Frauen als wandernden Harem für meine Gelüste betrachten bis hin zu einem exzellenten Hausmädchen, das die Leere meiner künftigen Wohnung füllen würde. Ein Hausmädchen wie Zuchra. Aber nein doch, Zuchra selbst. Sie wird das sicher dankbar annehmen. Sie wird die Aufgaben der Dame des Hauses übernehmen, aber auf die Mühen von Schwangerschaft, Geburt und Kinderaufzucht verzichten. Und sie ist schön. Ihre niedrige Herkunft ist der Garant dafür, daß sie all meine Kapriolen und Liebschaften hinnehmen wird. So wird das Leben trotz allem akzeptabel sein und mir Vergnügungen bieten, die jedenfalls nicht zu verachten sind.

Sarhan wußte so viele Witze zu erzählen, daß wir uns halb kranklachten. Selbst Mansur platzte manchmal los, zog sich dann aber schnell wieder in sein Schneckenhaus zurück.

Hört... Lest... Das ist das Todesurteil... Werden die Engländer reglos zusehen, wie uns der Kommunismus verschlingt!

Jetzt begannen die Lieder, begann das Lauschen. Wie üblich packte mich Unruhe. Ja, ich konnte einem Stück oder auch zweien folgen, dann überkamen mich Zerstreutheit und Langeweile. Die anderen waren außer sich vor Begeisterung, während ich in Einsamkeit versank. Was mich wirklich in Erstaunen setzte, war, daß Madame als Griechin Umm Kulthum genauso liebte wie die anderen.

Sie hatte offenbar mein Erstaunen bemerkt, denn sie sagte: »Ich habe sie schließlich ein ganzes Leben lang gehört.«

Tolba Marzuq horchte hingebungsvoll. Dann flüsterte er mir zu: »Nur gut, daß sie mein Gehör nicht auch sequestriert haben!«

Der Methusalem hielt die Augen geschlossen und gab sich dem Zuhören hin oder vielleicht eher einem Nickerchen. Verstohlen blickte ich zu Zuchra auf ihrem Sessel neben dem Wandschirm. Sie war wirklich schön. Aber hörte sie zu? Woran dachte sie? In welcher Hoffnung mochte sie sich wiegen? Irritierte sie das Leben so, wie es das mit uns tat? Plötzlich ging sie ins Innere der Wohnung, während alle anderen vor Begeisterung hingerissen waren. Ich stand auf und ging in Richtung Bad, um sie auf dem Korridor abzufangen.

Spielerisch griff ich nach ihrem Zopf und flüsterte ihr zu: »Nur dein Gesicht ist schöner als der Gesang!«

Sie erstarrte, da trat ich auf sie zu, um sie an mich zu ziehen, aber ihr kühler, warnender Blick hielt mich zurück.

»Ich habe lange auf diesen Moment gewartet, Zuchra!«

Sie entzog sich mir schnell und ging zu ihrem Sessel. Gut. Im Allam-Palais in Tanta gibt es Dutzende deiner Sorte, kapierst du? Oder reicht dir etwa meine Bildung nicht, du Dreckstück? Ich kehrte zu meinem Platz zurück und suchte meine Wut hinter bewundernden Seufzern für Lieder zu verbergen, denen ich gar nicht zuhörte. Dann packte mich der zwingende Wunsch, mit meiner Meinung nicht hinterm Berg zu halten, um wenigstens einmal in dieser langen Nacht ehrlich mit mir selbst zu sein. Aber ich tat es nicht. Während einer Pause ergriff ich die Gelegenheit, mich vorläufig von den Versammelten zu trennen, und verließ die Pension. Ich nahm meinen Wagen und fuhr zum Cleopatra. Es war kalt und stürmisch, aber mir hatte der Alkohol eingeheizt. Ich steuerte die Wohnung einer maltesischen Kupplerin an, die ich in den Sommernächten oft aufgesucht hatte. Sie erschrak, als ich nach Mitternacht und in dieser kalten und unwirtlichen Jahreszeit vor ihr auftauchte.

»Es ist niemand im Haus außer mir, und ich kann jetzt auch kein Mädchen herbestellen.« Sie stand im Nachthemd vor mir, fünfzig oder älter, fett und schwammig, aber doch immerhin noch eine Frau, obwohl auf ihrer Oberlippe Flaum wuchs fast wie ein Schnurrbart. Ich stieß sie in ihr Zimmer, doch sie wehrte erschrocken ab: »Aber doch nicht jetzt, ich habe mich überhaupt nicht zurechtgemacht!«

»Das ist absolut unwichtig«, lachte ich auf, »alles ist unwichtig!«

Wir schwatzten hinterher eine Stunde lang, und schließlich fragte sie mich, was mich nach Alexandria getrieben hätte. Als ich von meinen Plänen erzählte, sagte sie: »Viele sind jetzt dabei, ihre Angelegenheiten zu ordnen, und dann verlassen sie das Land.«

Gähnend entgegnete ich: »Ich werde bestimmt weder eine Firma noch eine Fabrik eröffnen.«

»Dann such dir einen geeigneten Khawaga, und setz dich an seine Stelle!«

»Gar keine schlechte Idee, aber ich muß erst alles überprüfen.«

Es regnete in Strömen, als ich zurückfuhr. Ich konnte die Straße nur mühsam erkennen, obwohl die Scheibenwischer wie wild hin und her fuhren. Wütend sagte ich mir, daß die Zeit gegen mich arbeitete.

Sie war schön, trotz des Küchengeruchs schön.

»Zwei Stückchen Zucker, bitte!« Ich bat sie darum, weil der Zucker sich im Tee auflösen und sie eine Minute bleiben sollte. »Du warst hart mit mir, Zuchra!«

»Nein, Sie sind zu weit gegangen!«

»Ich wollte dir doch nur meine Gefühle für dich zeigen.«

»Ich bin zum Arbeiten hier, zu nichts sonst!« entgegnete sie scharf.

»Das Thema haben wir doch schon erledigt.«

»Sie scheinen es aber nicht zu glauben.«

»Zuchra, du verstehst mich falsch!«

»Sie sind ein anständiger Herr, also seien Sie auch anständig zu mir!«

Sie ging, denn meine Worte: »Ich werde dich ewig lieben!« hatten sie vertrieben.

Komm mit mir auf eine seltsame Reise, an einem schrecklichen Tag! Schelte und Tadel von meinem Bruder, Tadel von meinem Onkel. Die Schule bleibt die Schule wie immer. Wir wollen auf den Feldweg gehen, eine lange, seltsame Reise antreten, nach Nord und nach Süd, viele Tage und Nächte lang. In jeder Ortschaft, durch die wir kommen, versorgen wir uns mit Nahrungsmitteln und Getränken. Ich bin nicht mehr minderjährig!

Ich habe euch beide zusammen gesehen. Auf dem Gang vor dem Bad habe ich euch beide zusammen gesehen. Sarhan ist es also! Er zwickte dich zärtlich in die Wange. Aber du hobst nicht zornig den Kopf! Vielmehr lächelte dein hübsches Gesicht und strahlte in bräunlichem Glanz. Kokett warfst du deine Zöpfe nach hinten, als wärst du mit ihm im Maisfeld. So ist mir also dieser Fellache um ein paar Tage zuvorgekommen! Das macht mir nichts aus, wenn die Aufteilung gerecht erfolgt, von mir aus jeweils einen Tag für mich und zwei für ihn.

Ich lache lange, als ich den Ford starte, und rufe: »Vergiß es, Sunnyboy, vergiß es!«

Ich bringe Tolba Marzuq mit dem Auto zum Trianon, und er lädt mich ein, dort mit ihm zu sitzen. Auf dem Weg kommen wir an Sarhan al-Buheri vorbei, der mit jemand anderem die Straße entlang geht, und grüßen uns gegenseitig.

Tolba fragt mich, wie ich meine Zeit verbringe, und ich sage ihm, daß ich mit dem Auto herumfahre und über ein neues Projekt nachdenke.

»Haben Sie Erfahrung mit einer bestimmten Tätigkeit?« will er von mir wissen.

Ich verneine.

»Vergeuden Sie Ihr Geld nicht!« rät er.

»Aber ich bin fest entschlossen ...«

»Heiraten Sie lieber, damit Sie zur Vernunft kommen!«

»Ich bin fest entschlossen, Junggeselle zu bleiben und ein Projekt zu riskieren!« entgegne ich, vor unterdrückter Wut fast platzend.

»Das ist ein cleverer Bursche!« meint er und weist auf Sarhan al-Buheri.

Interessiert frage ich: »Wissen Sie etwas über ihn?«

»Ich habe einen alten Freund, der Beziehungen zur Spinnerei-Gesellschaft hat. Dort bezeichnet man ihn als einen jungen Revolutionär. Das reicht doch.«

»Halten Sie ihn denn für aufrichtig?«

»Mein Lieber, wir leben schließlich in einem Dschungel, in dem die Bestien miteinander um unsere Wänste kämpfen ...«

Ich bin insgeheim erleichtert. Er fährt fort: »Auch in jeder Uniform steckt einer, der verrückt ist nach Wohlstand und Luxus.«

Voller Zustimmung und im Vertrauen darauf, daß wir ganz unter uns sind, werfe ich ein: »Aber gibt es nicht auch Reformen, die man durchaus gutheißen kann?«

Er läßt seine Pausbäckchen tanzen und sagt: »Mit denen will man doch nur Leute ansprechen, die nicht den Verstand haben, die Dinge zu begreifen. Und die unterstehen

– wie wir beide – der Gnade und Barmherzigkeit der Uniformen.«

Als es mir einfällt, in die Pension zurückzukehren, treffe ich draußen auf Sarhan und nehme ihn im Auto mit. Es ist fast so, als müßte man zu diesem verdammten Kerl auch noch immer freundlich sein. Obwohl ich ihn verachte, lasse ich ihn ungeschoren. Vielleicht ist er mir irgendwann nützlich.

Ich stoße ihn mit dem Ellbogen an und lache: »Haben Sie ein Glück, alter Junge!« Da er mich mit freundlicher Neugier ansieht, fahre ich fort: »Zuchra!«

Er hebt die starken Augenbrauen, senkt dann aber kapitulierend den Blick.

Ich schlage vor: »Sie sind sicher ein edelmütiger Fellache und werden sich mir gegenüber nicht geizig zeigen...«

»Ich verstehe wirklich nicht, worauf Sie hinauswollen!« entgegnet er ärgerlich.

Spöttisch lächelnd sage ich: »Ich werde offen mit Ihnen reden, wie es sich für Freunde gehört. Bezahlen Sie sie dafür, oder geben Sie das Geld Madame?«

»Die Sache ist nicht so, wie Sie denken«, gibt er abweisend zurück.

»Und wie soll ich sie mir dann denken?«

»Sie ist ein anständiges Fellachenmädchen, nicht..., glauben Sie mir!«

»Von mir aus! Das sieht ja fast so aus, als hätte ich ein Privatauto angehalten in der Annahme, es sei ein Taxi.«

Keine Zeit für Lappalien, Sunnyboy! Mein Fehler war, daß ich eine Weile lang einem Feind vertraute, weil ich ihn für einen Freund hielt. Aber ich bin glücklich über meine Freiheit. Meine Klasse hat mich ins Wasser gestoßen, als das Schiff bereits sank, aber ich bin glücklich über meine

Freiheit. Ich bin frei wie ein Vogel. Das ist das wahre Glück, wenn man an nichts und niemanden mehr gebunden ist, an keine Klasse, an kein Vaterland, an keine Pflicht. Von meiner Religion weiß ich nur noch so viel, daß Gott verzeiht und barmherzig ist.

Vergiß es, Sunnyboy, vergiß es!

Draußen herrscht ein Lärm, der für die Pension ganz und gar ungewöhnlich ist.

Ich bin nach meinem Nachmittagsschläfchen auf der Stelle hellwach und gehe in den Salon. Im Entrée ist ganz offensichtlich eine Prügelei im Gange. Ich schaue durch einen Spalt im Wandschirm, und mir bietet sich ein wahrhaft amüsanter Anblick: Eine unbekannte Frau hält unseren Freund al-Buheri am Kragen und prügelt und schimpft auf ihn ein. Zuchra steht daneben, das reinste Nervenbündel, stößt aufgeregt irgendwelche Worte hervor und versucht, die beiden voneinander zu trennen. Da stürzt sich die Frau plötzlich auf Zuchra. Doch die stellt unter Beweis, daß sie sich auf Prügeleien hervorragend versteht. Sie versetzt ihr zwei Faustschläge, treibt sie mit jedem ein Stück zurück, bis sie sie schließlich an die Wand gedrängt hat. Sie ist schön, aber sie hat eine eiserne Faust wie ein Landpolizist. Ich bleibe in meinem Versteck, um von dieser exklusiven Show ja nichts zu verpassen. Aber als ich eine Tür quietschen höre, trete ich vor, packe die unbekannte Frau am Handgelenk und ziehe sie hinaus, mit nichts weiter bekleidet als dem Morgenmantel über dem Pyjama. Ich stoße sie sanft vor mir her, bekunde ihr mein äußerstes Bedauern und biete ihr meine Dienste an. Sie kocht vor Wut, schimpft und flucht. Es sieht nicht so aus, als ob sie mich überhaupt bemerkt.

Sie ist gar nicht so übel. Auf dem zweiten Treppenabsatz kann ich sie dazu bringen, stehen zu bleiben, und sage ihr: »Warten Sie einen Moment! Sie müssen sich erst wieder herrichten, bevor Sie auf die Straße hinausgehen!«

Sie ordnet ihr Haar und klammert den zerrissenen Kragen ihres Kleides mit einer Haarnadel zu. Dann reiche ich ihr ein parfümiertes Taschentuch, damit sie sich das Gesicht abwischen kann.

»Mein Wagen steht vor dem Haus. Ich werde Sie nach Hause bringen, wenn Sie gestatten.«

Zum ersten Mal schaut sie mich an, dankt mir schnell. Dann gehen wir gemeinsam hinunter. Sie setzt sich neben mich ins Auto, und ich frage sie, wohin ich sie bringen soll. Sie murmelt heiser: »Nach Mazarita.«

Wir fahren unter einem wolkenverhangenen Himmel, und die Dunkelheit überrascht uns vor der Zeit. »Schlimm, wenn einen die Wut so packt!« sage ich, um sie zum Reden zu bringen.

»Dieser Mistkerl!« schimpft sie.

»Er macht aber doch den Eindruck eines anständigen Fellachen!«

»Ein Mistkerl!«

»Er ist wohl Ihr Verlobter?« frage ich mit verstecktem Sarkasmus.

Doch sie antwortet nicht. Sie ist immer noch höchst erregt. Und sie ist wirklich nicht übel. Mit Sicherheit irgendwie professionell. Ich halte vor einem Gebäude in der Lido-Straße.

Sie sagt, während sie die Tür aufmacht: »Besten Dank! Sie sind wenigstens ein anständiger Mensch!«

»Ich möchte Sie aber jetzt nicht gern allein lassen. Ich möchte ganz sichergehen, daß Sie sich wirklich besser fühlen.«

»Danke schön, mir geht es bestens!«

»Soll das heißen, daß wir uns nicht wiedersehen?«

Sie streckt mir zum Abschied die Hand entgegen und erklärt dann: »Ich arbeite im Genevoise!«

Als ich wende, bin ich noch höchst begierig, mehr über sie in Erfahrung zu bringen. Aber mein Eifer ist schon erloschen, bevor ich vor dem Haus angelangt bin. Die Sache liegt eigentlich auf der Hand. Banalitäten. Eine Liebesaffäre, ein entlaufener Liebhaber und dann die übliche Prügelei. Da hat er nun Zuchra getroffen und eine neue Geschichte begonnen. Die Frau ist jedenfalls nicht übel. Und vielleicht kann ich sie eines Nachts gebrauchen. Aber warum nur habe ich die Strapazen dieses blödsinnigen Ausflugs auf mich genommen?

Vergiß es, Sunnyboy, vergiß es.

Das Auto fliegt über die aschgrauen Straßen. Straßenlaternen und Kampferbäume galoppieren in Gegenrichtung an mir vorbei. Diese rasende Geschwindigkeit belebt das Herz, vertreibt Faulheit und Langeweile. Die Luft sirrt, Zweige erbeben und zersplittern in wahnwitzigen Wellen. Manchmal strömt Regen nieder, wäscht den Ackerboden, und die Felder erglänzen in glitzerndem Grün. Von der Festung Qajitbey nach Abuqir, von der Küste nach al-Sijuf, vom Zentrum der Stadt in ihre Vororte. Über jedes Stück planierten und asphaltierten Bodens rase ich mit meinem Wagen.

Die Zeit verstreicht, und ich unternehme keinerlei ernsthafte Schritte, um das Projekt zu verwirklichen. Statt dessen kommt es mir in den Sinn, eine Entdeckungsreise zu den heißen Adressen von früher zu unternehmen. Ich besuche eine alte Kupplerin in al-Schatbi, und sie bringt mir ein einigermaßen akzeptables Mädchen für den Morgen. Das Mittagessen nehme ich bei einer anderen Kupplerin im Sporting-Club ein. Sie versorgt mich mit einer Armenierin, die wirklich außergewöhnliche Qualitäten aufweist. Die Kupplerin im Sidi Gaber vermittelt mir ein wahres Prachtstück, die Tochter einer italienischen Mutter und eines syrischen Vaters. Ich bestehe darauf, sie zu einer Autofahrt einzuladen. Sie warnt mich vor den grauen Wolken, die Regen ankündigen. Ich sage ihr, daß ich mir wünschte, daß es in Strömen gösse. Als wir auf der Landstraße nach Abuqir sind, bricht tatsächlich heftiger Regen los. Die Menschen fliehen. Ich mache die Fenster zu und schaue auf das herabströmende Wasser, die tanzenden Bäume und das reine, endlose, offene Land. Die Schöne aber hat Angst und meint, das sei Wahnsinn. Ich entgegne ihr, sie solle sich zwei splitternackte Menschen vorstellen, die wie wir in einem Auto steckten, aber trotzdem sicher sind vor aller Neugier, die sich im Takt der zuckenden Blitze, der Donnersalven und des rauschenden Regens küssen. Sie wendet ein, das sei ganz und gar unmöglich. Ich frage sie, ob sie nicht Lust habe, im Schutz dieses elementaren Zornesausbruchs der Welt und allen, die auf ihr sind, die Zunge herauszustrecken. Unmöglich sei das, meint sie, vollkommen unmöglich. Das werde aber gleich passieren, sage ich ihr, nehme einen Schluck aus der Flasche, und jedesmal, wenn der Donner lospoltert, fordere ich ihn auf, lauter zu grollen. Ich flehe den Himmel an, seine Wassertanks zu entleeren. Die Schöne meint, dann könne das Auto streiken: Ich bekräftige: »Amen, Amen, Amen!« Sie fürchtet, es könne dunkel werden. Ich finde, es soll ewig dauern. »Du bist verrückt«, schimpft sie, »total verrückt!«

Ich schreie, so laut ich kann: »Vergiß es, Sunnyboy, vergiß es!«

Am Frühstückstisch höre ich die seltsame Kunde über Zuchras Entschluß, etwas zu lernen. Sie bekommt unterschiedliche Kommentare zu hören, die nicht frei sind von Foppereien, aber ihr doch insgesamt Mut machen wollen. Die Geschichte schneidet mir ins Herz und reißt alte Wunden auf. Schließlich hat sich um mich nie jemand wirklich gekümmert, als ich aufgewachsen bin. So habe ich mich voll und ganz ins Amüsement gestürzt. Damals habe ich nichts bereut, aber ich habe zu spät begriffen, daß die Zeit gegen mich arbeitet, nicht für mich, wie ich zunächst angenommen hatte. So hat sich also das Fellachenmädchen entschlossen, etwas zu lernen. Madame setzt mir auseinander, was sie auf dem Dorf erlebt und was sie nach Alexandria getrieben hat. Mir wird klar, daß sie ja gar nicht Madames Untergebene ist. Vielleicht ist sie sogar noch Jungfrau, wenn nicht Sarhan einer von denen ist, die dafür sorgen, daß eine Jungfrau nicht lange eine bleibt.

Doch ich sage boshaft zu Madame: »Ich dachte, Zuchra ...« und mache eine entsprechende Handbewegung.

»Aber nein!« wehrt sie ab.

Ich tue plötzlich so, als wollte ich von dem ganzen Thema nichts mehr wissen, und fordere sie auf: »Sie müssen unbedingt an unser Projekt denken!«

Mit der Gerissenheit einer alten Kupplerin fragt sie zurück: »Und woher soll ich das Geld dafür nehmen?«

»Was wäre eigentlich, wenn ich eine Freundin hierher einladen wollte?« will ich, Interesse am guten Ruf der Pension vortäuschend, von ihr wissen.

»Die Pension ist voll besetzt«, entgegnet sie mit bedauerndem Kopfschütteln. »Und wenn ich es einem erlaube, kann ich es einem anderen nicht abschlagen! Aber ich könnte Ihnen einen Hinweis auf ein Plätzchen geben, wenn Sie wollen ...«

Als ich Zuchra zufällig im Salon treffe, beglückwünsche ich sie zu ihrem Entschluß und empfehle ihr lachend: »Streng dich an! Wenn aus meinem Projekt etwas wird, brauche ich eine gute Sekretärin!«

Sie lächelt so glücklich, daß sie noch hübscher wirkt als sonst. Tatsache ist, daß ich immer noch scharf auf sie bin, obwohl mir von vornherein klar ist, daß ich sie nach einer Woche satt habe. Aber diese eine Woche, die muß sein!

Das Auto durchstreift Straßen und Stadtviertel. Die Luft ist so rein, ruhig und ausgeglichen, daß es meine Nerven aufpeitscht. Um meinen Geschwindigkeitswahn voll entfalten und ohne jedes Hindernis auskosten zu können, lenke ich zur Wüstenstraße und gehe dort auf 120 Stundenkilometer. Dann rase ich mit derselben Geschwindigkeit zurück. Das Mittagessen nehme ich im Pampam ein. Ich gable ein Mädchen auf, das gerade aus einem Frisiersalon kommt. Am Nachmittag fahre ich in die Pension zurück. Im Entrée sehe ich Zuchra neben einem jungen Mädchen sitzen und begreife auf der Stelle, daß es nur die Lehrerin sein kann. Ich setze mich zu Madame und schaue zur Lehrerin hinüber. Nicht übel! Sie hat zwar einen leichten Buckel, kaum wahrnehmbar, aber auch ein ganz hübsches, ja aufregendes Stupsnäschen. Schade, daß ein Mädchen wie sie nicht für eine schnelle Nacht zu haben ist! Für solche Mädchen muß es schon eine feste und längere Beziehung sein. Vielleicht wäre sie nicht einmal damit zufrieden, sondern hält nach einer echten Ehe Ausschau, als hätte sie von der Forderung der Revolution nach Familienplanung noch nie etwas gehört.

Madame macht uns miteinander bekannt. Wie es ihre Gewohnheit ist, stellt sie mich vollständig vor, das heißt samt den hundert Feddan und dem Projekt. Ich freue mich darüber und lobe ihre Gewandtheit, das Resultat vieljähriger Erfahrungen. Bei meinen Rundfahrten konzentriere ich mich jetzt auf das Muharram-Bey-Viertel, wo ihre Schule liegt. Einmal habe ich sogar Erfolg. Ich sehe sie am frühen Nachmittag an der Bushaltestelle stehen. Ich stoppe und lade sie ein, mit mir zu fahren. Sie zögert zunächst, aber die Tatsache, daß sich der Himmel zunehmend bezieht, bringt sie schließlich dazu, meine Einladung anzunehmen. Ich fahre sie zu unserem Haus und klage ihr dabei, wie einsam ich in Alexandria bin, wie sehr ich einen Rat und eine Meinung zu meinem Projekt brauche, und sage schließlich, als sie sich von mir verabschiedet: »Ich glaube, ich muß Sie unbedingt wiedersehen!«

»Aber bitte, besuchen Sie uns doch!« ermutigt sie mich herzlich.

Tatsache ist, Sunnyboy, daß dein Alter und dein Geld dich mit zwingender Logik zu einer guten Partie machen. Deswegen sollte ich besser gar keine Lehrerin, Ärztin, Rundfunksprecherin oder Beamtin nach Hause begleiten. Wenn ich meinen Aktionsradius erweitern will, muß ich unbedingt meine Umgebung mit einem Ring hinters Licht führen, mit einer Ehe, die ich gar nicht führe.

Mir fällt für den Rest des Tages nichts anderes mehr ein, als zu der maltesischen Kupplerin im Cleopatra zu fahren und sie aufzufordern, so viele wie möglich von ihren Mädchen herzuschaffen. Und dann erlebe ich eine ganz tolle, wilde Nacht voll der ausgefallensten Tobereien, wie sie die Geschichte seit der Zeit unseres Kalifen Harun al-Raschid, Ehre seinem ewigen Andenken, nicht mehr gekannt hat.

»Er hat seine Mutter nie kennengelernt, und sein Vater hat ihn allein gelassen, als er sechs Jahre alt war. Deswegen kann ich einfach nicht streng zu ihm sein!«

Er sagte das ganz ruhig, aber mein Bruder kochte vor Zorn.

Ringsum lauter Leichen. Den Methusalem der Journalistik kann ich echt nicht ausstehen. Wenn ich schon morgens sein Gesicht am Frühstückstisch sehe, weiß ich, daß mir das Pech bringt. Tolba Marzuq will von mir wissen, wie ich mit meinem Projekt vorangekommen bin. Ich schnuppere, rieche den Duft von Räucherwerk und frage, was es damit auf sich hat.

Da lacht Tolba Bey und sagt: »Sie sollten Madame sehen, wie sie mit dem Räuchergefäß in der Hand durch die Zimmer wandelt!«

»So lieben Sie Umm Kulthum und glauben auch daran, daß Räucherwerk gegen den bösen Blick hilft?« Ich schaue sie fragend an, denn das ist wirklich seltsam bei einer Griechin. Sie lächelt beiläufig, weil sie ganz gebannt einem griechischen Schlager zuhört.

Ich sage zu Tolba Bey: »Ich muß mir unbedingt einen Khawaga suchen, der auswandern will, damit ich übernehmen kann, was er hier abstößt.«

»Eine gute Idee! Was meinen Sie dazu, Mariana?«

»Ja«, sagt sie schnell, denn sie will sich nicht von dem griechischen Schlager ablenken lassen, »warten Sie, ich glaube, der Besitzer des Cafés Miramar denkt daran.«

»Worum geht es eigentlich in dem Schlager?«

»Er handelt von einem Mädchen im heiratsfähigen Alter«, entgegnet sie gespreizt. »Ihre Mutter fragt sie, und sie zählt auf, welche Vorzüge sie von ihrem späteren Bräutigam verlangt.«

Ich lasse den Blick zwischen dem Foto des Kapitäns und ihrem Jugendbild hin und her gehen, und sie erklärt leise: »Ich könnte heute noch eine große Dame sein.«

»Aber Sie sind doch eine Dame durch und durch!«

»Ich meine, eine Dame im Ibrahimijja-Palais«, wendet sie ein.

»Vergeuden Sie Ihre Zeit nicht tatenlos«, fordert mich der Methusalem der Journalistik auf. Insgeheim verfluche ich ihn.

Es ist beißend kalt und ganz still. Ich habe mich mit dem italo-syrischen Mädchen in der Wohnung der Kupplerin in Sidi Gaber verabredet.

Vergiß es, Sunnyboy, vergiß es!

Am Frühstückstisch erfahre ich, daß Zuchras Schwester und ihr Mann dagewesen sind. »Sie hat endgültig beschlossen, bei uns zu bleiben«, freut sich Madame.

»Wir wollen froh sein, daß die Begegnung friedlich verlaufen ist«, werfe ich ein. »Ich meine, daß man nicht versucht hat, sie umzubringen.«

»Al-Buhera scheint mir ganz schön abgeschlafft!« spotte ich dann zu Sarhan al-Buheri.

»Abgeschlafft?«

»Man sagt, daß es so nahe bei Alexandria liegt, daß die strengen ländlichen Sittenbegriffe abgeschliffen sind.«

Er brüstet sich mit seiner dröhnenden Stimme: »Das heißt doch nur, daß es heute zivilisierter ist als der übrige Rif!«

Tolba Marzuq fährt mit mir, denn ich soll ihn ins Windsor-Hotel bringen. Er ist der einzige, für den ich so etwas wie Sympathie und Verehrung habe. Mir kommt er immer wie die Statue eines alten Königs vor, dessen Reich vergangen und dessen Zeit längst vorüber ist, der aber alle seine persönlichen Vorzüge bewahrt hat.

Voll boshafter Gedanken sage ich zu ihm: »Wäre es nicht das Beste für das Fellachenmädchen gewesen, wenn es mit ihren Leuten gegangen wäre?«

»Das Beste wäre zweifellos gewesen, wenn sie gar nicht erst geflohen wäre!«

»Das heißt, es gibt ernsthafte Gründe, die sie daran hindern zurückzukehren, selbst wenn sie das wollte?«

»Sie meinen den Burschen aus al-Buhera?«

»Ich denke zwar nicht speziell an ihn, aber es hängt jedenfalls mit ihm zusammen.«

»Sehr wahrscheinlich«, lacht der Mann. »Wahrscheinlich ist er auch unschuldig an dem, was Sie argwöhnen. Und ein anderer stand hinter ihrer Flucht aus dem Dorf.«

Mein Mißtrauen ihr gegenüber wächst, als ich – ein paar Tage später – erfahre, daß sie den Heiratsantrag von Machmud Abul-Abbas, dem Zeitungsverkäufer, ausgeschlagen hat. Machmud hat mich nämlich in der Angelegenheit um Rat gefragt, da ich ein alter Kunde von ihm bin, bevor er sich getraute, zu Madame zu gehen, um um die Hand des Mädchens anzuhalten. Als ich am Tag nach seinem vergeblichen Versuch vor seiner Auslage stehe, bin ich mir ganz sicher, daß er auf das Thema zu sprechen kommen wird. Er scheint ärgerlich und aufgeregt. Wir schauen uns gegenseitig in einer Weise an, die nicht mehr vieler Worte bedarf. Ich versuche ihn zu trösten: »Ein Paradebeispiel für die Mädchen von heute!«

Erbost entgegnet er: »Soll sie noch einmal so einen finden wie mich!«

»Gott wird Ihnen eine bessere geben als sie. Und wenn Sie meine Meinung wissen wollen: Die Pension ist nicht der rechte Ort für Sie, sich eine Braut zu suchen.«

»Ich hatte sie für ein anständiges Mädchen gehalten!«

»Ich habe nicht gesagt, daß sie das nicht ist, aber...«

»Aber was?« fragt er interessiert.

»Was kümmert Sie das denn noch, wo die Geschichte für Sie vorbei ist?«

»Ich will wieder in Frieden leben können.«

»Würden Sie das tun können, wenn ich Ihnen sage, daß sie Sarhan al-Buheri liebt?«

»Sie muß doch total verrückt sein! Wird Ustas Sarhan al-Buheri sie denn heiraten?«

»Ich habe von Liebe geredet, nicht von Heirat«, sage ich zum Abschluß.

Vom ersten Tag an konnte ich Sarhan nicht leiden. Ja, meine Abneigung war nahezu verschwunden, als er meine Gesellschaft suchte, mir sein Herz öffnete, mich ins Vertrauen zog. Aber sehr schnell war alles wieder beim alten. Zuchra hatte mit dieser Abneigung nichts zu tun. Sie war viel zu unbedeutend, als daß ich ihretwegen einen Menschen verabscheute oder liebte. Vielleicht haßte ich ihn wegen seiner ungeschminkten Art daherzureden, vielleicht auch, weil er hartnäckig die Revolution bei passender oder unpassender Gelegenheit in den höchsten Tönen lobte. Dabei zwang er mich oft, daß ich mich, wenn auch schweigend, auf seine Seite stellte.

Einmal stach mich der Hafer, und ich sagte ihm: »Wir glauben zwar an die Revolution, aber die Zeit vorher war doch keine völlige Leere.«

»Doch, sie war es«, widersprach er mit einer Widerborstigkeit, die mich ärgerte.

»Es gab die Corniche schon vorher ebenso wie die Universität von Alexandria!«

»Aber die Corniche war nicht für das Volk da, und die Universität auch nicht.«

Dann fragte er mich lachend und anscheinend ohne Neid: »Sagen Sie mir doch, warum besitzen Sie allein hundert Feddan, während meine Familie nur ganze zehn Feddan ihr eigen nennt?«

Meine Wut unterdrückend, erwiderte ich: »Und warum besitzt sie zehn Feddan, während Millionen von Fellachen nicht über eine Handbreit Acker verfügen?«

»Was du da erzählst, ich glaube sowieso nicht daran. Daß Mirved dir einen Korb gegeben hat, hat dich ganz einfach um deinen Verstand gebracht. Du glaubst doch selbst nicht an das, was heute von Gerechtigkeit und Sozialismus dahergeredet wird. Alles läßt sich in einem einzigen Wort zusammenfassen: Macht. Wer die Macht besitzt, verfügt auch über alles andere. Danach kann er ruhig dem Volk Loblieder auf Gerechtigkeit und Sozialismus singen. Oder hast du jemals gesehen, daß einer von denen fast hungrig über die Märkte gegangen wäre, wie es seinerzeit unser Herr Omar Ibn al-Khattab, der gerechte Kalif, getan hat?«

Sehr schnell jedenfalls kommt mir die frohe Botschaft von der Schlägerei zwischen Machmud Abul-Abbas, dem Zeitungshändler, und Sarhan al-Buheri aus der Zwiebelregion zu Ohren. Da der aber offensichtlich nicht darüber reden will, tue ich so, als wüßte ich von nichts. Doch ich packe die Gelegenheit beim Schopf, ihn nach seiner Meinung zu dem Projekt zu fragen, als ich einmal am Eingang zur Pension mit ihm zusammenstoße. Eifrig empfiehlt er mir: »Lassen Sie die Finger von dem Projekt mit dem Café und ähnlichen Dingen. Sie stammen doch aus einer guten Familie. Sie müssen sich etwas Angemesseneres suchen.«

»Zum Beispiel?«

»Ich würde sagen, eine Hühnerfarm oder eine Kälberfarm. Das bringt was ein.«

Dann, nach kurzem Nachdenken: »Vielleicht pachten wir ein Stück Land in der Region Semucha. Dann könnte ich Ihnen auch mit meiner Erfahrung und meinen Freunden helfen. Unter Umständen beteilige ich mich sogar daran.«

Wie klein kommt einem Alexandria vor, wenn man so ein rasantes Traumschiff hat! Ich brause in Windeseile dahin, aber es verwandelt sich in eine Sardinenbüchse. Mit alberner Beständigkeit folgt die Nacht auf den Tag, und es passiert nichts. Obwohl sich der Himmel jeden Morgen mit einem andern Festgewand fein macht, das Wetter einem Ringkämpfer gleicht, dessen nächste Bewegung man nicht vorhersagen kann, die Frauen in unzähligen Formen gefügig sind, passiert überhaupt nichts. In Wirklichkeit ist die Welt schon tot, und dies sind nur noch ihre letzten Zuckungen vor der Leichenstarre.

Das Genevoise kommt mir in den Sinn.

Es liegt an der Corniche, trotzt dem Meer und dem Winter, aber der Eingang ist in einer schmalen Seitenstraße. Dort gibt es eine Bühne für Gesangs- und Tanzvorführungen und in der Mitte eine Tanzfläche für die Gäste. Die fahlrote Farbe der Decke, der Wände und der Lampen erweckt den Eindruck, als sei es ein Gespensterschloß. Ein Blick auf die Mädchen und die Kunden gibt einem das unbestimmte Gefühl, man befinde sich in einem Bordell.

Ich sehe das Mädchen von al-Buheri einen ziemlich obszönen volkstümlichen Tanz tanzen. Ich lade sie ein, an meinen Tisch zu kommen, doch sie erkennt mich zunächst nicht. Dann entschuldigt sie sich mit dem Zustand, in dem sie an dem Tag war, an dem wir uns kennengelernt haben. Schnell sagt sie, daß sie schon seit langem auf mich warte, und ich gebe vor, wenig Zeit und viel Arbeit gehabt zu haben. Ich erfahre nun, daß sie Safejja Barakat heißt, doch wer weiß, welches ihr richtiger Name ist. Sie ist hübscher als die Lehrerin, aber ein bißchen zu fett. Sie hat den Gesichtsausdruck der Professionellen. Ich trinke bis zur Bewußtlosigkeit, dann lade ich sie ein, in mein Auto zu kommen und fahre mit ihr zur Lidostraße in Mazarita. Als ich mit ihr schlafen will, entzieht sie sich mir jedoch mit einer zwingenden Begründung. So kehre ich ebenso betrunken wie frustriert in die Pension zurück.

Auf dem Weg in mein Zimmer sehe ich Zuchra im Nachthemd aus dem Bad kommen. Ich stelle mich mit offenen Armen vor sie hin. Sie bleibt erschrocken stehen. Als ich auf sie zutrete, fordert sie mich resolut auf: »Gehen Sie weg!«

Ich weise mit dem Finger auf mein Zimmer, aber sie ruft mit drohender Stimme: »Machen Sie sofort Platz!«

Gepackt von Gier und Verlangen, stürze ich mich auf sie, doch sie versetzt mir einen erstaunlich kräftigen Faustschlag gegen die Brust, der mich unheimlich wütend macht. Halbirr vor Zorn, schlage ich sie brutal. Dann will ich über sie herfallen, da legt sich mir eine Hand auf die Schulter, und ich höre Sarhans Stimme keuchen: »Husni, sind Sie total verrückt geworden!«

Ich stoße ihn heftig zurück, aber er packt mich noch fester an der Schulter und befiehlt: »Gehen Sie sofort ins Bad, und stecken Sie den Finger in den Mund!«

Ich drehe mich zu ihm um und versetze ihm einen derben Schlag, der ihn völlig unerwartet trifft. Er tritt brüllend einen Schritt zurück und drischt dann kräftig auf mich ein.

Da plötzlich kommt Madame, zieht ihren Morgenrock um sich zusammen und fragt wütend: »Was ist denn hier los?« Sie stellt sich zwischen mich und Sarhan und schimpft: »Das geht zu weit, das ist der Ruin! Das kann ich nicht dulden!«

Die Engel schwimmen oder tanzen an der Decke. Der Regen klopft im Takt gegen die Fenster, und das Tosen der Wellen gellt in den Ohren wie die Detonationen einer brausenden Schlacht. Unter den Schlägen meiner Kopfschmerzen schließe ich wieder die Augen. Ich seufze und verfluche alles. Dann entdecke ich, daß ich den Rest der Nacht in Anzug, Mantel und Schuhen geschlafen habe. Die Erinnerungen an diese letzte Nacht stürmen auf mich ein, und ich fluche allem und jedem.

Madame klopft an und tritt in mein Zimmer. Sie bleibt an der Tür stehen und sieht zu, wie ich schwerfällig und träge in meinem Bett höherrutsche, um mich ans Kopfende lehnen zu können.

»Nun, haben Sie Ihren Termin versäumt?« fragt sie. Dann sinkt sie in den großen Sessel und wirft mir vor: »Das kommt vom vielen Alkohol!« Unsere Blicke treffen sich, lächelnd sagt sie: »Ich mag Sie sehr, aber trinken Sie nicht noch einmal so viel!«

»Es tut mir leid«, murmle ich und hebe den Kopf zur Decke, die mit Engeln verziert ist. Dann, nach einer Weile: »Ich muß mich bei Zuchra entschuldigen!«

»Gut, aber versprechen Sie mir, daß Sie sich so benehmen, wie es sich für jemanden aus Ihrer Familie gehört!«

»Bitten Sie doch bei Zuchra für mich um Verzeihung, bevor ich selbst dazu in der Lage bin!«

Das war das Ende meiner Beziehung zu Sarhan. Mit Zuchra dagegen versöhnte ich mich nach einigem Widerstreben ihrerseits wieder. Ich leugne nicht, daß der Streit mit Sarhan eine Leere in mir hinterlassen hat. Den anderen, Mansur Bahi, kenne ich kaum. Wir wechseln höchstens ein paar flüchtige Worte am Frühstückstisch, die mir gar nicht erst im Gedächtnis bleiben. Zweifellos empfinden wir eine unausgesprochene Abneigung gegeneinander. Ich verachte seine Introvertiertheit, seinen Stolz, sein feminines Gehabe, die billige Wohlerzogenheit, in der er sich gefällt. Einmal habe ich ihn im Radio gehört, und seine Stimme – so verlogen wie er selber –, zu der man sich einen Ritter mit Rednertalent vorstellt, versetzte mich in Schrecken. Seltsam ist, daß nur der Methusalem der Journalistik sich zu ihm hingezogen fühlt, was mich zu der Vermutung treibt, der alte Junggeselle sei früher vielleicht mal Päderast gewesen.

Es empfiehlt sich für mich, das Zimmer nicht zu verlassen, aber da draußen spielt sich ein Glücksfall ab, offenbar im Zimmer von al-Buheri? Ja! Ein Wortwechsel oder besser ein Streit, vielleicht sogar ein Gezänk, eine Prügelei zwischen Romeo, dem Buheri, und Julia, der Buheritin. Was hat das zu bedeuten? Verlangt sie von ihm, daß er die Angelegenheit wieder in Ordnung bringt? Will er sich drücken und sie sitzenlassen, wie er es mit Safejja getan hat? Das ist höchst amüsant, aber es empfiehlt sich für mich, das Zimmer nicht zu verlassen. Wo hatten sich nur all diese freudigen Überraschungen verborgen gehalten? Sunnyboy, paß gut auf, und genieß diesen wundervollen Augenblick!

Die Stimme dröhnt: »Ich bin ein freier Mensch! Ich heirate, wen ich will! Ich werde Alejja heiraten!«

Mein lieber heiliger Badawi! Alejja! Das ist doch die Lehrerin! Also hat er ihre Einladung, sie zu Hause zu besuchen, wahrgenommen und ist von der Schülerin zur Lehrerin umgestiegen? Aufgepaßt, Sunnyboy! Wie schön ist dein Tag, Alexandria! Es lebe die Revolution! Auch die Juli-Gesetze sollen leben! Ich höre die Stimme von Madame, die auf arabisch kauderwelscht, und da ist auch die eifrige Stimme des Rundfunksprechers leibhaftig. Zum Schluß geruht also auch er, sich um die Probleme der Untertanen zu kümmern. Er wird sicher eine Lösung für diese Provinz-Komplikationen finden! Seid mir herzlich willkommen, ihr Prügeleien! Nichts wie los, Sunnyboy. Paß auf, daß dich die Ereignisse nicht überrollen!

Ich höre die Geschichte ein weiteres Mal, in Flötentönen vorgetragen von Madame. Zum Schluß sagt sie mir: »Ich habe ihn hinausgeworfen. Ich hätte ihn gar nicht erst als Gast aufnehmen dürfen!«

Ich lobe Madames fürsorgliches Verhalten und frage dann nach Zuchra.

»Sie hat sich in ihr Zimmer zurückgezogen. Sie fühlt sich gar nicht wohl.«

Ja. Die alte Geschichte, die immer wieder neu erwächst wie Frühling, Sommer, Herbst und Winter. Al-Buheri kann man eigentlich nur gratulieren, daß er hinausgeworfen wurde, denn er hat die Beförderung in den fünften Stock erreicht. Niemand weiß, wohin ihn sein Weg noch führen wird.

»Der Besitzer des Cafés Miramar denkt ernsthaft daran zu verkaufen!« verkündet Madame. Selbstbewußt entgegne ich: »Ich bin gern bereit, mit ihm zu verhandeln.«

Und wieder treibt mich das Verlangen, Alexandria nach allen Richtungen zu durchstreifen, und ich verlasse die Pension.

Vergiß es, Sunnyboy, vergiß es!

Zum ersten Mal erlebe ich sie niedergeschlagen, bedrückt. Sie hat ihre frischen Farben verloren, ihre braunen Augen sind ohne die gewohnte Schönheit, den Glanz, den sie sonst ausstrahlen. Sie gießt mir meinen Tee ein und will gehen, aber ich bitte sie, noch zu bleiben. Der Sturm heult in Böen, und die dicken Wolken draußen haben das Zimmer in Dunkel getaucht.

»Zuchra, die Welt ist voller Gemeinheiten, aber sie ist auch nicht ganz frei von guten Taten.« Es scheint nicht so, als wolle sie mir zuhören oder als interessiere sie sich überhaupt für irgend etwas.

»Sieh doch, was ich getan habe! Für mich war das Leben bei meiner Familie in Tanta äußerst unerquicklich, und da bin ich nach Alexandria ausgerissen.«

Sie schweigt und zeigt keine Spur von Interesse.

»Ich sage dir, kein Schmerz dauert ewig und auch keine Freude. Der Mensch muß seinen Weg selbst finden. Wenn ihn das Schicksal auf einen Pfad führt, auf dem er nicht weiterkommt, dann muß er sich einen anderen suchen.«

»Es ist ja alles in Ordnung. Ich bedaure nichts!«

»Nein, Zuchra, du bist traurig, sehr traurig. Und du darfst es auch sein. Aber du mußt das hinter dich bringen! Wenn du dich zu dieser Entscheidung durchringst, ist das schon deine halbe Rettung, wenn nicht die Rettung überhaupt!«

Ich kämpfe dagegen an, mich nicht von dem Ausdruck eines starken Willens beeinflussen zu lassen, der ihr Gesicht vorübergehend entstellt, und sage: »Hör mir gut zu! Ich mache dir einen Vorschlag. Sag jetzt nichts dazu, sondern denk in Ruhe darüber nach!«

Nach einer kurzen Pause: »Es wird nicht mehr lange dauern, dann habe ich mein Projekt.«

Sie murmelt etwas vor sich hin. Ich fahre fort: »Wenn

du willst, kannst du bei mir eine ehrenhafte Anstellung finden.«

In ihren Augen zeichnet sich Mißtrauen ab. Ich spreche weiter: »Das hier ist doch nicht das richtige für dich. Ein anständiges Mädchen wie du in einer Wohnung mit allen möglichen Männern, die ihr Vergnügen und ihre Zerstreuung suchen. Wer kann das noch mit ansehen!«

Sie hält nichts von dem, was ich vorbringe, für ernst. Das ist sehr deutlich zu merken. So bekräftige ich: »Du wirst bei mir gut aufgehoben sein, eine respektable Tätigkeit und ein schönes Leben haben!«

Sehr leise sagt sie etwas, was ich nicht verstehe, nimmt das Tablett und geht hinaus.

Ich bin wütend, wütend auf sie ebenso wie auf mich. Es ist eine Wut, die an Haß grenzt. Die Begierden frustrierter Männer haben sie ihren niedrigen Stand vergessen lassen. Verflucht sei die Erde, die dich in ihrem Staub hat aufwachsen lassen, Zuchra! Gedemütigt und bitter sage ich: »Vergiß es, Sunnyboy, vergiß es!«

Ich verbringe eine Nacht zwischen den fahlroten Wänden des Genevoise. Safejja hatte mich aufgefordert, die Nacht bei ihr zu verbringen, und ich bin der Einladung gefolgt.

Stockbetrunken trage ich ihr meine Probleme und Sorgen vor. Als das Gespräch auf das Projekt kommt, wird sie lebhaft: »Endlich! Wie schön!« Dann, sich eine Zigarette anzündend: »Das Genevoise ... Sein Besitzer will verkaufen!«

Mit alkoholisierter Stimme wehre ich ab: »Aber es ist ein elender Schuppen!«

»Denk doch, wie günstig es liegt! Man könnte daraus einen Nachtklub und ein vorzügliches Speiserestaurant machen!« Sie versichert mir, daß es jetzt schon, obwohl so heruntergekommen, viel einbringt, und prophezeit einen weitaus größeren Erfolg, wenn es renoviert würde.

»Du bist doch jemand«, unterstreicht sie, »das wird die Polizei in Betracht ziehen, wenn sie Kontrollen durchführt. Und ich verfüge über umfangreiche Erfahrungen. Der Sommer ist ohnehin sicher, und das übrige Jahr ist es auch dank der Libyer, die mit ihren Petrodollars über uns hereingebrochen sind.«

Wie im Traum bitte ich sie, mir einen Termin mit dem Khawaga zu machen.

»So schnell wie möglich. Und ich werde mich um die Mädchen kümmern!«

»Einverstanden!«

Sie küßt mich und fragt: »Warum ziehst du eigentlich nicht zu mir?«

»Das ist eine gute Idee! Aber du mußt auch wissen, was für einer ich bin, damit wir zusammen arbeiten können. Das, was man Liebe nennt, kenne ich nicht.«

Gegen zehn Uhr morgens kehre ich in die Pension zurück. Am Eingang zum Gebäude treffe ich Sarhan al-Buheri. Er tut, als kenne er mich nicht, und ich mache es mit ihm ebenso. Wir stehen beide da und warten darauf, daß der Lift herunterkommt. Ich sage mir, daß er vielleicht die Familie seiner Braut besuchen will. Plötzlich wendet er sich zu mir: »Sie waren schuld an dem, was sich zwischen mir und Machmud Abul-Abbas abgespielt hat!«

Ich ignoriere ihn völlig und tue so, als höre ich ihn nicht.

»Das hat er mir gestanden«, fährt er fort. Als ich ihn kühl und voller Verachtung weiter ignoriere, sagt er nervös: »Jedenfalls haben Sie keinen Funken männlichen Anstands!«

Ich drehe mich zu ihm und schreie ihn wütend an: »Halten Sie den Mund, Sie Schwein.«

Plötzlich sind wir in eine Prügelei verwickelt, bis der Pförtner und einige seiner Kameraden kommen und uns auseinanderreißen. Das bedeutet das Ende der Schlägerei, aber nun beginnt ein wildes Geschimpfe. Schließlich ruft er: »Ich werde es Ihnen heimzahlen, warten Sie nur!«

»So komm schon, ich werde dich von deinem dreckigen Leben befreien!« schreie ich zurück.

Zur nachmittäglichen Runde um das Radio finde ich Madame und Tolba Bey beisammen. Madame fordert mich auf: »Denken Sie doch mit uns nach! Was wollen wir in der Silvesternacht machen?«

»Er ist der Ansicht, wir sollten ins Monsieur gehen«, sagt sie, auf Tolba Bey weisend, »aber Amir Bey zieht es vor hierzubleiben.«

»Wo ist denn Amir Bey jetzt?«

»Er hat sich zurückgezogen, er hat eine Erkältung.«

»Dann lassen Sie ihn allein hier, und wir gehen zusammen ins Monsieur! Wir müssen uns bis zum frühen Morgen kräftig amüsieren!«

Nach kurzem Schweigen sage ich ihr: »Endlich wird etwas aus dem Projekt!« Ich erzähle ihr die Geschichte und sehe, wie sich auf ihrem Gesicht deutlich Enttäuschung abzeichnet. Schließlich empfiehlt sie: »Überstürzen Sie nichts, Sie müssen noch darüber nachdenken!«

»Das habe ich bereits zur Genüge getan!«

Sie zögert kurz und ruft dann: »Das Café Miramar ist mit Sicherheit besser! Und ich überlege mir sogar ernsthaft, Ihre Teilhaberin dabei zu werden!«

»Vielleicht denke ich später ja wirklich an eine Erweiterung!« lache ich. Jetzt habe ich den dringenden Wunsch, mich in der Silvesternacht so intensiv zu amüsieren, wie es nur geht.

Noch am selben Abend lerne ich den Besitzer des Genevoise in seinem Büro im Club kennen. Wir kommen zu einer prinzipiellen Einigung über den Kauf. Dann lädt er mich ein, nach Lokalschluß noch in seine Wohnung im Camp de César zu kommen. Safejja ist an diesem Abend zugegen und beteiligt sich an der Besprechung der Einzelheiten. Schließlich kommt das Gespräch auf die Silvesternacht, und wir einigen uns auch hier, nämlich darauf, sie gemeinsam im Genevoise zu verbringen und die letzten Stunden der Nacht in der Wohnung des Khawaga oder irgendwo anders zu feiern. Ich beglückwünsche mich dazu, daß ich wenigstens für diese Nacht die Leichen los bin, die mich sonst umgeben.

Am nächsten Morgen fällt mir auf, daß mich das Frühstückszimmer anders als sonst empfängt. Ja, der Methusalem der Journalistik ist immer noch auf seinem Zimmer, aber auch Mansur Bahi ist bis jetzt nicht erschienen, und ich sehe keine Spur von Zuchra. In den Gesichtern von Madame und Tolba Bey bemerke ich einen düsteren Ausdruck, der nichts Gutes zu verheißen scheint.

»Ja, wissen Sie denn noch nichts?« will der Mann wissen. Ich werfe ihm einen fragenden Blick zu, er fährt fort: »Man hat Sarhan al-Buheris Leiche auf dem Weg nach Palma gefunden!«

Einige Sekunden lang bin ich wie erschlagen, bis mir die volle Bedeutung dieser Nachricht ins Bewußtsein dringt. Ein Gefühl der Betroffenheit und des Mitleids überkommt mich, auch die Beunruhigung gegenüber der düsteren, rätselhaften Natur des Todes.

»So ist er also tot?« frage ich.

»Er wurde ermordet!«

»Aber ...«

»Lesen Sie die Zeitung, hier!« fällt mir Madame ins Wort. »Eine widerliche Nachricht. Und mein Herz sagt mir, daß sie uns noch viel Ärger an den Hals ziehen wird.«

Ich muß an meine Prügelei mit ihm kürzlich vor dem Lift denken und bin wütend. Jetzt befürchte ich, daß der Ärger, den Madame prophezeit, vor allem mir ins Haus stehen wird.

»Wer kann denn der Mörder sein?« frage ich und begreife im selben Augenblick, wie dumm meine Frage ist.

»Das ist das Kardinalproblem!« bekräftigt Madame.

»Und wenn sie nun fragen, ob er Feinde hatte?« überlegt Tolba Marzuq.

»Tatsache ist jedenfalls, daß er keinen Freund bei uns hatte«, antworte ich, denn ich habe nun zu einer Art Zynismus gefunden.

»Hatte er noch andere Feinde?« fragt Tolba weiter.

»Früher oder später werden Sie die Wahrheit ohnehin erfahren!«

Ich will wissen, wie es Zuchra geht. Madame erklärt: »Sie ist in ihrem Zimmer, in einer ganz schlechten Verfassung.«

Allmählich komme ich nach dem Schock, den diese Nachricht mir versetzt hat, wieder zu mir, und ich wiederhole: »Es muß Gottes Wille gewesen sein!«

Eigentlich hatte ich Madame von meinem Plan erzählen wollen, aus der Pension auszuziehen, aber jetzt verschiebe ich das auf später.

Als ich hinausgehen will, warnt Tolba Bey: »Vielleicht werden wir alle hier verhört.«

Schon an der Tür angelangt, werfe ich hin: »Soll uns von mir aus verhören, wer will!«

Ich beschließe, mir mit einem meiner improvisierten Streifzüge durch ganz Alexandria einen klaren Kopf zu verschaffen. Weiße Wolken kommen näher, aus denen gleißendes Licht rinnt. Ein leichter, schneller, heißer Wind weht. Es ist der letzte Tag des Jahres, und mein Wunsch, bis zum Morgengrauen eine irre, heiße Nacht auf die Beine zu stellen, hat sich vervielfacht. Die Zeichen des Weges sind mir jetzt deutlich. Soll doch sterben, wer im Sterben liegt, aber leben, wer noch am Leben ist!

Ich rase mit dem Auto davon und sage zu meinem Spiegelbild: »Vergiß es, Sunnyboy, vergiß es!«

III. Mansur Bahi

So hat man mich also zur Haft in Alexandria verurteilt, und den Rest meines Lebens kann ich damit verbringen, mir dafür Ausreden einfallen zu lassen!«

Das sagte ich meinem Bruder zum Abschied. Dann begab ich mich geradewegs zur Pension Miramar. Durch das Guckloch in der Tür schaute mich das Gesicht einer alten Frau an, das trotz des Alters und des Berufs der Dame ausgesprochen hübsch wirkte.

»Madame Mariana?« fragte ich. Als sie bejahte, stellte ich mich vor: »Mansur Bahi.«

Bereitwillig öffnete sie mir die Tür und begrüßte mich: »Herzlich willkommen! Ihr Bruder hat mir schon am Telefon von Ihnen erzählt. Fühlen Sie sich hier wie zu Hause!«

Ich wartete an der Tür, bis der Träger meine beiden Koffer brachte. Dann forderte sie mich auf, Platz zu nehmen, und setzte sich selbst auf das Kanapee unter ein Jungfrauenbild.

»Ihr Bruder ist hoher Polizeioffizier. Er hat bei mir gewohnt, bevor er heiratete, hat sein ganzes Leben in Alexandria verbracht, und nun geht er urplötzlich nach Kairo!«

Wir schauten uns gegenseitig mit viel Sympathie an. Sie prüfte mich eingehend, dann fragte sie mich: »Sie haben mit ihm zusammengelebt?«

»Ja!«

»Was sind Sie? Student? Beamter?«
»Ich bin Rundfunksprecher bei Radio Alexandria.«
»Aber Sie stammen eigentlich aus Kairo?«
»Ja!«
»Fühlen Sie sich hier wie zu Hause, und reden Sie mir bloß nicht von Miete!«
Ich lachte abwehrend, hatte aber doch das Gefühl, daß sie tatsächlich bereit war, mich kostenlos bei sich aufzunehmen, wenn ich das gewollt hätte. Na schön! Jeder hängt in diesem völlig korrumpierten Land sein Mäntelchen nach dem Wind! Aber wahrscheinlich tue ich ja selbst auch nichts anderes!
»Und wie lange werden Sie bei uns wohnen?«
»Das ist unbestimmt.«
»Wir werden uns auf eine angemessene Miete einigen, und ich verspreche Ihnen, sie im Sommer nicht heraufzusetzen.«
»Danke schön, aber mein Bruder hat mich instruiert, was ich zu tun habe. So will ich im Sommer durchaus soviel zahlen wie die Sommergäste.«
»Sind Sie Junggeselle?« lenkte sie geschickt zu einem anderen Thema über.
»Ja!«
»Und wann gedenken Sie zu heiraten?«
»Jedenfalls nicht jetzt!«
Sie lachte laut und setzte dann die Befragung fort: »Und was gedenken Sie dann zu tun?«
Innerlich unbeteiligt, stimmte ich in ihr Lachen ein. Es läutete. Sie stand auf, öffnete die Tür und ließ ein junges Mädchen herein, das einen großen Beutel mit Gemüse und anderen Lebensmitteln trug. Das Mädchen verschwand im Inneren der Wohnung, und ich sah auf einen Blick, daß sie das Hausmädchen sein mußte und außer-

dem sehr hübsch war. Als Madame sie anredete, hörte ich zudem, daß sie Zuchra hieß. Vom Alter und ihrer Erscheinung her hätte sie durchaus eine Studentin sein können.

Madame führte mich zu einem der beiden Zimmer, die auf das Meer hinaussehen, und erklärte: »Diese Seite vermiete ich normalerweise im Winter eigentlich nicht, aber das ist jetzt das einzige Zimmer, das noch frei ist.«

»Ich mag den Winter durchaus«, meinte ich unbekümmert.

Ich stand allein auf dem Balkon. Das Meer erstreckte sich unter mir bis ins Endlose. Es dehnte sich blau, rein, wunderbar. Ruhige Wellen trieben ihr Spiel mit den glitzernden Sonnenperlen. Ein leichter Wind umhauchte mich mit belebender Zärtlichkeit. Vereinzelte Wölkchen trieben über den Himmel. Ich spürte Traurigkeit in mir aufkommen, aber dann vernahm ich eine leise Bewegung im Zimmer, drehte mich neugierig um und sah Zuchra, die das Bett mit Laken und Kissen zurechtmachte. Sie arbeitete sorgfältig und ohne zu mir hinzuschauen. So hatte ich Muße, sie zu betrachten, und ihre bezaubernde ländliche Schönheit spang mir noch deutlicher in die Augen.

»Ich danke dir, Zuchra«, sagte ich aus dem Wunsch heraus, mich auf guten Fuß mit ihr zu stellen.

Sie lächelte mich so an, daß es mich freute. Ich bat sie um eine Tasse Kaffee, und sie brachte sie mir wenige Minuten später.

»Warte bitte, bis ich fertig bin!« bat ich sie. Ich stellte die Untertasse auf die Balkonbrüstung und schlürfte langsam meinen Kaffee aus. Sie kam näher, stand schließlich auf der Schwelle und schaute auf das Meer.

»Magst du die Natur?« fragte ich sie.

Sie gab keine Antwort, doch sie hatte meine Frage

offensichtlich auch gar nicht verstanden. Was ihr wohl durch den Kopf ging? Aber zweifellos würde sie in ihrer Erdverbundenheit auf die ersten Regungen der verführerischen Natur im Frühling warten.

»In meinem großen Koffer sind Bücher«, sagte ich, »und für sie steht kein Schrank im Zimmer.«

Sie musterte die Möbelstücke und empfahl dann einfach: »Lassen Sie sie am besten im Koffer!«

Ich lächelte und fragte sie: »Arbeitest du schon lange hier?«

»Nein!«

»Und die Umgebung, ist sie dazu angetan, daß du dich hier wohl fühlst?«

»Ja.«

»Belästigen dich denn die Männer nicht, die hier wohnen und ständig aus und ein gehen?«

Sie zuckte die Achseln und sagte weder ja noch nein. So fuhr ich fort: »Manchmal sind sie schrecklich, nicht?«

Sie griff nach der Tasse und sagte schon im Hinausgehen: »Ich habe keine Angst!«

Ich wunderte mich über ihr Selbstvertrauen, und plötzlich überkam mich ein Gefühl der Traurigkeit. Wie üblich grübelte ich darüber nach, was war und was eigentlich hätte sein sollen.

Wieder einmal bedrohte mich meine Depressivität.

Ich inspizierte die Möbel und beschloß dann, ein kleines Regal für meine Bücher zu kaufen. Zum Schreiben reichte der runde Tisch, der zwischen dem Kleiderschrank und der Chaiselongue stand.

Ich hielt mich einige Stunden im Rundfunkgebäude auf, um das Wochenprogramm aufzuzeichnen. Das Mittagessen nahm ich im Pedro in der Safejja-Zaghlul-Straße ein. Danach setzte ich mich ins Ala Kefak am zentralen Ramlah-Platz, um eine Tasse Kaffee zu trinken, und hatte meine Freude daran, den von Wolken überschatteten Platz zu beobachten. Die meisten Leute trugen ihre Regenmäntel über dem Arm. Plötzlich schlug mein Herz schneller: Jener Mann dort! Das war doch Fauzi! Ich beugte mich so weit vor, daß meine Stirn fast das Fenster berührte, um ganz sicherzugehen, daß er es wirklich war. Nein, das war nicht Fauzi, das war ganz bestimmt nicht Fauzi, aber er hatte sehr viel Ähnlichkeit mit ihm. Und da war – assoziativ, wie man das wohl nennt – mir auch Durrejja plötzlich wieder gegenwärtig, auch wenn sie durch kein anderes als ihr eigenes, ewig gültiges Gesetz mir ohnehin ständig vor Augen stand.

Wenn es nun wirklich Fauzi gewesen wäre? Wenn sich unsere Blicke getroffen hätten, was wäre dann wohl passiert? Wenn man einen alten Freund trifft, muß man ihn jedenfalls in die Arme schließen. Zudem war er fast so etwas wie dein Lehrer, so hätte es auf alle Fälle eine herzliche Umarmung sein müssen, auch wenn dir das Herz dabei geblutet hätte. Du hättest ihn zu einer Tasse Kaffee einladen müssen, das verlangt die Gastfreundschaft.

»Sei mir herzlich willkommen! Was führt dich denn zu dieser Jahreszeit nach Alexandria?«

»Ich will meine Familie besuchen.«

Das hieß, daß er in Wirklichkeit in irgendeiner Parteiaktivität hier war, die er vor mir geheimhalten wollte, wie das seine unbedingte Pflicht war.

Aber natürlich wünschte ich ihm einen guten Aufenthalt.

»Wir haben dich seit zwei Jahren nicht mehr zu sehen bekommen, genauer seitdem du dein Universitätsexamen gemacht hast.«

»Ja. Man hat mich bei Radio Alexandria eingesetzt, wie du vielleicht weißt.«

»Das heißt, du hast uns jetzt ganz verlassen?«

»Ich hatte Schwierigkeiten ... Ich meine, auf mich kamen zufällig ein paar Schwierigkeiten zu.«

»Es ist sicher klug, wenn ein Mensch eine Tätigkeit aufgibt, die ihm nicht liegt.«

Mich überkam blinder Stolz, so bekräftigte ich: »Und er sollte auch nicht bei einer Tätigkeit bleiben, an die er nicht mehr glaubt.«

Er besann sich wie üblich, um seine Worte richtig zu wägen, und brachte dann vor: »Man sagt, dein Bruder ...«

»Ich bin nicht mehr minderjährig«, wies ich ihn zurecht.

»Habe ich dich verärgert?« lachte er. »Entschuldige!«

Meine Nerven waren zum Zerreißen gespannt. Durrejja ... Leichter Regen tröpfelte, und ich wünschte mir einen heftigen Schauer, der die Menschen vom Platz gefegt hätte. Meine Liebe! Glaub es nicht! Ein kluger Mann hat früher einmal gesagt, daß wir manchmal lügen müssen, um andere von unserer Aufrichtigkeit zu überzeugen.

Wieder schaute ich meinen Freund an, der mir so viel Furcht einflößte.

»Kümmerst du dich denn um gar nichts mehr?« fragte er mich jetzt.

Ich mußte lachen oder besser, hätte beinah laut aufgelacht: »Solange ich lebe, muß ich mich schließlich um bestimmte Dinge kümmern«, entgegnete ich.

»Und worum zum Beispiel?«

»Ja, siehst du denn gar nicht, daß ich mich rasiert habe und einen Schlips trage?«

Ernst fragte er: »Und worum noch?«

»Hast du schon den neuen Film im Metro gesehen?«

»Das ist eine gute Idee! Sehen wir uns also einen kapitalistischen Film an!«

Madame Mariana stattete mir in meinem Zimmer einen Höflichkeitsbesuch ab. »Fehlt Ihnen etwas? Kann ich Ihnen vielleicht irgendwie helfen? Sagen Sie es offen! Ihr Bruder hat das immer getan, und er war ein kluger Mann. Außerdem war er groß und stark, ein richtiger Riese. Sie sind zart und so ebenmäßig gebaut, aber auch Sie sind stark. Betrachten Sie die Pension Miramar als Ihr Haus und mich als Ihre mütterliche Freundin, als Ihre Freundin im vollsten Sinne des Wortes!«

Natürlich war sie nicht wegen dieser Höflichkeitsfloskeln und Schmeicheleien gekommen, oder vielmehr, sie waren für sie nur Mittel zum Zweck. Sie war zu mir gekommen, um in einem Gespräch Anerkennung und Selbstbestätigung zu finden. So erzählte sie mir aus freien Stücken die Geschichte ihres Lebens. Erzählte, wie sorglos und verwöhnt sie aufgewachsen war, erzählte von ihrer ersten Liebe und Ehe mit einem britischen Captain, ihrer zweiten Ehe mit dem Kaviar-König vom Ibrahimijja-Palais. Dann von der Zeit des sozialen Abstiegs, aber wieso eigentlich sozialer Abstieg? Schließlich war dies in den Tagen des Zweiten Weltkriegs eine Pension für feine Herren, für Paschas und Beys gewesen.

Sie forderte mich auf, ich solle ihr ebenfalls die Geheimnisse meines Lebens anvertrauen, und überhäufte mich mit Fragen. Eine fremde Frau, unterhaltsam, anstrengend, eine verblühende Frau. Ich hatte sie nie als die Königin der Salons erlebt, die sie gewesen war, aber ich konnte sie mir in dieser Rolle vorstellen, sah sie in der Gesellschaft strahlender Schönheiten und harter Tyrannen. Leider lernte ich sie jetzt erst kennen, lernte sie kennen als ein Wrack, das sich verzweifelt bemühte, an der Oberfläche zu bleiben.

Am Frühstückstisch machte ich die Bekanntschaft der übrigen Gäste. Es war eine sonderbare Familie, deren Mitglieder sich gegenseitig abstießen. Aber ich brauchte Unterhaltung. So überwand ich den Drang, mich in mein Zimmer zurückzuziehen. Vielleicht würde ich ja auf einen späteren Freund, einen künftigen Gefährten treffen? Warum eigentlich nicht? Amir Wagdi und Tolba Marzuq konnte ich allerdings getrost übergehen, die gehörten zu einer Generation, die abgetreten war. Aber was war mit Sarhan al-Buheri und Husni Allam? Sarhans Augen strahlten natürliche Anziehungskraft aus, und er war, wie mir schien, freundlich trotz seiner unangenehmen Stimme. Doch was mochte er für Interessen haben? Und der andere? Husni Allam? Der ging mir auf die Nerven, jedenfalls im ersten Moment. Sein Schweigen und seine Zurückhaltung wirkten arrogant. Sein kräftiger Körperbau, sein hocherhobener, großer Kopf und die Art, wie ein Herrscher von Gottes Gnaden auf seinem Stuhl zu thronen, ärgerten mich. Ja, ein Herrscher, aber ohne Reich und ohne allen Besitz. Vielleicht ließ er sich auch erst herbei, sich mit jemandem zu unterhalten, wenn er festgestellt hatte, daß der andere noch unbedeutender war als er selbst. Zum Trost sagte ich mir: Wer seine Mönchszelle verläßt, muß sich darauf einstellen, mit gemeinen Kerlen zusammenzuleben. Wie gewöhnlich überkam mich der Wunsch, mich von den Fremden auf mich selbst zurückzuziehen. Aber was sie dann sagen, was sie denken würden?

Früher einmal hatte ich auf diese Weise die Chance meines Lebens verpaßt.

Ich war erstaunt, als ich Sarhan al-Buheri in mein Büro im Rundfunkgebäude kommen sah. Er strahlte, als wären wir alte Freunde. Dann schüttelte er mir herzlich die Hand und erklärte: »Ich bin hier ganz zufällig vorbeigegangen, und da habe ich mir gesagt, ich will doch einmal guten Tag sagen und ein Täßchen Kaffee mit ihm trinken.«

Ich hieß ihn willkommen und ließ Kaffee bringen. Er sagte: »Eines Tages werde ich Sie in Anspruch nehmen, um mich in die Geheimnisse des Rundfunks einweihen zu lassen.«

Mit tausend Freuden, Mann, der du mit anderen Männern auf altehrwürdigen Bänken vor dörflichen Häusern geplaudert hast, was mir nie vergönnt gewesen ist!

Kurz, er berichtete mir von seiner Arbeit in der Spinnerei-Gesellschaft von Alexandria, seiner Mitgliedschaft im Verwaltungsrat und in der Grundeinheit der Arabischen Sozialistischen Union.

»Was für lobenswerte Aktivitäten«, schmeichelte ich ihm, »durchaus ein Vorbild für alle Indifferenten!«

Er blickte mich prüfend an. »Das ist eben unsere Art, sich am Aufbau einer neuen Welt zu beteiligen.«

»Haben Sie eigentlich schon vor der Revolution an den Sozialismus geglaubt?«

»Tatsache ist, daß mein Glaube an ihn mit ihr erwuchs.«

Es hätte mich gereizt, mit ihm über seinen Glauben zu debattieren, aber ich hielt mich zurück.

Das Gespräch kam auf die Pension. Er sagte: »Das ist schon eine kuriose Familie, von der man nicht genug bekommen kann!«

»Und Husni Allam?« fragte ich zögernd.

»Auch er ist ein kluger junger Mann.«

»Er wirkt wie eine Sphinx.«

»Das ist nur äußerlich, aber eigentlich ist er charmant,

und außerdem hat er eine eingefleischte Vorliebe fürs Randalieren.« Wir mußten alle beide lachen. Ihm war nicht bewußt, daß er mich mehr mit sich selbst als mit dem anderen vertraut machte.

Warnend fuhr er fort: »Er stammt aus einer angesehenen Familie, ist beschäftigungslos, und man kann sicher sagen, daß er auch keinerlei Abschlußzeugnisse für irgendeine Ausbildung besitzt. Verlieren Sie das nicht aus den Augen!«

»Er besitzt hundert Feddan Land«, sprach er in seinem vorsichtigen und allwissenden Tonfall weiter. »So stand er in vorderster Front. Und er hat keinen akademischen Abschluß. Den Rest können Sie sich denken!«

»Warum hält er sich eigentlich in Alexandria auf?«

»Er ist ein kluger Bursche und sucht nach einem einträglichen kommerziellen Projekt.«

»Erst einmal muß er seine arrogante Miene ablegen, sonst laufen ihm die potentiellen Kunden davon.« Dann kam es mir plötzlich in den Sinn, ihn danach zu fragen, warum er eigentlich in die Pension gezogen war, obwohl er Alexandria schon lange kannte.

Er gab nach kurzem Nachdenken zur Antwort: »Ich ziehe eine Pension voller Menschen einer Wohnung in der Stadt für mich allein vor.«

Die Nacht mit den Liedern von Umm Kulthum. Eine Nacht voller Wein und Fröhlichkeit. In ihr fielen die Schleier von den verborgensten Winkeln unserer Seelen.

Sarhan al-Buheri kam das Verdienst zu, sich am intensivsten von uns allen für den Abend eingesetzt zu haben, aber er beteiligte sich wohl auch am wenigsten an den Unkosten.

Ich warf Tolba Marzuq verstohlene Blicke zu, die niemand hätte deuten können. Ja, ich war von sehr persönlichen Erinnerungen aufgewühlt, Erinnerungen an blutige Träume, an Szenen von Klassenkämpfen, an Bücher und Versammlungen. Ein ganzes festgefügtes Gedankengebäude stand mir vor Augen. Die Aufgedunsenheit und der Verfall dieses Mannes erschreckten mich, die Bewegungen seiner Bäckchen, wie er da so ergeben in seinem Sessel kauerte. Wie er sich der Revolution andiente, ohne an sie zu glauben. Als hätte er nie zu einer Familie gehört, die ihre Paläste aus Blut und Tränen anderer Menschen errichtet hatte. Jetzt war die Reihe an ihm zu heucheln, nachdem das Zerbröckeln seines früheren Ruhms eine ganze Nation von Heuchlern hervorgebracht hatte. Husni war nur ein Flügel dieses Adlers, den seine Kräfte verlassen hatten. Aber es war ein Flügel, der immer noch flattern, gelegentlich sogar fliegen konnte.

»Ich sage, daß diese sozialen Antagonismen ganz beseitigt worden sind!«

»Nein, sie haben neue Antagonismen nach sich gezogen, und die Zukunft wird Ihnen bestätigen ...«

Sarhan al-Buheri inspirierte uns alle mit seiner lebhaften, nicht nachlassenden Fröhlichkeit. Und er war gutherzig. Und aufrichtig. Warum auch nicht? Zweifellos war er ehrgeizig. Er war die personifizierte Revolution. Rasch wurde mir klar, daß Amir Wagdi der bezauberndste und von allen der würdigste war, geliebt und verehrt zu werden. Ich war mir der Tatsache bewußt, daß es jener Amir Wagdi war, von dem ich zahlreiche Artikel durchgesehen hatte, als ich meine Sendung »Generationen der Revolution« vorbereitete. Seine wohldurchdachten, wenn auch widersprüchlichen Gedanken nahmen mich gefangen.

Sein Stil, zu Beginn gereimte Prosa, später relativ schlicht, aber doch von großer Schönheit und Eleganz, faszinierte mich. Seine Freude, daß ich seine Artikel kannte, machte mir deutlich, wie sehr er unter dem allgemeinen Niedergang, dem Vergessenwordensein und der Teilnahmslosigkeit litt. Diese Erfahrung war mir sehr schmerzlich. Er griff nach dem Strohhalm, den ich ihm hingeworfen hatte, und erzählte mir die Geschichte seines langen Lebens, von seinem ständigen Bemühen um die Revolution, von den gegenläufigen Tendenzen, die ihn gebeutelt hatten, von den Helden, an die er einst geglaubt hatte.

»Und Saad Zaghlul? Die Generation vor uns hat ihn schließlich abgöttisch verehrt!«

»Was für einen Sinn hatten diese alten Heldenmythen! Der Mann hat doch die Revolution bereits in der Wiege erwürgt!«

Aber warum schaute mich Tolba Marzuq so vorsichtig verstohlen an? Ich konnte seine gleichzeitig argwöhnischen und widerwilligen Blicke im Spiegel der Flurgarderobe beobachten. Doch was machte das schon! Ein Mann wie er konnte auch seine eigenen Phantasievorstellungen fürchten! Ich schenkte ihm ein, und als er sich bei mir bedankte, fragte ich ihn nach seiner Meinung über die nun schon historisch gewordenen Ansichten Amir Wagdis.

Als wolle er sich entschuldigen, gab er zur Antwort: »Was vergangen ist, wollen wir ruhen lassen! Hören wir doch lieber Umm Kulthum zu!«

Ich bewunderte Zuchra, die uns zu bedienen hatte, die aber nur selten einmal über unsere Späße lächelte. Sie saß neben dem Wandschirm, um uns aus der Ferne mit ihren schönen, rätselhaften Augen beobachten zu können.

Husni Allam fragte sie, als sie etwas vor ihn hinstellte: »Und du, Zuchra, liebst du die Revolution?«

Sie trat scheu hinter den Kreis der Lärmenden und Streitenden zurück, doch Madame gab an ihrer Statt eine befriedigende Antwort. Es schien so, als wolle er sie mit seiner Frage aus ihrer Ruhe reißen und zur Beteiligung an unserem Gespräch auffordern. Doch ich beobachtete an ihm eine Beklommenheit, die er zu verbergen trachtete. So sagte ich: »Sie liebt sie doch schon instinktiv!«

Aber er hörte mich nicht, oder – dieser gemeine Hund – er wollte mich bewußt ignorieren. Bevor unser Abend zu Ende ging, verschwand er. Zuchra wußte zu berichten, er habe die Pension verlassen. Ich bewunderte Amir Wagdi, der immer noch und bis zum Morgengrauen zuhörte und sich freute. Als wir anderen aufstanden, um uns schlafen zu legen, fragte ich ihn: »Haben Sie zu Ihrer Zeit jemals eine Stimme wie diese gehört?«

Lächelnd entgegnete er: »Sie ist wirklich das einzige, für das die Vergangenheit nichts Ebenbürtiges zu bieten hat!«

Ich bat sie, sich zu setzen, doch sie blieb stehen, lehnte sich an den Kleiderschrank. Mit mir schaute sie durch das geschlossene Balkonfenster zum wolkenbedeckten Horizont. Sie wartete darauf, daß ich meinen Tee austrank. Ich bot ihr stets ein Stückchen Sandkuchen an, von dem ich immer etwas da hatte, und sie nahm es an als Unterpfand für eine wachsende Freundschaft. Ihr reines Herz spürte meine Sympathie, meine Verehrung und Bewunderung, und dies machte mich glücklich.

Draußen fiel Nieselregen. Seine Tropfen liefen an der Scheibe hinunter, und das Bild der Welt dahinter wurde immer verschwommener.

Ich fragte sie nach dem Dorf, in dem sie gelebt hatte, und sie antwortete mir. Doch sie erzählte mir nicht, warum sie von zu Hause weggelaufen war.

»Wenn du zu Hause geblieben wärst, hättest du längst einen anständigen Bräutigam!« sagte ich.

Da bekam ich eine schlimme Geschichte vom Großvater und einem uralten Ehemann zu hören, den er ihr ausgesucht hatte. »Deswegen bin ich geflohen«, schloß sie.

Ich war beunruhigt und meinte: »Aber du bist auch hier nicht sicher vor bösen Zungen!«

»Das ist immer noch besser als das, wovor ich geflohen bin!« gab sie geringschätzig zur Antwort.

Ich bewunderte, ja verehrte sie nun noch mehr, aber die Tatsache, daß sie so allein dastand, stimmte mich traurig. Sie jedoch war von einem unerschütterlichen Selbstvertrauen. Der Regen hatte die Fenster in Undurchsichtigkeit getaucht. Die Welt draußen war verschwunden oder jedenfalls kaum noch wahrnehmbar.

Saust da eine Bombe vorbei, eine Rakete? Eine Horrorvision? Nein, es ist ein Auto! Dieser Idiot! Verdammt noch mal, es ist Husni Allam! Was in aller Welt veranlaßt ihn zu fliegen? Das weiß wohl nur er selber! Nein, neben ihm sitzt ein Mädchen, sieht aus wie Sonja. Ist es vielleicht Sonja? Sonja oder irgendeine andere! Zum Teufel mit ihm!

Kaum saß ich in meinem Büro, da kam mein Kollege zu mir und sagte: »Deine Freunde sind gestern festgenommen worden!«

Einen Augenblick war mir, als verlöre ich das Bewußtsein. Ich scheute mich, auch nur ein einziges Wort dazu zu sagen.

Er fuhr fort: »Der Grund ist, wie man sagt...«

»Das ist doch ganz und gar unwichtig!«

»Man munkelt auch...«

»Ich habe gesagt, daß das unwichtig ist!«

Er stützte sich mit beiden ausgestreckten Armen auf meinen Schreibtisch und meinte: »Dein Bruder war klug!«

Stolz bekräftigte ich: »Ja, mein Bruder ist klug!«

Ich sagte mir: Jetzt hat Husni Allam sicher das Ende der Welt erreicht, und Sonja zittert vor Furcht und Wonne.

»Genug geredet! Ich werde dich gewaltsam aus diesem Nest reißen!«

»Aber ich bin kein Kind mehr!«

»Bist du nicht daran schuld, daß deine Mutter so früh starb?«

»Wir waren uns doch einig, die Vergangenheit ruhen zu lassen!«

»Für mich ist sie immer noch gegenwärtig. Du wirst jetzt mit mir nach Alexandria kommen, und wenn ich dich mit Gewalt hinschleppen muß!«

»Behandle mich doch endlich wie einen Mann!«

»Du bist wirklich naiv. Ja, denkst du denn, wir merken nichts? Wir wissen alles, was hier im Land geschieht!« Er schaute mich streng und prüfend an und sagte dann: »Du bist ein dummer grüner Junge! Wofür hältst du sie denn eigentlich? Für Helden vielleicht? Ich kenne sie besser als du. Du wirst jetzt mit mir kommen, ob du willst oder nicht!«

Mir wurde die Tür geöffnet. Ich hatte Herzklopfen, eine trockene Kehle und war ziemlich durcheinander. Ihr Gesicht erschien mir im stockdunklen Korridor bleich und kränklich. Sie musterte mich mit starrem Blick. Zuerst erkannte sie mich nicht. Dann öffneten sich ihre Augen vor Überraschung und Erstaunen weit, und sie flüsterte: »Ustas Mansur!«

Sie machte mir Platz, ich trat ein und fragte sie: »Wie geht es dir, Durrejja?«

Sie führte mich in den Salon, dessen Düsterkeit und Schwermut durch ihr eigenes trauriges Aussehen noch verstärkt wurden. Wir setzten uns auf zwei Sessel nebeneinander. Von der gegenüberliegenden Wand schaute uns sein Foto aus einem schwarzen Rahmen an. Er richtete die Kamera auf uns, als ob er ein Foto von uns schießen wolle. Wir blickten uns schweigend und traurig an.

»Wann bist du in Kairo angekommen?« fragte sie dann.

»Ich bin vom Bahnhof aus geradewegs zu dir gegangen.«

»Dann hast du erfahren ...«

»Ja, in meinem Büro, und dann habe ich sofort den Vierzehn-Uhr-Zug genommen.«

Ich schaute auf sein Foto und spürte den Duft des Tabaks, den er gewöhnlich rauchte, immer noch in der Luft hängen. »Hat man sie alle festgenommen?« fragte ich.

»Ich glaube, ja.«

»Und wohin hat man sie gebracht?«

»Das weiß ich nicht.«

Ihr Haar war unordentlich und zerzaust. Ihr bleicher Teint wirkte kränklich. Ihr Blick war matt und übernächtigt.

»Und du?«

»Du siehst ja ...«

Sie stand jetzt allein da, ohne jedes Einkommen. Er war Assistenzprofessor an der wirtschaftswissenschaftlichen Fakultät gewesen, hatte aber keinerlei Ersparnisse. Es lag alles deutlich zutage, die Düsterkeit drohte die Atmosphäre zu ersticken.

»Durrejja, du bist eine alte Kommilitonin, und er ist mein Freund, mein bester Freund, trotz allem, was gewesen ist.« Ich nahm all meinen Mut zusammen und fuhr fort: »Ich bin Beamter und verdiene nicht schlecht, außerdem muß ich, wie du ja weißt, für niemanden sorgen.«

Sie schüttelte bedrückt den Kopf und murmelte: »Aber du weißt doch, daß ich nicht...«

»Ich denke schon, daß du die bescheidene Hilfe eines alten Freundes nicht zurückweisen wirst!« unterbrach ich sie heftig.

»Ich muß mir nur eine geeignete Stelle suchen.«

»Wenn das so leicht wäre. Es wird sicher eine ganze Weile dauern!«

Das Zimmer war noch immer von ihm geprägt, so, wie ich es früher kennengelernt hatte. Die Couch, die vollen Bücherregale, der Recorder, der Plattenspieler, TV-Gerät und Radio, Fotografien, Filme, Fotoalben, aber wo war das Foto, das uns gemeinsam in der Auberge de Fayyoum zeigte? Sicher hatte er es in einem Wutanfall weggeworfen. Unsere Blicke trafen sich und lösten sich vorsichtig wieder voneinander. Wir waren wohl von ähnlichen Gefühlen beherrscht und in gemeinsamen Erinnerungen befangen. Vergangenheit, Gegenwart und Zukunft verschmolzen zu einem Weg, dessen Richtung wir noch nicht kannten.

»Hast du bestimmte Pläne?« fragte ich sie.

»Bis jetzt konnte ich keinen klaren Gedanken fassen.«

»Hast du denn nicht daran gedacht, mir zu schreiben?« wollte ich nach kurzem Zögern wissen.

Sie verneinte nach einer kleinen Pause.

»Aber dir muß doch bewußt gewesen sein, daß ich noch da bin!«

Sie antwortete nicht, stand auf, verschwand für ein paar Minuten und brachte dann Tee. Wir zündeten uns eine Zigarette an. Da war er wieder, ein verlorener Duft aus früheren Zeiten. Aber was sein mußte, mußte sein. Ich sagte und spürte dabei plötzlich meine Qualen wiederkehren: »Ich glaube, du weißt von meinen vergeblichen Versuchen zurückzukehren?«

Da sie schwieg, fuhr ich fort: »Aber niemand ermutigte mich, um es so vorsichtig wie möglich zu sagen.«

Sie bat: »Laß uns doch die Vergangenheit vergessen!«

»Nicht einmal Fauzi wollte noch etwas von mir wissen!«

»Bitte, laß die Vergangenheit endgültig vorbei sein!«

»Nein, Durrejja!«

»Ich weiß sehr wohl, was man mir nachgesagt hat«, stieß ich in wütendem Kummer hervor. »Man behauptete, ich wollte wiederkommen, um als Spitzel für meinen Bruder zu arbeiten.«

»Mir reichen jetzt meine eigenen Sorgen!« rief sie widerwillig und verärgert.

Ich fügte mich mit einem entschuldigenden Blick und sagte: »Durrejja, du kennst meine Gefühle sehr gut.«

»Ich danke dir!«

Verletzt rief ich: »Ich meine das Gefühl, daß ich jetzt eigentlich bei ihnen sein müßte.«

»Es hat doch keinen Sinn, daß du dich so quälst!« entgegnete sie traurig.

»Ich möchte ... ich möchte wissen, was du denkst. Sag es ganz offen!«

Kurze Zeit herrschte drückendes Schweigen, dann erklärte sie leise: »Ich habe dich in meinem Haus empfangen, oder, wenn du so willst, in seinem Haus. Genügt dir das denn nicht?«

Sie seufzte hörbar, aber ich war immer noch nicht zufrieden, war mir vielmehr sicher, daß ich bald wieder die Höllenqualen fühlen würde, die ich vorher verspürt hatte. Doch das war nicht der Augenblick, um über Fehler zu rechten.

So versprach ich: »Ich werde dich von Zeit zu Zeit besuchen. Und du mußt mir über alles, was geschieht, schreiben!«

Die Fahrt hatte mich angestrengt. So beschloß ich, in der Pension zu bleiben. Ich gesellte mich zu denen, die um das Radio herum saßen. Zu meinem Glück waren es ohnehin diejenigen, die ich in der Pension am liebsten mochte: Amir Wagdi, Madame und Zuchra. Ich war so in Gedanken vertieft, daß ich auf die Gespräche um mich herum nicht achtete. Aber plötzlich hörte ich, wie Madame zu mir sagte: »Sie sind immer irgendwo in Ihrer geistigen Welt, weit weg von uns.«

Amir Wagdi entgegnete ihr: »Das haben kluge Leute nun einmal so an sich« und schaute mich voller Sympathie an. Dann fragte er mich: »Haben Sie eigentlich die Absicht, aus Ihren Kulturprogrammen einmal ein Buch zusammenzustellen?« Sein umwölkter Blick ruhte immer noch auf mir.

Ohne die Wirklichkeit im Auge zu behalten, entgegnete ich: »Ich gedenke, eines Tages ein Programm über Täuschung und Betrug in Ägyptens Geschichte zu machen.«

»Täuschung und Betrug! Was für ein weites Feld!« Er lachte lange und fuhr dann fort: »Wenden Sie sich nur an mich! Ich werde Ihnen mit Quellenmaterial und mit meinen Erinnerungen zur Verfügung stehen.«

»Ich liebe dich, und du liebst mich. Laß mich doch mit ihm reden!«

»Du bist wohl verrückt!«

»Er ist schließlich klug und einsichtig. Er wird uns verstehen und verzeihen.«

»Aber er liebt mich und hält dich für seinen besten Freund. Begreif doch!«

»Er verabscheut Betrug. Ich kann ihn sehr gut verstehen.«

»Ein Programm über Täuschung und Betrug«, sprach Amir Wagdi weiter, »was wird das wohl für ein Programm werden! Aber Sie müssen unbedingt hinterher ein Buch darüber machen, sonst werden Sie von den Leuten vergessen, so, wie es mir geschehen ist. Von denen, die ihre Gedanken nicht zu Papier gebracht haben, hat man nur Sokrates nicht vergessen.«

Madame lauschte einem griechischen Schlager, den sie sich gewünscht hatte, einem Lied von einem jungen Mädchen, das die vielen Vorzüge besang, die der Mann seiner Träume besitzen sollte. So oder ähnlich hatte Madame den Inhalt angegeben. Wie sie da mit hingebungsvoll geschlossenen Augen dem Schlager zuhörte, es war ein rührend eindrucksvoller Anblick. Sie wirkte wie die tragikomische Verkörperung der Lebensfreude.

Amir Wagdi fuhr fort: »Er lebte in seinem Schüler Plato weiter. Aber seltsam ist schon, daß er lieber Gift schluckte, als an die Möglichkeit einer Flucht zu denken.«

»Ja«, warf ich bitter ein, »und das, obwohl er nicht unter dem Gefühl litt, eine Schuld oder einen Irrtum begangen zu haben.«

»Wie viele Menschen gibt es heute, die, vergliche man

sie mit Sokrates, einer ganz anderen Gattung anzugehören scheinen!«

Verbittert und außer mir vor Zorn sagte ich: »Das eben sind die Betrüger!«

»Es gibt Wahrheiten und Mythen. Das Leben, mein Lieber, ist nun einmal verwirrend!«

»Aber Sie gehören doch zur Generation derer, die noch an etwas glaubten!«

»Glaube... Zweifel...«, lachte er, »sie sind wie Tag und Nacht.«

»Was meinen Sie damit, bitte?«

Er schwieg einen Augenblick und sagte dann: »Ich meine, sie sind nicht voneinander zu trennen. Und Sie, mein Sohn, welcher Generation gehören Sie an?«

Verdrossen erklärte ich: »Auf das, was wir tun, kommt es an, nicht auf das, woran wir glauben. So bin ich im Grunde bloß ein Projekt.«

»Was wir tun... was wir glauben...«, lachte Madame, »was soll's?«

Der alte Mann stimmte in das Lachen ein: »Ein schmackhaftes Essen und eine schöne Frau scheinen dem geplagten Gläubigen oft das Kostbarste im Leben.«

»Bravo!« Madame gab ihrer Freude lautstark Ausdruck.

Auch Zuchra lachte. Ich hörte sie jetzt überhaupt zum ersten Mal lachen und fühlte mich vorerst erleichtert. Minuten des Schweigens folgten, in denen wir draußen den Wind heulen und gegen die Wände in Böen anstürmen hörten, so, daß die geschlossenen Fenster klapperten. Wieder befielen mich Unruhe und Kummer, und ich sagte zu Amir Wagdi: »Daß man glaubt und arbeitet, den Glauben in die Tat umsetzt, das wäre das Ideal. Nicht zu glauben ist nur ein anderer Weg, der letztlich in den

Untergang führt. Zu glauben, aber nichts tun zu können, das ist die reine Hölle!«

»Ja! Sie haben Saad Zaghlul in seinen letzten Lebensjahren nicht kennengelernt, haben nicht erlebt, wie er gegen die Qualen der Verbannung und den nahenden Tod ankämpfte.«

Ich schaute zu Zuchra, der einzigen von uns, die sozusagen in der Verbannung lebte. Sie saß so voller Hoffnung und Selbstvertrauen da, daß ich mich freute, mehr noch, sie beneidete.

Eine Woche darauf besuchte ich Durrejja erneut. Ihre Wohnung war wieder so hübsch wie eh und je. Auch auf sich selbst hatte sie wieder Sorgfalt verwandt, aber aus ihren Augen sprach immer noch Verzweiflung. Ja, schließlich stand sie jetzt allein da, ohne Arbeit, ohne Hoffnung.

»Hoffentlich störe ich dich nicht mit meinen Besuchen!« sagte ich.

»Jedenfalls gibst du mir durch sie das Gefühl, noch am Leben zu sein!« entgegnete sie mit tonloser Stimme.

Mir krampfte sich vor Kummer das Herz zusammen. Ich stellte mir ihre reale Situation vor, hart, ungeschminkt. Von meinen Gefühlen wollte ich ihr sprechen, aber das, was früher geschehen war, lähmte mir die Zunge. Wir stimmten darin überein, daß in einer geeigneten Arbeit die Rettung vor der Verzweiflung liegen könnte. Aber wie sollte sie dazu kommen? Sie war Lizentiatin in alten Sprachen, doch es würde sehr schwer für sie sein, eine Arbeitsstelle zu finden.

»Du darfst einfach nicht als Gefangene dieses Hauses leben!«

»Ich weiß es ja, aber ich bin trotzdem nicht aus dem Haus gegangen.«

»Wenn ich dich wenigstens jeden Tag besuchen könnte!«

Sie lächelte, dachte nach und meinte dann: »Es wäre schön, wenn wir uns einmal irgendwo anders treffen könnten!«

Ich war nicht dieser Meinung, aber ich tat so, als stimmte ich ihr zu: »Darüber ließe sich reden!«

So trafen wir uns beim dritten Mal im Zoo. Sie war wieder so hübsch wie früher, nur ihr Augenausdruck war anders. Er war zwar schön, aber ihm fehlte die innere Fröhlichkeit und Freude. Wir gingen den Weg an der Mauer entlang, der zur Universität führte. Es war für uns ein Weg unvergeßlicher gemeinsamer Erinnerungen.

»Du machst dir so viele Umstände«, meinte sie.

»Du weißt ja gar nicht, wie glücklich mich das macht!«

Hätte ich jetzt schreien müssen vor vermeintlichem Glück? Ich sprach weiter: »Einsamkeit, Durrejja, das ist sicherlich das Schlimmste, was den Menschen treffen kann.« Wahrscheinlich bewußt sagte ich das so, als hätte ich sehr viel Erfahrung auf diesem Gebiet.

»Ich bin seit dem Studium nicht mehr im Zoo gewesen«, gab sie zurück.

Ohne ihren Ablenkungsversuch zu beachten, fuhr ich fort: »Auch ich bin einsam und weiß, wie qualvoll es ist, allein zu sein.«

Sie wirkte verstört wie ein umzingeltes Wild. Das bedrückte mich, und meine Gefühle für sie wurden noch verworrener und komplizierter. Trotzdem rissen sie mich mit sich fort. Als sich unsere Blicke begegneten, schien es mir, als sei sie tief erschrocken.

Plötzlich klagte sie: »Es macht mich traurig, hier spazierenzugehen, während er ... dort ...« Sie sah meine Betroffenheit und fragte: »Was hast du denn?«

»Ich glaube, ich habe immer noch Schuldgefühle.«

»Und ich fürchte, du quälst dich jetzt auch, weil du hier mit mir zusammen bist!«

»Nein, nein, dieses teuflische Gefühl kommt nur von meiner Verzweiflung!«

»Wir müßten uns doch eigentlich gegenseitig trösten, wenn wir uns treffen!«

»Verzweiflung führt zu Unbesonnenheiten, und weil der Kranke meint, sein Leiden durch Leiden kurieren zu müssen ...«

»Was willst du damit sagen?«

»Ich meine ...« Ich hielt inne und fuhr dann fort: »Ich meine, du solltest es mir nicht übel nehmen, wenn mich eines Tages meine Gefühle so überwältigen, daß ich dumm genug bin, dir zu sagen, daß ich dich immer noch liebe. Und zwar so sehr, wie ich es tat, als wir uns zum ersten Mal begegneten.«

Plötzlich kam ich wieder zu Bewußtsein. Was für eine Dummheit! Welcher Irrsinn! Was wollte ich eigentlich? Ich war entschieden zu weit gegangen, hatte mich benommen wie jemand, der, um seine brennenden Kleider zu löschen, ins tiefe Wasser springt, ohne schwimmen zu können.

»Aber, Mansur!« wies sie mich zurecht.

Ich zog mich in mich zurück, als hätte sie mich heftig geohrfeigt. Enttäuscht entschuldigte ich mich: »Ich weiß nicht mehr, was ich eben gesagt und wie ich es vorgebracht habe. Aber glaub mir, ich bin einfach nicht in der Lage, mir mein Glück zu erkämpfen!«

Als ich wieder im Zug nach Alexandria saß, sagte ich mir, daß es viel leichter ist, in Briefen mutig zu sein.

Lärm hat mich aufgeweckt. War das ein Echo des Kampfes, der in mir tobt? Nein, der Kampf wird gerade in der Pension ausgetragen! Als ich hinausgehe, werde ich Zeuge der letzten Szene. Den Gesichtern ist anzusehen, daß Sarhan al-Buheri, eine mir unbekannte Frau und Zuchra die Helden wie die Opfer dieses Kampfes sind. Aber wer ist diese Frau? Und was hat Zuchra mit der Geschichte zu tun?

Später bringt mir Zuchra wie üblich meinen Tee. Sie erzählt mir, was vorgefallen ist. Eine Frau habe Sarhan verfolgt, als er in die Pension zurückkehrte. Es habe eine Schlägerei zwischen ihnen gegeben, und sie sei hineingezogen worden, als sie die beiden trennen wollte.

»Wer ist denn die Frau eigentlich, Zuchra?«

»Das weiß ich auch nicht.«

»Madame hat mir erzählt, sie sei Sarhans Verlobte gewesen.«

»Möglich«, stößt sie nach kurzer Pause hervor.

»Und warum hat sie sich auf dich gestürzt?«

»Ich habe doch schon gesagt, ich wollte sie voneinander trennen.«

»Aber das ist doch noch kein Grund dafür, daß Ihr aneinandergeraten seid!«

»Es ist eben passiert!«

Voller Zärtlichkeit und Sympathie schaue ich sie an und frage: »Ist vielleicht zwischen dir und ...?«

Sie überhört meine Frage, so fahre ich fort: »Das wäre doch keine Schande! Außerdem mag ich dich. So stelle ich dir die Frage im Namen unserer freundschaftlichen Gefühle füreinander.«

Sie senkt bejahend den Kopf.

»So bist du also verlobt und hast mir das bisher nur verschwiegen?«

Nun schüttelt sie den Kopf, um zu verneinen.

»Oder ist die Verlobung nur noch nicht offiziell bekanntgegeben worden?«

»Es kommt schon alles zu seiner Zeit!« meint sie zuversichtlich.

Mich packen Bedenken. Ich will sie warnen: »Aber du siehst doch, er hat die andere sitzengelassen!«

»Er hat sie eben nicht geliebt«, verteidigt sie ihn unschuldig.

»Und warum hat er sich dann mit ihr verlobt?«

Sie sieht mich mitleidig an, nimmt dann ihren Mut zusammen und sagt: »Sie war ja gar nicht seine Verlobte. Sie ist eine Nutte!«

»Ein Vertrauensbruch bleibt in jedem Fall ein Vertrauensbruch!« Meine Worte hören sich für mich selbst seltsam an, betrüblich, und verursachen mir einen schlechten Geschmack im Mund. Ich bin ebenso wütend auf mich selbst wie auf Sarhan und verwünsche ihn in Gedanken heftig.

Neugierig blicke ich sie an, denn ich erwarte, daß sie mir mehr über ihre Beziehungen zu Sarhan erzählt. Statt dessen fährt sie fort: »Ich will etwas lernen!«

Ich verstehe überhaupt nichts und schaue sie weiter fragend an.

»Ich habe mit Sitt Alejja Mohammed, unserer Nachbarin, der Lehrerin, ausgemacht, daß sie mir Stunden gibt.«

»Ach, wirklich?« rufe ich erstaunt.

»Ja, wir haben uns über alles geeinigt.«

»Das ist ja ganz hervorragend, Zuchra! Wie bist du denn auf den Gedanken gekommen?«

Stolz entgegnet sie: »Das war ganz allein meine Idee!«

»Ja, schon, aber wer hat dich darauf gebracht?«

»Ich habe mir gesagt, daß ich nicht ein ganzes Leben lang ein dummes, kleines Mädchen bleiben will. Außerdem habe ich noch ein anderes Ziel.«

»Nämlich was für eins?«

»Ich will einen Beruf lernen.«

»Das ist ja wirklich fantastisch, Zuchra, wunderbar!« rufe ich und sehe sie voller Glück und Stolz an.

Glück und Stolz erfüllen mich immer noch, als ich später allein in meinem Zimmer sitze. Es gießt in Strömen. Das Tosen der Wellen in abgehackten Rhythmen spricht seine unbekannte Sprache. Dann ebbt meine Euphorie ab, wird allmählich zu kühler Gleichgültigkeit, und schließlich spüre ich wieder meine übliche Depressivität. Wenn man sich auf einen Höhepunkt zubewegt, denkt man daran, daß ihm das Abgleiten in das Tief folgt, und wenn man sich stark fühlt, daran, daß man bald wieder schwach sein wird. Das Gefühl der Unschuld und Freiheit gemahnt einen an Verdorbenheit und Einengung, Hoffnung läßt an Verzweiflung denken. Wieder einmal finde ich keinen, gegen den sich mein heftiger Zorn richten könnte, außer Sarhan al-Buheri!

Wir setzen uns unter den Blaugummibaum im Casino am Nilufer. Die sinkende Sonne gießt ihre Strahlen über uns aus und bringt die beißende Kälte von Kairo allmählich zum Schmelzen.

»Ich hätte nicht kommen dürfen!« sagt sie und meidet meinen Blick.

»Aber nun bist du gekommen und hast damit deine Unschlüssigkeit überwunden«, will ich sie beruhigen.

»Nichts ist überwunden, glaub mir!«

Fest entschlossen, mich in den Abgrund zu stürzen, sehe ich sie an: »Ich bin überzeugt, daß dein Kommen ...«

»Die Sache ist ganz einfach die, daß ich nicht mit deinen Briefen allein bleiben wollte.«

»Ich glaube nicht, daß meine Briefe irgend etwas Neues enthalten.«

»Aber du hast sie an jemanden gesandt, den es gar nicht mehr gibt!«

Ich greife nach ihrer Hand, die auf dem Tisch liegt, als ob ich ganz sichergehen will, daß sie wirklich hier bei mir ist. Doch sie zieht sie zurück und spricht weiter: »Du hast sie vier Jahre zu spät geschickt!«

»Sie sprechen von Tatsachen, die Zeit und Ort überdauern!«

»Siehst du denn nicht, daß ich schwach und unglücklich bin?«

»Glaubst du denn, ich bin es nicht? In den Augen unserer Freunde bin ich ein Spitzel, in meinen eigenen Augen ein Betrüger, und ich habe niemanden außer dir.«

»Was für ein Trost!«

»Wenn ich ihn nicht mehr habe, bleiben mir nur noch der Tod oder der Wahnsinn!«

Sie seufzt nervös auf und sagt leise: »Ich war im Grunde schon immer eine untreue Frau!«

»Nein, du warst ein Musterbeispiel für falsche Treue.«

»Aber das ist doch nur ein anderes Wort für die Treulosigkeit, den Betrug, die mir solche Schuldgefühle bereiten und mich fast zerrissen haben!«

»Wir haben nicht den geringsten Grund, uns innerlich zerrissen zu fühlen«, entgegne ich zornig, »das ist der Kern unserer Tragödie!«

Wir blicken auf den bleigrauen Nil und seine kaum erkennbaren Wellen. Meine Hand stiehlt sich unter dem Tisch zu ihrer, schließt sich zärtlich um sie und hält sie trotz ihres leichten Widerstands fest.

»Wir sollten uns nicht von Hirngespinsten leiten lassen!« flüstere ich ihr zu.

Traurig entgegnet sie: »Wir sinken stärker, als du denkst!«

»Aber wir werden aus dieser Prüfung geläutert hervorgehen wie reines Gold!« Ein übermächtiger Wunsch treibt mich dem Abgrund entgegen, als sei er schon um seiner selbst willen ein erstrebenswertes Ziel oder als sei die Hölle der Endpunkt der Suche nach dem Glück.

Am Bahnhof von Kairo treffe ich einen alten Freund, einen Journalisten mit progressiven Neigungen, der sich aber nicht für Politik interessiert. Wir setzen uns ans Buffet. Ich warte auf den Triebwagen nach Alexandria. Er will jemanden abholen, der vom Suezkanal kommt.

Er sagt: »Ich freue mich über diese gute Gelegenheit. Ich wollte dich ohnehin schon seit längerem sprechen.«

Nun gut, was willst du von mir? Seitdem ich nach Alexandria versetzt worden bin, habe ich ihn nicht mehr gesehen.

»Was treibt dich denn nach Kairo?« fragt er.

Verwirrt schaue ich ihn an. Ja, er wußte im voraus, daß seine Frage mich in Verwirrung setzen würde.

»Ich frage so offen, weil wir alte Freunde sind. Es heißt, du kämst nur wegen Madame Fauzi hierher.«

Ich fühle mich nicht so betroffen, wie er das offenbar erwartet hat. Wir, Durrejja und ich, hatten früher schon unsere Zweifel, ob unsere Beziehungen verborgen bleiben würden. So entgegne ich lässig: »Sie braucht jetzt einfach jemanden, der zu ihr hält, weißt du!«

»Ich weiß aber auch ...«

»Du weißt, daß ich sie schon seit langem liebe«, unterbreche ich ihn herablassend.

»Und Fauzi?« fragt er voller Anteilnahme.

»Er ist viel stärker, als alle denken.«

»Als dein Freund bin ich nicht sehr glücklich über das, was man erzählt«, meint er bekümmert.

»Und was erzählt man? Sag es mir doch!«

Doch er schweigt. So sage ich nervös: »Ich bin ein Spitzel, bin zur rechten Zeit geflohen, und nun habe ich mich in das Haus eines guten alten Freundes eingeschlichen.«

»Ich wollte nur sagen ...«

»Aber du glaubst es jedenfalls auch?«

»Nein! Und ich würde dir nie verzeihen, wenn du das auch nur annähmst!«

Während der Rückfahrt nach Alexandria frage ich mich, ob ich die Gnade zu leben überhaupt verdiene. Ich suche nach einer Lösung für verschiedene Widersprüche. Diese Lösung wird nicht einfach werden, so scheint mir. Warum kann nicht der Tod der letzte Ausweg sein? Eigentlich wollte ich mich für ein Weilchen ins Trianon setzen, aber ich sehe von draußen Sarhan al-Buheri und Husni Allam miteinander im Gespräch. Da ich Widerwillen gegen beide empfinde, gehe ich weiter.

Wolken in Farben, die aufeinander abgestimmt scheinen, treiben schnell am Himmel dahin. Windböen bringen angenehme Erfrischung. Die Wellen türmen sich so, daß das Wasser auf die Straße sprüht. Besäße ich Kostbarkeiten, ich würde sie jetzt zerstören. Nur ein gewaltiges Erdbeben kann die Dinge wieder ins Gleichgewicht bringen.

Zuchra bringt mir den Tee. Im Vertrauen darauf, daß mich alles interessiert, was sie betrifft, erklärt sie: »Meine Angehörigen waren hier, um mich zu holen. Ich habe mich jedoch geweigert mitzugehen.«

Trotz meiner generellen Gleichgültigkeit ist mein Interesse für Zuchra nicht erloschen. So unterstütze ich sie: »Das hast du vollkommen richtig gemacht!«

»Aber sogar der sympathische Amir Wagdi hat mir geraten, wieder auf mein Dorf zurückzukehren.«

»Er hat ganz einfach Angst um dich. Das ist alles!«

Prüfend schaut sie mich an und sagt dann: »Diesmal lächeln Sie aber nicht wie sonst immer.«

Ich lächle ihr gedankenlos zu.

»Ich verstehe!« meint sie.

»Du verstehst was?«

»Ihre Ausflüge nach Kairo jede Woche und daß Sie jetzt immer so in Gedanken sind.« Unwillkürlich muß ich lachen, und sie sagt glücklich: »Ich würde Ihnen so gern gratulieren!«

»Dein Wort in Gottes Ohr, Zuchra!«

Wir schauen uns gegenseitig verständnisvoll an. Sie macht eine Handbewegung, als wolle sie mich auffordern, fröhlicher zu sein.

»Es gibt jemanden, der mir Kummer bereitet«, sage ich.

»Wer ist es denn?«

»Jemand, der seinen Glauben verraten hat.«

Sie macht eine abwehrende Handbewegung.

»Jemand, der seinen Freund und Lehrer betrogen hat.«

Wieder die Handbewegung.

»Ob ihm der Fehler verziehen wird, daß er liebt?«

»Die Liebe eines Mannes, der Verrat und Betrug geübt hat, ist so schmutzig wie er selbst«, urteilt sie voll Verachtung.

Ich stürze mich in die Arbeit. Und immer, wenn meine Nerven zum Zerreißen gespannt sind und mir die Gedanken durcheinander geraten, fahre ich nach Kairo. Dort ist das Glück der Liebe. Aber was für ein Glück ist das eigentlich? Ich war aufrichtig glücklich, als ihr Widerstand schwächer wurde und sie mir ihre Hand überließ. Aber später befiel mich eine fiebrige Unruhe. Ein seltsamer Gedanke beherrschte mich, nämlich, daß Liebe der Weg ist, der zum Tod führt. Und daß ich, da ich in allem zur Übertreibung neige, das Ende dieses Weges bald erreicht haben würde.

Einmal sagte ich zu ihr: »Ich habe dich schon vor langer Zeit geliebt. Du erinnerst dich sicher daran. Dann wurde ich plötzlich davon überrascht, daß du dich verlobt hattest.«

Traurig entgegnet sie: »Du bist immer so unschlüssig bei allem, was du tust, daß man dich leicht mißverstehen kann.«

»Ich habe mich damals für Fauzi entschieden, weil er mich charakterlich sehr beeindruckt hat. Du weißt, er verdient Verehrung und Bewunderung«, bekennt sie dann.

Um uns herum sitzen viele Pärchen, und ich frage sie: »Sind wir eigentlich glücklich?«

Sie mustert mich erstaunt und sagt dann: »Was für eine Frage, Mansur!«

»Ich meine, vielleicht kränkt es dich, daß ich dich um deinen guten Ruf gebracht habe.«

»Mich kümmert das nicht, aber Fauzi ...« Offensichtlich wollte sie jetzt wiederholen, was ich so oft von Fauzis verständnisvollen Art und seiner Großherzigkeit gesagt habe, aber sie schweigt. Und ich mag die abgespielte Platte nicht noch einmal auflegen.

Dann frage ich sie: »Durrejja, zweifelst du eigentlich auch an mir wie die anderen?«

Sie verzieht mißbilligend das Gesicht, denn sie hat mich

mehr als einmal gebeten, dieses Thema nicht zur Sprache zu bringen, aber ich bleibe hartnäckig: »Wenn du es tätest, fände ich es nur natürlich!«

Protestierend sieht sie mich an: »Warum mußt du dich nur immer quälen!«

»Ich habe mich schon oft gefragt, warum du dich nicht der allgemeinen Meinung anschließt«, lenke ich lächelnd ein.

Ungehalten gibt sie zurück: »Du bist doch einfach kein Betrüger oder Verräter!«

»Was heißt, ich sei kein Betrüger oder Verräter? Ich bin schwach, und daß ich mich zu sehr von meinem Bruder habe lenken lassen, war sicher auch ein Zeichen meiner Schwäche. Von allen Schwächlingen bin ich bestimmt der, der am leichtesten zu einem Betrüger werden kann!«

Sie nimmt meine Hand in ihre und bittet: »Quäl dich doch nicht so! Quäl uns beide nicht!«

Ich sage mir, daß ihr offensichtlich nicht bewußt ist, daß auch sie zu all dem gehört, was mich quält.

Als Madame zu mir ins Zimmer kommt, bin ich mir sicher, daß es Neuigkeiten gibt. Sie flattert, wenn sie Neues mit sich herumträgt, wie eine Motte überall umher. Schön! Haben Sie schon gehört, Monsieur Mansur? Machmud Abul-Abbas, der Zeitungsverkäufer, hat um Zuchras Hand angehalten, aber sie hat ihm einen Korb gegeben!

»Immer dieselben Verrücktheiten, Monsieur Mansur!«

»Sie liebt ihn eben nicht, Madame!« entgegne ich ihr rundheraus.

»Aber ihr Herz führt sie in die Irre!« Sie blinzelt mir zu, und ich denke: Wehe, wenn Sarhan sie enttäuscht!

Plötzlich kommt mir ein seltsamer Einfall oder eher so etwas wie ein abwegiger Wunsch, nämlich daß er sie enttäuschen möge, damit ich ihm dann seine gerechte Strafe erteilen könnte.

Sie beugt sich zu mir und flüstert: »Raten Sie ihr doch zu! Sie wird das tun, was Sie für gut halten. Sie hat Sie gern!«

Dieses Gerede vom Gernhaben erbost mich, und ich muß mir alle Mühe geben, meinen Ärger zu unterdrükken.

»Eigentlich stammt sie aus einer guten Familie, schon fast aristokratisch. Aber sie ist natürlich keine Heilige. Diese Art der Tätigkeit hat ihre unvermeidlichen Begleitumstände, wie du sicher weißt. Wenn ich nicht gewesen wäre, so hätte man ihre Wohnung längst geräumt und ihren Besitz konfisziert.«

Der Wind peitscht den Regen gegen die Fenster. Das Brüllen der Wogen wühlt mich auf bis ins Innerste. Ich merke nicht, daß Zuchra eingetreten ist, bis sie das Tablett mit dem Tee auf den Tisch vor mich hinstellt. Froh begrüße ich sie, denn ich hoffe, sie wird mich aus meinen düsteren Gedanken reißen. Wir lächeln uns gegenseitig zu. Ich biete ihr ein Stückchen Kuchen an und sage lachend: »Da hast du nun schon dem zweiten Verehrer einen Korb gegeben!«

Sie schaut mich unsicher an, und ich fahre fort: »Willst du meine Meinung wissen, Zuchra? Ich finde Machmud besser als Sarhan!«

»Weil Sie ihn nicht kennen!« fällt sie mir ins Wort.

»Und du, kennst du denn den anderen so, wie es sein müßte?«

»Niemand will mir glauben, daß ich eine ebenbürtige Partnerin für ihn bin!« entgegnet sie heftig.

»Sag das denen, die nicht deine Freunde sind!«

»Machmud macht keinen Unterschied zwischen einer Frau und einer Sandale!«

Ich muß lachen, und sie erzählt mir eine Geschichte über sein Verhalten und seine Ansichten.

»Du bist doch aber gewitzt genug, ihm darauf die richtige Antwort zu verpassen!« rede ich ihr gut zu. Aber sie liebt nun einmal Sarhan und wird ihn lieben, bis er sie heiratet oder im Stich läßt.

»Zuchra, ich respektiere deine Meinung und alles, was du tust. Im übrigen würde ich dir wirklich gern bald zur Verlobung gratulieren.«

Ich habe dringende und eilige Angelegenheiten zu erledigen und fahre deswegen diesmal nicht nach Kairo. Durrejja ruft mich an, damit ich sie in ihrer verzehrenden Einsamkeit tröste.

Als wir uns in der Woche darauf treffen, sagt sie nervös: »Jetzt ist die Reihe an mir, dir hinterherzulaufen.«

Nachdem wir uns in ein Chambre séparée im Florida zurückgezogen haben, küsse ich ihr die Hand. Ich erkläre ihr, warum ich sie in der vorhergehenden Woche nicht habe besuchen können. Sie ist unruhig, nervös und raucht stark. Mir geht es nicht viel besser.

»Ich habe mich in der Arbeit vergraben«, erkläre ich ihr, »aber ohne daß ich es wollte, sind meine Gedanken abgeschweift, und eine unbekannte Stimme hat mir zugeflüstert, daß ich in meiner Arbeit etwas falsch gemacht oder daß ich irgend etwas Wichtiges anzuordnen versäumt hätte. Und oft entdecke ich, daß ich Wesentliches in der Pension oder im Büro habe liegenlassen.«

»Aber ich bin so einsam«, klagt sie, »und halte das Alleinsein einfach nicht mehr aus.«

»Wir lassen uns wie von einem Strudel hierhin und dorthin ziehen und tun nichts, um unsere Probleme zu lösen!«

»Und was sollten wir tun?«

Ich denke kurz nach und versuche, nur der Logik zu gehorchen. Aber welcher Logik? Für jemanden, den seine Gefühle überwältigen, existiert die Logik nicht mehr. Es ist fast so, als suche ich nach neuen Herausforderungen. »Wenn wir unseren Verstand fragen würden«, antworte ich, »so würde er uns sagen, daß wir uns entweder trennen sollten oder aber du die Scheidung verlangen müßtest.«

Ihre grauen Augen weiten sich vor Erschrecken, vielleicht eher, weil sie derselben Ansicht ist, als weil sie die Scheidung nicht will.

»Die Scheidung!«

»Dann könnten wir doch ein neues Leben beginnen«, sage ich ruhig.

»Aber das wäre unerhört!«

»Es wäre nur natürlich, und was mich angeht...«

Sie stützt den Kopf in die Hände und schweigt, damit ihre Hilflosigkeit andeutend.

»Habe ich nicht gesagt, daß wir nichts tun?« wiederhole ich.

Dann, nach einer Weile des Schweigens, frage ich sie: »Was hätte denn Fauzi an meiner Stelle getan, sag mir das!«

»Aber du weißt doch, daß er mich liebt!« entgegnet sie leise.

»Er würde dich aber bestimmt nicht zwingen, bei ihm zu bleiben, wenn er wüßte, daß du mich liebst!«

»Denkst du nicht in sehr theoretischen Kategorien?«

»Nein, ich kenne Fauzi, und das ist sehr realistisch gedacht.«

»Stell dir vor, stell dir vor, er würde sagen ...«

»Du hast dich von ihm gelöst, seitdem er im Gefängnis ist, nicht wahr? Aber das ist letztlich ohne Wert für mich, denn du hast dich zwar von ihm gelöst, aber nicht von seinen Prinzipien ...«

Ich stelle ihn mir vor, wie er auf der Couch im Studio liegt, mich mit seinen mandelförmigen schwarzen Augen mustert, Pfeife raucht, unzählige Probleme erörtert, aber nicht eine Sekunde lang an seinem ehelichen Glück zweifelt.

»Woran denkst du eigentlich?« fragt sie mich.

»Daran, daß das eigentliche Leben sich nur denen erschließt, die es verdienen.« Ich nehme ihre Hand und fordere sie auf: »Komm, laß uns etwas trinken, damit wir endlich aufhören nachzudenken!«

Ich bin so in meine Gedanken versunken, daß ich nicht wahrnehme, was um mich herum geschieht. Zorn würgt mich. Seitdem ich davon erfahren habe, daß Husni Allam über Zuchra hergefallen ist, ersticke ich fast vor Zorn. Mit mir im Entrée sitzen Amir Wagdi und Madame, doch von dem, worüber sie sprechen, höre ich nur ein Wispern. Auch von dem Streit zwischen Sarhan und Husni hatte ich vernommen und wünschte mir, er hätte so lange gedauert, bis sie sich gegenseitig umgebracht hätten. Ich wünsche mir auch, ich könnte Husni seine gerechte Strafe zuteil werden lassen, zweifle andererseits nicht daran, daß er kräftig genug ist, mich dabei umzubringen. So hasse ich ihn bis zur Raserei. Daß Madame aufsteht und hinausgeht, holt mich wieder in meine Umgebung zurück. Ich schaue zu Amir Wagdi und merke, daß er mich voller Fürsorge und Sympathie ansieht. Das bringt die Mordgelüste in meinem Herzen zum Abklingen. Mir kommt der absonderliche Gedanke, der alte Mann könnte vielleicht ein enger Freund meines Vaters oder Großvaters gewesen sein.

Er fragt mich, wovon ich geträumt habe, und ich entgegne kurz: »Mir scheint, für mich gibt es keine Zukunft.«

Er lächelt so, als ob er um alles wisse und als habe er meinen Zorn schon oft und in den verschiedensten Formen erlebt. Dann meint er: »Jugend will sich nie zufriedengeben! Das ist alles.«

»Die Vergangenheit hat mich so beschäftigt, daß mir der Gedanke kam, es gebe keine Zukunft.«

Er sagt ernst, nun ohne jedes Lächeln: »Es mag Erschütterungen im Leben geben, Irrtümer, Unglücksschläge. Aber Sie verdienen es zu leben, wie nur irgendeiner!«

Ich verspüre einen Widerwillen dagegen, meine Sorgen mit ihm zu besprechen, sogar die, die ganz legitim sind. So frage ich ihn ausweichend: »Was für Träume haben Sie denn so, Ustas?«

Er lacht lange und gibt dann zur Antwort: »Alte Leute schlafen so wenig, daß sich Träume erübrigen. Ich wünsche mir nur noch eins: einen sanften Tod!«

»So gibt es also mehrere Arten zu sterben?«

»Selig derjenige, der nach einem angenehmen Abend einschläft, um nie wieder aufzuwachen!«

»Glauben Sie daran, daß Sie eines Tages wiederauferstehen werden?« frage ich ihn, fasziniert davon, wie gut man sich mit ihm unterhalten kann.

Wieder lacht er und sagt dann: »Ja, und zwar dann,

wenn Sie Ihre Programme in einem Buch veröffentlichen!«

Das Wetter in Alexandria sagt mir zu. Nicht wenn der Himmel klar ist und die Sonne mit ihren wärmenden Strahlen die Erde vergoldet, sondern in seinen winterlichen Zornesausbrüchen, wenn sich dicke Wolken zu Bergen türmen und der Morgen ebenso in Düsterkeit gehüllt ist wie der Abend, wenn im Himmelszelt einen Augenblick lang beunruhigendes Schweigen herrscht und dann plötzlich ein Windstoß die Leere durchbricht wie ein Warnruf oder wie das Räuspern des Predigers in der Moschee vor der Freitagspredigt. Dann neigt sich ein Zweig, oder ein Ästchen bricht. Und danach jagen die Windstöße einander in trunkenem, wahnwitzigem Rausch, ihr pfeifendes Dröhnen dringt bis in ferne Horizonte. Das Meer tobt, und der Schaum der Wellen gischtet bis an den Rand der Uferstraßen. Donner poltert und bringt brodelnde Düfte aus einer fernen, unbekannten Welt. Funkelnde Blitze züngeln den Himmel entlang, blenden die Blicke und elektrisieren die Herzen. Regen strömt herab bis zur Raserei und schließt Himmel und Erde in einer nassen Umarmung zusammen. Dann vermischen sich die Elemente des Seins, wogen durcheinander, prallen aufeinander, als sollte der Schöpfungsakt von neuem beginnen.

Erst danach wird der Himmel wieder klar und rein, reißen die Dunkelheiten auf, zeigt Alexandria ein frisch gewaschenes Gesicht, leuchtendes Grün, feucht glänzende Straßen. Dann weht eine erfrischende Brise, kommen wärmende Sonnenstrahlen, folgt ein sanftes, zärtliches Erwachen.

Ich erlebe den Sturm vom Fenster aus mit, um mich der Frische danach erfreuen zu können. Irgend etwas sagt mir, daß dieses Drama von einem Mythos erzählt, der in meinem Innersten begraben liegt, daß es einen Weg vorzeichnet, dessen Ziel mir noch unbekannt ist, oder in leisem Gemurmel, das mir bis jetzt unverständlich bleibt, eine Frist setzt.

Die große Standuhr schlägt, und ich halte mir die Ohren zu, um nicht hören zu müssen, wie spät es ist. Dann dringen fremde Stimmen zu mir, hartnäckig und laut. Ist das eine Auseinandersetzung? Ein Streit? Was in dieser Pension alles passiert, würde allmählich für einen ganzen Kontinent ausreichen! Mein Herz sagt mir, daß es wieder einmal um Zuchra gehen muß. Eine Tür wird heftig geöffnet, und nun sind die Stimmen ganz deutlich. Es sind die von Zuchra und Sarhan. Ich springe zur Tür und öffne sie. Sie stehen einander im Salon gegenüber wie zwei Kampfhähne, und Madame versucht, zwischen ihnen zu vermitteln.

Sarhan schreit, außer sich vor Wut: »Ich bin frei! Ich heirate, wen ich will! Alejja werde ich heiraten!«

Zuchra sprüht vor Zorn. Es tut ihr sichtlich weh, daß er mit ihr nur gespielt hat, daß ihre Hoffnungen zerstört sind, daß er sie verlassen hat und sie die Verliererin in diesem Spiel ist. So hat er also erreicht, was er von ihr wollte, und hat nun ein neues Ziel vor Augen! Ich gehe auf ihn zu, fasse ihn an der Hand und ziehe ihn in mein Zimmer. Sein Schlafanzug ist an mehreren Stellen zerrissen. Seine Lippen bluten.

Er schreit: »Sie ist außer Rand und Band, und bösartig ist sie auch!«

Ich bitte ihn, sich zu beruhigen, aber er wird nur noch wütender und stößt hervor: »Stellen Sie sich vor, das gnädige Fräulein wünscht mich zu heiraten!«

Noch einmal rate ich ihm zur Ruhe, aber er brüllt: »Sie ist eine Dirne und außerdem total verrückt geworden!«

Da er mir auf die Nerven geht, frage ich ihn: »Und warum wollte sie Sie heiraten?«

»Fragen Sie sie doch am besten selbst!«

»Nein, ich frage Sie!«

Zum ersten Mal sieht er mich jetzt aufmerksam an. Ich insistiere weiter: »Sie muß doch einen Grund für diese Forderung haben!«

Die Aufmerksamkeit in seinen Augen wird zur Vorsicht. »Was wollen Sie damit sagen?« fragt er mich.

Wütend entgegne ich: »Nichts weiter, als daß Sie ein Mistkerl sind!«

»Ustas!«

Ich spucke ihm ins Gesicht und rufe: »Das verdienen Sie und jeder andere Mistkerl und Betrüger!«

Wir geraten sofort heftig aneinander, doch Madame stürzt ins Zimmer, bevor unsere Schlägerei gefährliche Ausmaße annehmen kann. Sie stellt sich zwischen uns und versucht zu begütigen: »Aber ich bitte Sie! Ich habe das alles satt, meine Herren! Tragen Sie Ihre Streitigkeiten außerhalb meines Hauses aus, nicht bei mir!«

Sie zieht ihn aus meinem Zimmer.

Mit sorgenvollem Herzen, befangen in düsteren, verworrenen Gedanken, gehe ich zum Rundfunkgebäude. Als ich in mein Zimmer komme, sehe ich eine Frau vor meinem Schreibtisch sitzen. Nein, nicht irgendeine Frau, es ist Durrejja! Ja, sie! Der Schreck lähmt mir die Zunge. Einige Sekunden lang bleibe ich wie erstarrt vor ihr stehen. Dann verfliegt die Düsterkeit in meinem Kopf, ich rufe: »Durrejja!«

Sie lächelt, und auch ich müßte lächeln, ja strahlen vor Freude. Ich nehme ihre Hand zwischen meine Hände und drücke sie zärtlich. Freude überwältigt mich und vertreibt die Unruhe und die Ängste, die mir das Herz zu zerreißen drohen.

»Was für eine Überraschung, Durrejja«, stoße ich hervor, »welches Glück!«

Sie sieht mich mit bleichem Gesicht an und erklärt mir: »Ich hätte zwei Tage warten können, bis wir uns wie üblich treffen, aber ich konnte es einfach nicht mehr aushalten. Ich habe versucht, dich anzurufen, habe dich aber nicht erreicht.«

Mich ergreift eine mir unerklärliche Unruhe. Ich nehme einen Stuhl, um mich ihr gegenüber zu setzen, und sage: »Hoffentlich ist es eine gute Nachricht, die dich zu mir führt, Durrejja!«

Sie senkt den Blick und entgegnet: »Ich habe über einen befreundeten Journalisten einen Brief von Fauzi erhalten.«

Mir klopft das Herz. Also dieser befreundete Journalist. Das bedeutet sicherlich nichts Gutes.

»Er läßt mir die Freiheit, nach meinem eigenen Gutdünken über meine Zukunft zu entscheiden«, fährt sie fort.

Mein Herz klopft stärker. Jetzt liegen die Dinge offen zutage, aber ich bin fest entschlossen, sie mir Punkt für Punkt erklären zu lassen. Mich hat eine solche Unruhe erfaßt, daß ich keinerlei Erleichterung oder gar Glück verspüre. Seltsam. Mir kommt es eher so vor, als sei ich unglücklich.

»Was will er damit sagen?« frage ich hartnäckig.

»Offensichtlich hat er von uns erfahren.«

»Aber wie denn nur?«

»Wie auch immer, letztlich ist das unwichtig!«

Wir sehen uns verwirrt an. Ich habe das Gefühl, mir würden eiserne Ketten angelegt. Ich sage mir, daß ich doch Glück verspüren müßte oder wenigstens Erleichterung. Was ist nur geschehen?

»Ob er böse ist?« will ich von ihr wissen.

»Er verhält sich auf alle Fälle so, wie du es erwartet hast«, antwortet sie nervös.

In ungläubiger Ergebenheit senke ich den Kopf. Sie spricht weiter: »Jedenfalls mußt du mir jetzt helfen und mir deine Meinung sagen!«

Natürlich. Jetzt muß ich den Anfang machen, damit die Dinge ihren Lauf nehmen, damit ich mir ein häusliches Glück aufbaue, so wie ich selbst es vorgeschlagen und mir schließlich auch gewünscht habe. Der Traum beginnt, Wirklichkeit zu werden. Und doch bin ich nicht glücklich. Um mir selbst gegenüber offen zu sein: Ich bin weiter als je davon entfernt, mich glücklich zu fühlen. Im Gegenteil: Ich bin unruhig und ängstlich. Es sind nicht Reue und Scham gegenüber Fauzi, die mich behindern. Es liegt nur an mir, ausschließlich an mir. Wenn ich jetzt nicht für mein Glück kämpfe, was tue ich dann?

»Immer denkst du nach und antwortest nicht«, wirft sie mir vor, »und gibst mir das Gefühl von tödlicher Einsamkeit.«

Aber ich brauche einfach eine längere Spanne des Nachdenkens. Unruhe und Furcht haben mich derart überwältigt, daß ich mich um ihre Empfindungen nicht mehr kümmern kann, nicht einmal mehr darum, höflich zu ihr zu sein. Ich bin aus der Bezauberung, in die sie mich versetzt hat, so plötzlich und schmerzhaft erwacht, als hätte mir jemand etwas mit einem Knüppel über den Kopf gegeben. Ich habe mich aus der Herrschaft, die sie über mich ausgeübt hat, befreit. Eine dunkle Woge der Abneigung, Rebellion und Härte überschwemmt mein verwirrtes, unruhiges, erschrockenes Inneres. Ich kann dafür keine andere Erklärung finden, als die, daß ich wahnsinnig geworden sein muß.

»Warum sagst du nichts?« fragt sie in scharfem Ton.

Mit einer Ruhe, die mich selbst erschreckt, entgegne ich: »Durrejja, nimm seine Großmut nicht an!«

Sie starrt mich an, ungläubig, bestürzt, voller Zorn und Trauer.

Ich steigere mich in meine Grausamkeit hinein: »Laß ihn das so schnell wie möglich wissen!«

»Du empfiehlst mir das, ausgerechnet du!«

»Ja, ich!«

»Das ist ja zum Lachen, nein, eher zum Weinen! Ich verstehe überhaupt nichts mehr!«

»Wir wollen versuchen, es später zu verstehen!« schlage ich verzweifelt vor.

»Du kannst mich doch jetzt nicht einfach verlassen, ohne mir eine Erklärung zu geben!«

»Ich finde keine, es tut mir leid!«

»Allmählich zweifle ich an deinem Verstand!« wirft sie mir vor und funkelt mich aus ihren grauen Augen zornig an.

»Das habe ich wohl auch verdient!«

»Ja, hast du denn die ganze Zeit mit mir gespielt?« ruft sie bitter.

»Aber Durrejja!«

»Sei offen zu mir: Hast du mich belogen?«

»Nein, niemals!«

»So ist also deine Liebe plötzlich gestorben?«

»Aber nein!«

»Du gefällst dir darin, mit mir zu spielen!«

»Ich weiß nichts mehr zu sagen. Ich verabscheue mich selbst. Das muß ich dir offen gestehen. Du solltest nicht die Nähe eines Mannes suchen, der sich verabscheut!«

Ihr starrer Blick zeigt, daß ihre inneren Kräfte sie verlassen. Dann schaut sie voller Ärger und Verachtung in eine andere Richtung, als wisse sie nicht, was sie mit sich anfangen soll. Schließlich sagt sie leise und wie zu sich selbst: »Mein Gott, bin ich dumm! Dafür muß ich jetzt zahlen! Du hast mich nie Vertrauen spüren lassen, mir kein Gefühl der Sicherheit gegeben. Wie konnte ich das nur übersehen? Du hast mich mit deiner verrückten Impulsivität gedemütigt. Ja, du bist verrückt!«

Ich gebe mich unterwürfig wie ein gehorsames Kind, das sich seiner Schuld voll bewußt ist, und ziehe es vor zu schweigen, um vielleicht dadurch der quälenden Situation ein Ende zu bereiten. Ich vermeide es, sie anzusehen, und ignoriere ihren Blick, das Geräusch ihrer nervös auf den Schreibtisch klopfenden Finger, ihre unruhigen Atemzüge. Ich stelle mich tot.

Laut und vorwurfsvoll dringt ihre Stimme an mein Ohr: »Hast du mir denn gar nichts mehr zu sagen?«

Ich verbleibe bei meiner Leichenstarre. Schroff steht sie auf, und ich erhebe mich gleichfalls. Sie geht hinaus, ich begleite sie bis auf die Straße. Wir überqueren sie gemeinsam. Dann vergrößert sie ihre Schritte und gibt mir so zu verstehen, daß ihr meine weitere Gegenwart unerwünscht ist. Ich bleibe stehen. Meine Blicke folgen ihr wie in einem Traum, und der Traum wächst und weitet sich aus. Die Wirklichkeit tritt hinter ihm zurück, versinkt jenseits des Horizonts. Unverwandt schaue ich ihr nach, wie sie dort dahinschreitet, folge ihrem vertrauten, von mir so geliebten Gang voll Erstaunen, voller Trauer. Auch in diesem Augenblick des Wahnsinns vergesse ich nicht, daß jenes gedemütigte Wesen, das da allmählich in der Ferne verschwindet, im Strom der Passanten aufgeht, daß jenes Wesen meine erste Liebe war und vielleicht meine letzte Liebe in dieser Welt sein wird. Wenn sie aus meinem Leben verschwindet, werde ich in einen Abgrund stürzen. Aber obwohl ich todunglücklich bin, empfinde ich eine seltsame rätselhafte Erleichterung.

Das Meer erstreckt sich in sanfter Glätte und lächelndem Blau. Wo ist nur das wütende Toben von gestern? Die Sonne sinkt und vergoldet mit ihren Strahlen die fransigen Ränder zarter Lämmerwölkchen. Wo sind die dunklen, sich türmenden Wolken von gestern? Ein Lufthauch spielt in zärtlicher Liebkosung mit den Blättern der Palmen entlang der Silsila. Wo sind die brüllenden, wirbelnden Stürme von gestern?

Ich sehe in Zuchras bleiches Antlitz, sehe die Tränenspuren auf ihren Wangen, ihren matten Blick, ihre wie gebrochenen Augen, und mir ist, als schaue ich in einen Spiegel. Als wollte mich das Leben mit seiner rauhen, grausamen Seite bekannt machen, mit seiner ungeschminkten Wahrheit, seiner harten, dornigen Oberfläche, mit seinen enttäuschten Hoffnungen, eingebettet in eine Muschel mit vergifteten Rändern, mit seinem ewig unergründlichen Wesen, das Abenteurer und Verzweifelte gleichermaßen anzieht und beiden Nahrung gibt. Zuchra ist ihrer Ehre beraubt und ihres Stolzes, denn sie ist verlassen worden. Ja, ich schaue in einen Spiegel.

Sie wirft mir einen warnenden Blick zu und verlangt: »Bitte, keinen Tadel und auch keine Vorwürfe!«

»Ganz wie du willst«, entgegne ich traurig.

Ich bin aus der bitteren Begegnung mit Durrejja noch nicht wieder zu mir gekommen, habe noch nicht die Ruhe gefunden, sie zu analysieren und zu verstehen. Aber ich bin mir ihrer bis zur Grenze des Wahnsinns bewußt. Und ich bin mir sicher, daß der Sturm noch kommen wird und daß ich den Höhepunkt der Katastrophe noch nicht erreicht habe. Ich kann unmöglich schweigen, so versuche ich, sie zu trösten: »Vielleicht war es ja so am besten!«

Da sie nicht antwortet, frage ich: »Und was wird nun?«

»Ich lebe noch, wie Sie sehen«, murmelt sie gleichgültig.

»Und deine Träume, Zuchra?«

»Ich werde weiter ...«

Sie sagt das voll hartnäckiger Entschlossenheit, aber wo ist ihr Herz?

»Der Kummer wird vergehen, als hätte es ihn nie gegeben«, versuche ich zu beruhigen, »und du wirst heiraten und Kinder bekommen!«

»Mir scheint, das beste, was ich tun kann, ist, Männer in Zukunft zu meiden«, meint sie bitter.

Ich muß lachen. Zum ersten Mal seit langer Zeit. Sie weiß nichts von dem Strudel, der mich mit sich zieht, nichts von dem Wahnsinn, der mir auflauert.

Mir kommt ein Gedanke, plötzlich und ohne Vorbereitung. Nein, er muß tiefe, mir bis jetzt verborgen gebliebene Wurzeln in mir haben. Ein Wahnsinnsgedanke und deshalb so erregend. Ein seltsamer, wunderbarer, origineller Gedanke. Vielleicht ist er das, wonach ich suche, der Balsam für meine Wunden. Zärtlich schaue ich sie an.

»Zuchra, das Leben macht mir keine Freude mehr, wenn du traurig bist«, klage ich.

Ein dankbares Lächeln umspielt ihre Lippen, und ich rede ihr zu, von neuer Begeisterung entflammt: »Zuchra, verjag deine Schwermut! Sei wieder so stark wie immer! Sag mir, wann ich wieder ein glückliches Lächeln auf deinen Lippen sehe!«

Sie lächelt mit gesenktem Kopf. Meine Begeisterung wächst weiter. Da ist dieses Mädchen, fern von seinen Angehören, einsam, verlassen, seiner Ehre beraubt.

Voll einer eigenartigen Erregung stoße ich hervor: »Zuchra, du weißt vielleicht nicht, wie lieb du mir bist. Zuchra, akzeptiere mich als deinen Ehemann!«

Sie wendet sich mir mit einer schnellen Bewegung zu, bestürzt, ungläubig. Ihre Lippen bewegen sich, als wolle sie etwas sagen, aber sie bringt keinen Ton heraus.

Immer noch von meiner seltsamen Erregung beherrscht, fordere ich sie auf: »Nimm meinen Antrag an, Zuchra! Ich meine es ernst.«

»Nein!« entgegnet sie und ist sichtlich noch nicht aus ihrer Bestürzung erwacht.

»Bitte, laß uns so schnell wie möglich heiraten!«

»Sie lieben doch eine andere!« antwortet sie und ringt nervös die kräftigen Hände.

»Das war keine Liebe. Das war nur eine Geschichte, die du dir in deiner Phantasie zurechtgelegt hast. Laß mich deine Antwort hören, Zuchra!«

Sie seufzt und wirft mir einen zweifelnden Blick zu. »Sie sind großmütig und edel«, sagt sie dann, »und schlagen mir das jetzt aus Mitleid vor. Nein, das werde ich nicht annehmen, und Sie meinen das auch gar nicht so! Bitte, sagen Sie das nicht wieder!«

»So weist du mich also ab, Zuchra!«

»Ich danke Ihnen, aber es gibt gar keine Forderung, die ich abweisen oder annehmen könnte!«

»Glaub mir doch! Ich schwöre es dir! Gönn mir doch eine kleine Hoffnung! Versprich mir wenigstens etwas! Dann kann ich warten!«

Entschlossen und sichtlich ohne meine Worte ernst zu nehmen, entgegnet sie: »Nein! Ich danke für Ihr Mitgefühl und weiß es sehr zu schätzen. Aber ich kann das nicht annehmen. Kehren Sie zu Ihrem Mädchen zurück! Wenn da etwas falsch gemacht wurde, dann war es zweifellos sie, die das getan hat. Aber Sie werden ihr bestimmt verzeihen!«

»Zuchra, so glaub mir doch!«

»Nein, hören Sie bitte damit auf!«

Sie sagt das mit erschreckendem Nachdruck, aber ihren Augen ist die Erschöpfung anzumerken. Es scheint, als ob sie alles als bedrückend empfindet. Sie dankt mir noch einmal mit einem Kopfnicken und geht dann schnell entschlossen hinaus.

Wieder spüre ich die Leere in mir. Ich schaue mich um, als suche ich nach Hilfe. Wann wird das Erdbeben einsetzen? Wann der Sturm losbrechen? Was habe ich überhaupt gesagt? Wie habe ich es getan, und warum? Ist da jemand, der mich als Mittel zum Zweck benutzt, wann immer es ihm gefällt? Wenn ja, wie kann ich dem Ganzen Einhalt gebieten?

Wie kann ich dem Ganzen Einhalt gebieten? Das frage ich mich von neuem, als ich wie von Sinnen das Zimmer verlasse. Ich sehe Sarhan al-Buheri im Salon telefonieren. Sein Koffer steht hinter der Tür. Er wird uns also für immer verlassen. Haßerfüllt beobachte ich ihn von hinten, wie er den Kopf dem Telefonhörer zuneigt. Als erblickte ich meinen Todfeind. Er spielt in meinem Leben eine größere Rolle, als ich es mir vorgestellt habe. Was werde ich mit meinem Leben anfangen, wenn er für immer verschwindet? Wie soll ich ihn wiederfinden? Ich fühle mich von ihm angezogen wie eine Motte vom Licht. Es scheint fast so, als sei er der Schluck Gift, durch den ich Heilung finden könnte.

Seine dröhnende Stimme vor dem Hörer wird lauter: »Gut, heute abend um acht Uhr. Ich warte im Casino Pelikan auf dich!« Er macht also einen Termin für mich fest, setzt mir vielleicht ein Ziel. Er steigert meinen Wahnsinn zur Raserei. Seine dröhnende Stimme reizt mich auf zum Selbstmord, befiehlt mir, ihm zu folgen. Er wird mir die Gnade erweisen, mich aus meiner Leere zu reißen.

Aus Angst, meine eigenwilligen Gefühle könnten mit mir durchgehen, kehre ich wieder in mein Zimmer zurück. Als ich die Pension verlasse, ist von Sarhan keine Spur mehr zu sehen.

Ich gehe zum Atheneus und überlege, ob ich Durrejja einen Brief schreiben soll, aber meine Besessenheit lähmt meinen Willen ebenso wie meinen Verstand.

Dann setze ich mich auf meinen üblichen Platz im Innenhof des Casinos Pelikan wie jemand, der beschlossen hat auszuwandern und sich von der Stadt und all ihren Sorgen bereits verabschiedet hat. Allmählich werde ich ruhiger. Meine Gedanken klären sich. Ich hocke in meiner Ecke, abgeschirmt von Tischen, um die herum viele Männer und Frauen sitzen, bestelle einen Cognac, dann noch einen und beobachte den Eingang. Ein Viertel vor acht erscheint der Held auf der Bildfläche. Er kommt, und vor ihm her geht Tolba Marzuq! War er es, mit dem er telefoniert hat? Seit wann besteht zwischen den beiden diese mir völlig überraschende Freundschaft? Sie setzen sich zehn Tische weiter hin, und der Ober bringt ihnen ebenfalls einen Cognac. Ich muß daran denken, daß ich heute morgen am Frühstückstisch Tolba Marzuqs Vorschlag zugestimmt habe, wir sollten die Silvesternacht gemeinsam im Monseigneur verbringen. Ja, ich habe versprochen, die Silvesternacht mit ihnen zu feiern. Aus der Ferne schaue ich zu, wie sie zusammen trinken, sich unterhalten, miteinander lachen.

Ich bin darauf bedacht, daß er mich nicht bemerkt, aber er erblickt mich im Spiegel. Ich tue so, als ob ich es nicht merke, und verdamme innerlich den unglücklichen Zufall. Die Straße ist menschenleer. Ich höre seine Schuhe hinter mir quietschen. Ich verlangsame meinen Schritt, bis er mich fast eingeholt hat und wir auf der leeren Straße nebeneinanderher eilen. Er bleibt auf meiner Höhe, wirft mir einen zweifelnden Blick zu, geht dann langsamer, damit er mir seinen Rücken nicht ungeschützt zuwendet.

»Sie verfolgen mich!« wirft er mir vor. »Ich habe Sie von Anfang an beobachtet!«

»Ja!« entgegne ich kühl.

»Und warum?« fragt er, noch vorsichtiger.

Ich nehme die Schere aus meiner Manteltasche und stoße hervor: »Um Sie zu töten!«

»Sie müssen verrückt geworden sein!« sagt er und starrt auf die Schere.

Jeder von uns macht sich bereit, sich auf den anderen zu stürzen oder sich gegen ihn zu verteidigen.

»Sie sind nicht ihr Vormund!« fährt er fort.

»Es ist nicht Zuchras wegen..., nicht nur Zuchras wegen.«

»Aber warum dann?«

»Ich muß Sie töten, um weiterleben zu können!«

»Aber man wird Sie danach ebenfalls töten, haben Sie das denn gar nicht bedacht?«

Wieder habe ich das Gefühl, ein Flüchtling zu sein, der die Stadt mit all ihren Sorgen hinter sich gelassen hat. Es macht mich taumeln wie in einem Rausch.

»Woher wußten Sie eigentlich, wo Sie mich treffen würden?« fragt er mich da.

»Ich habe gehört, wie Sie in der Pension telefonierten.«

»Und da haben Sie den Entschluß gefaßt, mich umzubringen?«

»Ja!«

»Waren Sie dazu nicht schon vorher entschlossen?«

Ich weiß nicht, was ich sagen soll, und schweige. Aber er gibt nicht auf: »In Wirklichkeit wollen Sie das doch gar nicht!«

»Doch, ich will es, und ich werde Sie umbringen!«

»Stellen Sie sich vor, Sie hätten mich in jenem Moment nicht gesehen und gehört!«

»Ich habe es aber getan, und ich werde Sie töten!«

»Aber warum denn nur?«

Wieder weiß ich nicht, was ich sagen soll, jedoch mein Entschluß, ihn zu töten, steht nun endgültig fest.

»Deswegen bringe ich dich um!« schreie ich. »Nimm das ... und das ...!«

Ich höre Sarhan lachen, als er mit Tolba Marzuq spricht. Immer wieder einmal steht er auf, geht hinaus und kommt dann wieder zurück.

Innerlich verwünsche ich Tolba Marzuq und sage mir, daß sein Kommen alles verdorben hat. Jedoch nach einer Stunde erhebt er sich, schüttelt Sarhan zum Abschied die Hand und geht. Sarhan bleibt allein zurück, und ich sehne mich nach dem Augenblick, in dem diese Pein ihr Ende findet. Er trinkt weiter, schaut aber ständig nach dem Eingang. Seinen Blicken ist Unruhe und Anspannung anzumerken. Wartet er noch auf jemanden anders? Wird dieser andere kommen und damit die Gelegenheit für immer vorbei sein?

Der Kellner ruft ihn ans Telefon, und er leistet dem Ruf eilig und ungeduldig Folge. Nach einer Weile kehrt er deutlich verärgert oder besser schon verstört zurück. Was ist geschehen? Er setzt sich nicht wieder hin, sondern bezahlt seine Rechnung und geht. Ich beobachte ihn durch die Scheibe, die die Halle von der Bar trennt, und sehe, wie er sich zur Bar wendet. Vielleicht um noch mehr zu trinken? Ich behalte ihn weiter im Auge: Schließlich verläßt er seinen Platz und dreht sich zur Tür. Ich stehe ruhig und gelassen auf. Als ich hinauskomme, hat er schon die Straße überquert. Ich knöpfe meinen Mantel zu, denn es weht ein leichter, aber schneidend kalter Wind. Die Straße ist menschenleer. Um die Laternen hängen Nebelschwaden. Nur das Rascheln der Blätter zu beiden Seiten der Straße durchbricht das Schweigen. Ich gehe vorsichtig weiter, halte mich an die Häuserwände. Aber er scheint ganz in seine Gedanken versunken, achtet nicht auf seine Umgebung, ist so sehr in seiner Welt befangen, daß er seinen Mantel, den er immer noch über dem Arm trägt, ganz vergessen zu haben scheint. Was ist geschehen? Er hatte sich doch während der ganzen Zeit mit Tolba unterhalten, hatte viel gelacht! Was hat ihn jetzt so verwandelt? Ich konzentriere mich auf einen einzigen Gedanken, als sei der allein meine Rettung. Plötzlich wendet er sich dem Feldweg zu, der zum Palma führt. Es ist ein dunkler, einsamer Weg, zu dieser Stunde völlig verlassen. Was sucht er dort? Welches Schicksal waltet hier, das ihn mir so ganz ausliefert? Ich gehe jetzt etwas schneller, um ihn nicht aus den Augen zu verlieren, und taste mich an den Zäunen entlang. Wir versinken alle beide in der Dunkelheit. Ich beobachte seine schemenhafte Gestalt und halte mich sprungbereit. Aber plötzlich bleibt er stehen. So halte auch ich inne und zittere vor Aufregung. Irgend etwas muß geschehen! Vielleicht kommt jetzt jemand, den ich nicht kenne? Ich muß warten. Da, plötzlich höre ich ihn. Ist das ein Wort? Ein Räuspern? Ein Erbrechen? Langsam geht er ein kleines Stück weiter und fällt dann zu Boden. Offensichtlich ist er stockbetrunken. Er hat mehr Alkohol zu sich genommen, als er verträgt, und nun das Bewußtsein verloren. Ich warte, gespannt lauschend, aber es geschieht nichts. Vorsichtig gehe ich auf ihn zu und stolpere schließlich fast über ihn. Ich neige mich über ihn, will ihn ansprechen, aber mir versagt die Stimme. Ich betaste seinen Körper, sein Gesicht. Er regt sich nicht. Er ist so betrunken, daß er nichts mehr merkt, und wird ohne Schmerz oder Furcht aus dieser Welt scheiden, ganz so, wie es sich der alte Amir Wagdi für sich wünscht. Ich schüttle ihn sanft, er gibt jedoch keinen Laut von sich. Nun fasse ich ihn derber an, er kommt aber immer noch nicht wieder zu sich. Schließlich bewege ich ihn ziemlich heftig hin und her, doch es gibt keinerlei Hoffnung, daß er aus seiner Bewußtlosigkeit erwachen könnte. Bestürzt richte ich mich auf. Ich taste nach der Schere in meiner Tasche, finde sie jedoch nicht. Vergeblich suche ich sie an all den Stellen, wo sie sein könnte. Offenbar bin ich so zerstreut gewesen, daß ich vergessen habe, sie einzustekken. Ich war verwirrt gewesen, innerlich zerrissen, verzweifelt. Dann war Madame gekommen, um meine Meinung darüber zu hören, wo wir die Silvesternacht verbringen könnten. Ja, ich bin tatsächlich aus dem Zimmer gegangen, ohne an das zu denken, weswegen allein ich wieder in es zurückgekehrt war. Mein Zorn auf mich selbst wird nur noch größer, wie meine Wut über denjenigen wächst, der da volltrunken und in einem glücklichen Trancezustand, den er gar nicht verdient, vor mir liegt. Ich trete ihn in die Seite, trete noch einmal, diesmal heftiger, trete ihn ein drittes Mal, nun mit voller Kraft. Ich verliere jede Selbstbeherrschung, trample auf ihm herum, lasse meinen Zorn, meine Besessenheit an ihm aus. Schließlich lehne ich mich erschöpft an den Zaun, keuchend vor Anstrengung, und sage mir, daß ich ihn umgebracht haben muß. Mühsam ringe ich nach Luft und verspüre Ekel. Mich überkommt das dunkle Gefühl, daß ich wahnsinnig geworden bin und hier in der Dunkelheit der Nacht irre, brutale Bewegungen vollführt habe. Ich muß an Durrejja denken, erinnere mich daran, wie sie mir in die Augen sah und dann in der Menschenmenge verschwand.

Zu Fuß gehe ich in die Pension zurück. Ich stelle mir Zuchra vor, wie sie jetzt wohl den tiefen, würgenden Schlaf der Erschöpfung schläft.

Ich nehme eine Schlaftablette und werfe mich aufs Bett.

Mein Bruder stößt mich mit Gewalt vor sich her, packt mich so an den Schultern, daß ich vor Wut schreie: »Du zerstörst mich für immer!«

IV. Sarhan al-Buheri

Der High-Life-Laden. Eine Fülle von Formen und Farben, die aufreizend wirkt, aufreizend für den Magen, aufreizend auch für die Gefühle. Eine ungeheure Woge strahlender Lichter, in der Töpfe mit Horsd'œuvres schwimmen, Büchsen mit scharfen und süßen Delikatessen, in Scheiben geschnittenes geräuchertes und frisches Fleisch, Milch und Milchprodukte, gerippte, glatte, flache, viereckige, gemusterte Flaschen voller Alkoholika der verschiedensten Art. Deswegen halten meine Füße automatisch vor jedem griechischen Laden in der Stadt inne.

Der Herbstwind umfächelte mich mit seinen würzigen, sinnlich erregenden Düften. Ich schaute auf die Fellachin unter den Kunden vor dem Ladentisch. Gesegnet sei die Erde, die deine braunhäutigen Wangen und deine runden Brüste hervorgebracht hat! Ich wurde zufällig auf das Mädchen aufmerksam, als ich die Preise der verschiedenen Flaschen miteinander verglich. Ich blickte sie, während ich draußen auf dem Trottoir stand, lange an, über ein Fäßchen mit Olivenöl hinweg, durch eine Lücke zwischen einer Flasche Haig und einer Flasche Dewarts hindurch, an einem Stück Basturma vorbei. Mein Blick blieb an ihrem braunhäutigen Profil hängen, das sie dem Kaufmann mit dem Schnauzbart zugewandt hatte. Eine Tasche aus geflochtenem Stroh, voller Einkäufe, hing an ihrem Arm. Aus ihrem Umhang schaute der Hals einer Flasche Johnny Walker hervor.

Ich stellte mich ihr in den Weg, als sie aus dem Laden kam, und unsere Blicke begegneten sich, der ihre fragend, streng, der meine lachend, bewundernd. Sie ging ihres Weges weiter, und ich folgte ihr mit keinem anderen Ziel, als dieser Schönheit mit dem bäurischen Gepräge, das ich so mag, meine Reverenz zu erweisen. An der Corniche umwehten uns herbstliche Windböen, die noch warm waren von den verblassenden Strahlen der untergehenden Sonne. Sie ging mit schnellem, soldatischem Schritt vor mir her und bog dann hinter dem Miramar-Gebäude ein, drehte sich aber vorher, schon am Eingang des Gebäudes, noch einmal zu mir um. Mich traf ein uninteressierter Blick aus braunen Augen.

Mir kam die Erinnerung an die Tage der Baumwollernte in unserem Dorf.

Ich hatte sie schon fast vergessen, da sah ich sie am Ende der Woche zum zweiten Mal. Vor der Auslage des Zeitungsstands von Machmud Abul-Abbas erblickte ich sie, als sie gerade Zeitungen kaufte. Bevor sie weiterging, holte ich sie ein und sagte zu ihr: »Einen ganz schönen guten Morgen!«

Machmud Abul-Abbas grüßte an ihrer Statt zurück. Aber sie schaute mich an, und ich erwiderte ihren Blick so, als wolle ich sie für immer an mich fesseln. Schnell ging sie weiter, doch sie hatte mich im Innersten erregt.

Ich rief Machmud zu: »Herzlichen Glückwunsch!«

Er lachte naiv. Ich fragte ihn: »Woher kommt sie?«

»Sie arbeitet in der Pension Miramar«, antwortete er gleichgültig.

Ich gab ihm eine Summe zurück, die ich mir vor einiger Zeit von ihm geborgt hatte, als ich mich aufgrund der Forderungen, die meine Familie an mich stellte, in einer finanziellen Klemme befunden hatte. Dann ging ich weiter, um den Springbrunnen herum, denn ich erwartete den Ingenieur Ali Bakir. Die Fellachin ist hübsch, ganz außerordentlich hübsch. Sie bringt mich jetzt schon um den Verstand. Ich bin ganz berauscht vor Erregung, berauscht von den zärtlichen Strahlen der Sonne, berauscht auch von den Gesichtern der vielen Menschen, die gleich mir und in meiner Nähe auf jemanden warten.

Und mir kommt die Erinnerung an die Tage der Baumwollernte in unserem Dorf.

Ali Bakir kam gegen zehn Uhr morgens. Wir gingen zusammen in meine Wohnung in der Lido-Straße in Mazarita. Safejja hatte sich schon umgezogen. Wir machten uns dann gemeinsam auf den Weg ins Kino Metro. Um ein Uhr mittags kamen wir aus der Vorstellung. Die beiden gingen vorauf in die Wohnung, während ich noch im High-Life eine Flasche Zypernwein kaufte.

Wieder sah ich die Fellachin. Sie stand im Laden und kaufte ein. Das schien mir so schön wie eine zärtliche Liebkosung im Traum oder das Lächeln des Glücks. Irgendwie spürte sie, daß ich hinter ihr stand. Fragend wandte sie sich um und schaute in mein glückliches Gesicht. Als sie sich wieder nach vorn gedreht hatte, sah ich in einem Spiegel inmitten von Weinflaschen ein Lächeln ihre Lippen umspielen. Wie in einem Tagtraum erblickte ich mich selbst als Bewohner der Pension, dort Liebe und Wärme genießend. Sie hatte sich in mein Herz geschlichen und es in solche Erregung versetzt, wie das bisher nur ein Mal in meinem Leben geschehen war, in der Zeit meines Studiums an der Handelsfakultät. Dieses Lächeln war klar wie die Sonne an einem strahlenden Tag. Eine Fellachin, fern ihrem Dorf, fremd in der Pension, fremd wie ein Hund, der sich verirrt hat und getreu seinen Herrn sucht.

Als wir gleichzeitig den Laden verließen, sagte ich zu ihr: »Wäre jetzt nicht heller Tag, so würde ich Ihnen anbieten, Sie nach Hause zu begleiten.«

Sie zog spöttisch die Augenbrauen zusammen und entgegnete, ohne wirklich ärgerlich zu werden: »Sehr freundlich von Ihnen!«

Ich träumte glückliche Träume, die von den Düften des Rif und jungfräulicher Liebe erfüllt waren.

Ali Bakir hockte auf einem Sitzkissen in dem Zimmer, das wir mit Polstern rings an den Wänden ausgestattet hatten, während Safejja in der Küche das Essen vorbereitete. Ich warf mich auf das Polster neben ihn, stellte die Flasche vor mich hin und stieß hervor: »Die Hölle – das ist die endgültige wissenschaftliche Definition für die jüngste Entwicklung der Preise!«

Er packte mich am Unterarm und fragte: »Hast du jetzt die dringendsten Einkäufe für deine Geschwister zum neuen Schuljahr hinter dir?«

»Ja, ich habe sie erledigt, aber ich bin nicht gerade friedfertig gestimmt!« Ich hatte ihm irgendwann einmal erzählt, daß ich zugunsten meiner Mutter und meiner Geschwister auf die Einkünfte aus meinem Erbteil verzichtet hatte, das aus vier Feddan Acker bestand. Doch was war das schon?

»Du stehst am Beginn deines Lebens und hast eine glänzende Zukunft vor dir«, versuchte er mich zu ermutigen.

»Sprich mir lieber von der Gegenwart«, gab ich verärgert zurück, »und sag mir, was das Leben ohne ein eigenes Haus, ein Auto und eine schöne Frau für einen Sinn hat!«

Ali Bakir lachte zustimmend. Safejja, die meine Worte

gehört hatte, als sie mit dem Tablett hereinkam, warf mir einen wütenden Blick zu und äußerte ihren Ärger gegenüber dem Ingenieur: »In Wirklichkeit fehlt ihm gar nichts, aber er ist eben ein undankbarer Kerl!«

»Bis jetzt habe ich es nur bis zu dieser Frau gebracht«, schränkte ich ein.

Safejja klagte: »Wir leben nun schon seit mehr als einem Jahr zusammen. Ich war fest entschlossen, ihm Sparsamkeit beizubringen, aber statt dessen hat er mich in seine Verschwendungssucht hineingerissen!«

Wir aßen, tranken und legten uns danach schlafen.

Kurz vor Sonnenuntergang verließen wir zu dritt die Wohnung. Safejja ging ins Genevoise, Ali Bakir und ich begaben uns zum Café de la Paix. Während wir unseren Kaffee tranken, fragte er mich: »Ist sie denn immer noch darauf aus, dich zu heiraten?«

»Sie ist eben verrückt... Was kann man von einer Verrückten schon anderes erwarten?«

»Ich fürchte...«

»Sie trägt ihren Kopf höher als ich meinen. Außerdem langweilt sie mich entsetzlich.«

Durch die Scheiben sahen wir auf einen wundervollen Abend. Ich fühlte Ali Bakirs Blick auf mir ruhen, tat aber so, als merkte ich das nicht, denn ich ahnte eine Gefahr auf mich zukommen.

»Laß uns im Ernst miteinander reden!« forderte er mich auf.

Ich schaute ihn an. Wir saßen einander gegenüber. Es gab jetzt keine Ausflüchte, kein Entweichen. »Ja, laß uns das tun!« pflichtete ich ihm bei.

»Okay, wir haben den Plan in allen Details geprüft.«

Mir krampfte sich das Herz zusammen. Ergeben, aber voller Besorgnis und innerer Unruhe sah ich ihn an.

»Ich bin der zuständige Ingenieur, und du bist der Verantwortliche für die Rechnungen der Abteilung. Auf den LKW-Fahrer können wir bauen, ebenso auf den Wachposten. Wir werden also die Mannschaft auf den Koran vereidigen!«

Unwillkürlich mußte ich lachen. Er schaute mich fragend an. Dann wurde ihm klar, daß er unabsichtlich einen Witz gemacht hatte, und stimmte in mein Lachen ein. Er runzelte die Stirn und bekräftigte: »So soll's geschehen! Es ist einfach Geld, das niemandem gehört. Stell dir vor, was ein LKW voll Garn auf dem schwarzen Markt einbringt! Das ist eine ganz sichere Sache, und wir können sie viermal im Monat steigen lassen!«

Ich überlegte und kam ins Träumen.

»Mit legalen Unternehmungen zu Geld kommen zu wollen, ist reine Utopie, glaub mir! Gehaltserhöhungen und Zulagen und was weiter? Was kostet heute ein Ei, was ein Anzug? Und du redest gar von einem eigenen Haus, einem Auto und einer schönen Frau! Okay! Opfere dich nur auf! Du bist zum Mitglied in der ASU-Grundeinheit gewählt worden, und? Was hat es dir eingebracht? Du bist auch Mitglied im Verwaltungsrat, und? Was hat es dir genützt? Du hast dich aus freien Stücken darum bemüht, den Arbeitern bei ihren Problemen zu helfen, und? Haben sie dir vielleicht die Wege zum Paradies geebnet zum Dank? Die Preise steigen, die Gehälter bleiben gleich, und unser Leben verrinnt. Okay! Was machen wir falsch? Wie konnte das alles geschehen? Sind wir vielleicht Versuchskaninchen? Mein Lieber, leg mich in die Gebetsrichtung, und sarg mich ein!«

Mir kam meine eigene Stimme wie die eines Fremden vor, als ich ihn fragte: »Und, wann fangen wir an?«

»Erst in zwei oder drei Monaten. Wir müssen alles sehr

gründlich planen. Dann werden wir aber später auch ein Leben haben wie der unvergeßliche Harun al-Raschid!«

Obwohl mein innerer Widerstand längst zusammengebrochen war, machte ich mir große Sorgen. Er schaute mich prüfend an und fragte: »Na, was ist los?«

Ich mußte lachen, lachen, bis mir die Tränen kamen. Er starrte mich die ganze Zeit mit kühl fragendem, festem Blick an. Ich neigte mich über den Tisch zu ihm hinüber und flüsterte: »Okay, lieber Kollege!« Er drückte mir die Hand und ging. Ich blieb mit reichlich widersprüchlichen Empfindungen allein zurück.

Mir fiel etwas ein, was noch nicht allzu lange zurücklag. Machmud Abul-Abbas hatte mir gesagt: »Ustas, ich werde Sie bald einmal bitten, daß Sie mir mit Ihren Erfahrungen behilflich sind!« Auf meine Frage, worum es gehe, informierte er mich: »Ich werde – inschaallah – das Restaurant von Panioti kaufen, wenn der beschließt, ins Ausland zu gehen.«

Ich war ehrlich verblüfft, schaute auf seine Auslagen voller Bücher, Zeitschriften und Zeitungen. Hatte ihm das wirklich so viel eingebracht, daß er das Restaurant Panioti kaufen konnte?

»Was wollen Sie denn von mir wissen?« fragte ich ihn. »Schließlich verstehe ich von Speisen nur so viel, daß sie zum Essen da sind!«

»Ich werde Sie bitten, daß Sie mir bei der Abrechnung helfen!«

Ich sagte ihm meine Hilfe zu. Dann kam mir der Gedanke, meine Feddan Acker zu verkaufen und sein Teilhaber zu werden. »Vielleicht brauchen Sie ja einen, der mitmacht?« fragte ich ihn.

»Nein!« entgegnete er mit sichtlichem Widerwillen. »Ich halte nichts von Teilhaberschaft! Ich möchte schließlich nicht, daß das Restaurant so groß wird, daß der Staat darauf aufmerksam wird!«

Ich ging zum Hauptgebäude der ASU zu einem Vortrag über den schwarzen Markt, dem eine öffentliche Diskussion folgte. Als die Versammlung zu Ende war und ich mich schon auf dem Weg zum Ausgang befand, hörte ich, wie jemand nach mir rief. Ich blieb im dichten Gedränge stehen, blickte mich um und sah Raf'at Amin auf mich zukommen. Seit unserer gemeinsamen Studienzeit an der Universität waren wir uns nicht mehr begegnet. Wir schüttelten uns herzlich die Hände und gingen mit der Menschenmenge hinaus. Er erzählte mir, er habe an der Versammlung teilgenommen, weil er – wie ich auch – Mitglied einer Grundeinheit sei, nämlich der der Vereinigten Grubengesellschaft. Wir spazierten zur Corniche, denn es war ein herrlicher Abend. Als wir endlich allein oder doch fast allein waren, konnten wir uns vor Lachen kaum noch halten. Wir lachten ohne äußeren Anlaß, lediglich aufgrund unserer gemeinsamen Erinnerungen, die wir nie vergessen werden, gemeinsamer sozialer Erfahrungen, die wir Seite an Seite gemacht hatten. Gemeinsam hatten wir Beifall zu Reden geklatscht, gemeinsam Begeisterungsrufe ausgestoßen. Das war zu jener Zeit, als wir beide Mitglied im Wafd-Komitee der Studenten an der Fakultät waren. Weißt du noch ...? Natürlich, wer könnte das vergessen? Damals waren wir Feinde des Staates. Ja! Aber heute sind wir der Staat. Auf diese Weise sprangen wir in unserem Gespräch zwischen Vergangenheit und Gegenwart hin und her.

Schließlich meinte ich: »Ich kann nicht glauben, daß du, ausgerechnet du, dich heute so ganz von deinem Wafd-Denken gelöst haben solltest!«

Wieder lachte er auf und entgegnete: »Du dagegen warst nie ein richtiger Wafdist! Du hast später bloß eine Parteizugehörigkeit gegen die andere eingetauscht, und wer damit den Anfang macht, wie du, ist besonders charakterlos!« Dann stieß er mich mit dem Ellenbogen an und wollte wissen: »Bist du denn nun wenigstens heute ein aufrichtiger Sozialist?«

»Aber natürlich!«

»Und warum bitte?«

»Es gibt Faktoren bei der Revolution, mit denen sich selbst ein Blinder einverstanden erklären muß!«

»Und ein Sehender?«

»Ich meine, was ich sage!« entgegnete ich ernsthaft.

»So bist du also ein sozialistischer Revolutionär?«

»Ohne jeden Zweifel!«

»Na, dann herzlichen Glückwunsch! Und jetzt sag mir lieber, wo wir die heutige Nacht verbringen wollen!«

Ich lud ihn ins Genevoise ein, und wir blieben bis Mitternacht dort. Ich wollte auf Safejja warten, aber sie ließ mir ausrichten, sie sei von einem libyschen Kunden gebeten worden, mit ihm zu kommen.

Ich kam aus dem Strand-Kino, als ich die niedliche Fellachin wiedersah. Sie kam mit einer alten Griechin aus der Safejja-Zaghlul-Straße, hübsch, braunhäutig, voll jugendlicher Frische, kurz, bezaubernd anzusehen. Auf dem Bürgersteig drängten sich die Menschen. Ein belebender Wind wehte den Duft des Meeres herüber. Die Himmelskuppel war von einer dicken Aureole aus gekrempelter Baumwolle umrankt, die alles in ein schläfriges Weiß tauchte, sanft wie ein Herz voller Wohlgefallen. Die beiden Frauen bahnten sich ihren Weg durch die Menge, und ich trat einen Schritt zurück, um ihnen mehr

Platz zu verschaffen. Dabei grüßte ich kurz mit den Augen. Sie lächelte verhalten zurück. So begegnete sie mir also mit einem verhaltenen Lächeln! Ich konnte mir sagen, daß das Wild ins Netz gegangen war, und das machte mich so glücklich, war so schön wie der angenehm knackige Geschmack von zarten jungen Bohnen, die eben aus frisch begrünter Erde geerntet wurden.

Als ich meinen Nachmittagskaffee trank, schaute ich sie verstohlen an. Ihre Augen waren vom tiefen Schlaf noch rot und verquollen, ihre dicken Lippen standen offen. Sie war wie üblich so abstoßend häßlich und ungepflegt, wie sie nur sein konnte, und sie hatte keinerlei Ahnung, was ich mit ihr vorhatte.

»Safejja«, sagte ich mit falschem Bedauern. Sie schaute mich fragend an, und ich fuhr fort: »Es sind absurde Umstände eingetreten, aber wir müssen mit ihnen gemeinsam fertig werden!«

In ihre Augen trat ein vorsichtiger Blick. Sie nickte mit dem Kopf zum Zeichen dafür, daß ich erklären sollte, worum es gehe.

»Wir müssen unsere Lebensweise ändern, ich meine die Tatsache, daß wir eine Wohnung miteinander teilen.«

Sie zog ärgerlich die Augenbrauen zusammen und wirkte kampfbereit.

Ich fuhr fort: »Es ist wirklich katastrophal, ganz katastrophal im Hinblick auf die kritische Wohnungslage. Aber ein Kollege in der Gesellschaft hat mir einen Wink gegeben. Ich habe dir einmal von der Kontrolle der Verwaltungsbehörden erzählt. Meine Zukunft interessiert dich zweifellos genauso, wie sie mich interessiert!«

»Aber wir leben jetzt ungefähr eineinhalb Jahre zusammen!« protestierte sie ärgerlich.

»Es waren die glücklichsten Jahre meines Lebens, und von mir aus hätten sie ewig dauern können, ohne daß jemand davon erfahren hätte.« Ich schaute auf den Boden der Tasse, als wollte ich aus dem Kaffeesatz die Zukunft vorhersagen, und erklärte dann: »Aber ich habe Pech gehabt. Ich werde wieder in eine unordentliche Junggesellenbude zurückkehren oder vielleicht gezwungen sein, in ein billiges Hotel oder eine Pension zu ziehen, in der man ständig gestört wird.«

Sie stieß heftig die Luft aus und schimpfte: »Es gäbe eine Lösung, natürlich gäbe es eine, aber du bist so ein jämmerlicher Mistkerl!«

»Ich bin ein ehrlicher und offener Mann. Ich liebe dich wirklich und werde dich immer lieben, aber ich habe dir vom ersten Tag an gesagt, daß ich für die Ehe nicht geschaffen bin!«

»Weil du keinerlei Anstand und Gefühl besitzt!«

»Wenn du das findest, ist es auch sinnlos, daß wir wieder einmal eine dieser Debatten austragen, die ohnehin zu nichts führen!«

»Du willst mich also verlassen?« fragte sie und schaute mich so prüfend an, als wollte sie mir auf den Grund der Seele sehen.

»Safejja«, schnitt ich ihr das Wort ab, »wenn ich wirklich die Absicht hätte, dich zu verlassen, dann hätte ich das in aller Offenheit gesagt und wäre gegangen.«

Sie war verärgert, und man sah es ihr an. Ihre Verdrossenheit machte sie noch häßlicher. Ich wünschte mir nur, daß sie mich so haßte und verabscheute, daß jeder von uns seiner Wege gehen konnte.

Ich sagte mir, daß beim Jüngsten Gericht unsere Waagschalen einander mit Sicherheit aufwiegen würden. Wir hatten unser Leben tatsächlich miteinander geteilt. Sie hatte mir allerdings hin und wieder Geschenke überreicht, die ich – aufgrund meiner besonderen Situation – nicht hatte erwidern können. Es gibt andere, die nutzen ihre Geliebte schamlos aus. Ich dagegen bin es nur überhaupt nicht gewohnt, für Frauen Geld auszugeben. Jedenfalls bin ich darauf eingestellt, daß es zum Schluß noch zu einer heftigen Auseinandersetzung kommen wird. So etwas habe ich schon mehr als einmal erlebt. Ich hatte mich damals an der Fakultät verliebt, aber ich war leider zu spät gekommen. Und dann war die Chance verpaßt. Es war eine wirkliche Chance gewesen. Sie war hübsch, ein Mädchen mit Zukunftsaussichten, war die Tochter eines Arztes, dem die Gelder der Kranken nur so zuströmten. Aber was nutzt schon das Wörtchen »wenn«?

Und nun schlug mir das Herz wieder schneller. Ja, ich hatte mich in die Fellachin verliebt. Aber es war ein rein körperliches Verlangen, ähnlich dem, das mich damals zu Safejja ins Genevoise getrieben hatte.

»Ich brauche ein Zimmer für länger!«

Mich trifft ein zufriedener Blick aus neugierigen blauen Augen, dann lehnt sie sich in dem Kanapee unter dem Jungfrauenbild zurück. In ihren Bewegungen liegt eine Anmut, die ihr wohl aus besseren Zeiten geblieben ist. Ihr goldblond gefärbtes Haar zeigt, daß sie sich an diese Zeiten klammern will. Mit unverblümtem Geschäftssinn feilscht sie mit mir um den Preis und betont, daß die Zimmer im Sommer teurer seien.

»Aber sind Sie denn jetzt erst nach Alexandria gekommen?«

Das ist keine Frage, die ganz nebenbei gestellt wird, sondern leitet ein längeres Verhör ein. Um mich mit ihr auf guten Fuß zu stellen, gehe ich darauf ein und lege ein

Geständnis über meine Arbeit, mein Alter, meinen Heimatort, meine soziale Position ab. Währenddessen kommt die Fellachin von einem Gang zurück. Sie sieht mich und schaut zu Boden. Mit einem Blick hat sie die Situation erkannt. Im Hinausgehen stolpert sie vor Verlegenheit. Aber natürlich bemerkt Madame ihre Verlegenheit ebensowenig, wie daß sie vor Scham rot geworden ist. Als sie mich ins Zimmer führt, das letzte freie Zimmer mit Blick zur Straße, sind wir zwei Freunde, die sich schon sehr lange kennen.

Befriedigt inspiziere ich das Zimmer und setze mich dann guter Dinge in den großen Sessel. Während ich dort sitze, erfahre ich auch den Namen der Fellachin, ohne nach ihm gefragt zu haben, denn sie wird gerade gerufen. Bald darauf kommt sie mit Bettüchern und Decken in mein Zimmer, um mein Bett zurechtzumachen. Ich beobachte sie glücklich und betrachte voller Neugier und Verlangen ihr Haar, ihre Gesichtszüge, ihre Figur. Beim heiligen Abul-Abbas, das Mädchen ist wirklich hübsch, mehr noch, bezaubernd. Und sie besitzt Charakter! Sie will mich heimlich ansehen, aber ich nehme mich vor ihr in acht.

»Ich bin so glücklich, Zuchra«, lächle ich ihr zu. Sie arbeitet weiter, als habe sie mich gar nicht gehört.

»Gott schenke dir ein langes Leben! Ich fühle mich wieder ins Rif zurückversetzt, aus dem ich hierher gekommen bin.« Da sie lächelt, fahre ich fort: »Gestatte, Zuchra, mein Name ist Sarhan al-Buheri!«

Nun kann sie sich nicht mehr beherrschen: »Buheri?« fragt sie.

»Aus Firqasa in al-Buhera.«

Sie unterdrückt ein Lachen: »Und ich bin aus al-Zijadijja!«

»Mein Gott, wie schön!« rufe ich enthusiastisch, als sei die gemeinsame Herkunft aus ein und demselben Gouvernorat ein Wunder, geeignet, mir mein Glück und meine Liebe zu garantieren.

Sie ist fertig und will das Zimmer verlassen, aber ich bitte sie: »Bleib noch ein bißchen, ich möchte dir noch sehr viel sagen!«

Sie wehrt jedoch mit einer unschuldig-koketten Kopfbewegung ab und geht. Ich bin glücklich darüber, daß sie meiner Bitte nicht entsprochen hat, denn ich halte das für eine »Sonderleistung«, die einem gewöhnlichen »Kunden« nicht zuteil geworden wäre. Ja, sie ist eine reife Frucht, die ich nur zu pflücken brauche. Aber ihr Leib ist noch unschuldig, wie mir scheint, und ich weiß nicht, wie ich ihn vorbereiten soll. Ich liebe sie und will sie besitzen. Wenn wir doch in einer gemeinsamen Wohnung lebten, fern von dieser Pension, in der ständig irgendein Störenfried auftaucht!

Am Frühstückstisch lerne ich zwei seltsame alte Männer kennen. Der Ältere von beiden ist ein lebender Leichnam, eine Mumie, aber doch von einer gewissen Fröhlichkeit. Es heißt, er sei früher Journalist gewesen. Der andere ist Tolba Marzuq. Sein Name war mir nicht unbekannt, auch wenn ich mich nicht gleich an ihn erinnerte. Er war unter denen, deren Besitz seinerzeit sequestriert wurde. Was ihn wohl in diese Pension geführt hat? Er vor allem macht mich neugierig, denn alles Ausgefallene ist aufregend, ob nun ein Verbrecher, ein Wahnsinniger, einer, der verurteilt oder einer, dessen Vermögen sequestriert wurde. Außerdem gehört er zu der Klasse, die wir irgendwie beerben müssen. Jetzt schaut er intensiv in sein Teeglas, vermeidet es, mich anzusehen, sei es aus Vorsicht, sei es aus Stolz. Meine Gefühle ihm gegenüber sind widersprüchlich, schwanken zwischen Mitleid und Schadenfreude. Etwas kristallisiert sich jedoch sehr deutlich heraus: Eine seltsame Furcht vor dem Gedanken an die Sequestrierung von Vermögen. Als ob ich glaubte, daß, wer einmal tötet, sich an das Töten gewöhnt und es immer wieder tut.

Amir Wagdi, der Journalist, will mir etwas Nettes sagen: »Es freut mich, daß Sie ein Ökonom sind. Ökonomen und Ingenieure sind heute die wichtigste Stütze des Staates!«

Ich denke an Ali Bakir und bin nicht sehr glücklich über dieses Kompliment.

»Zu unserer Zeit«, fährt der alte Mann fort, »stützte er sich vor allem auf die Redekunst der Rhetoriker.«

Ich lache spöttisch und meine, damit zu zeigen, daß ich derselben Ansicht bin wie er, aber er scheint eher verärgert. Dann wird mir klar, daß er nicht kritisieren, sondern eine historische Tatsache darlegen wollte. Er fährt fort, seine Generation verteidigend: »Mein lieber Sohn, unser Ziel war es damals, das Volk aus seinem Schlaf aufzuwekken, und Völker erwachen durch Worte, nicht durch Ingenieure oder Ökonomen.«

Schnell stecke ich zurück und sage entschuldigend: »Wenn Ihre Generation nicht ihre Pflicht erfüllt hätte, so könnte die unsere gar nicht existieren!«

Tolba Marzuq schweigt beharrlich.

Mein Herz gewinnt seine Unschuld und Jugendlichkeit zurück. Es wird so frisch wie dieser helle Morgen, wie dieses reine Meeresblau, diese gesegnete Wärme. Lebensfreude durchpulst mich, wenn ich Atem hole, rinnt mir durch die Adern, erfüllt mich mit innerer Fröhlichkeit und mit Verlangen. Ich verbringe einen angenehmen Arbeitstag in der Gesellschaft und nehme dann das Abendessen mit Safejja in der alten Wohnung ein. Sie schaut mich durchdringend an. Ich tarne mich mit der Maske des Unglücklichen und beklage mich bei ihr darüber, wie scheußlich, kalt und ungemütlich die Pension ist. Ein unerträgliches Leben, meine Liebe. Und deswegen habe ich einen Makler beauftragt, mir eine Wohnung zu suchen.

Ich höre die altbekannte Litanei. Elender Feigling, Mistkerl. Nach dem Essen, als wir uns wie üblich hinlegen wollen, frage ich mich, wann ich mich endlich von dieser Fron befreien werde.

Ich beobachte Zuchra, die Amir Wagdi den Kaffee ins Zimmer bringt. Die große Uhr schlägt fünf Uhr nachmittags, und ich bestelle eine Tasse Tee. Sie bringt sie mir und stimmt mich glücklich wie eine blühende Narzisse oder ein liebliches Lied mit ihrem schwarzen Haar, ihrer frischen braunen Haut und ihren braunen Augen. Als ich nach dem Tee greife, berühre ich ihre Hand und sage leise: »Deinetwegen habe ich mich in das Gefängnis dieses Zimmers begeben!«

Sie zieht die Augenbrauen zusammen, um ihre Gefühle zu verbergen, wendet sich dann ab und will hinausgehen. Bevor sie meinen Blicken entschwindet, sage ich: »Ich liebe dich, vergiß das nie!«

Aber erst am nächsten Nachmittag antwortet sie mir. Ich will soviel wie möglich von ihr wissen. So frage ich sie, was sie eigentlich aus al-Zijadijja hierhergeführt habe.

»Ich muß ja schließlich meinen Lebensunterhalt verdienen«, entgegnet sie in dem mir so vertrauten Tonfall der Rif-Bewohner. Dann erzählt sie von ihrer Familie, berichtet, warum sie von zu Hause geflohen sei und wie sie bei Madame Zuflucht gesucht habe, indem sie ihr ins Gedächtnis rief, wer ihr Vater war.

Mitleidig wende ich ein: »Aber sie gehört zu den Khawaga, und die Pension ist, das weißt du selbst am besten, wie ein Suk, auf dem Waren angeboten und erfeilscht werden.«

»Ich kenne mich auf dem Suk ebensogut aus wie auf dem Feld!« betont sie voller Stolz und Selbstvertrauen. Sie hat ihre Erfahrungen im Leben gemacht und ist nicht so leicht aus der Bahn zu werfen. Aber kann ich ihr die Geschichte überhaupt so glauben? Mädchen, die vom Dorf in die Stadt fliehen, tun das doch nur, weil sie...

»Das alles ist sicher nur geschehen, damit wir uns hier begegnen!« sage ich und schaue sie verliebt an.

Sie mißt mich mit einem fragenden Blick, voller Zweifel und doch voll unverhohlener Zuneigung.

»Ich liebe dich«, bekräftige ich, »das kann ich dir nicht oft genug sagen, Zuchra!«

»Hören Sie endlich damit auf!«

»Ich werde nicht eher damit aufhören, als bis du mir das gleiche sagst und dich vertrauensvoll in meine Arme schmiegst!«

»Daran denken Sie also!«

»Ich finde an nichts mehr Freude, bevor mir das nicht vergönnt ist!«

Als sie hinausgeht, ist ihr Gesicht klar, ohne jede Spur von Verdruß oder gar Zorn. Ich gratuliere mir, daß ich erreicht habe, was ich wollte. Außerdem wird mir klar, daß mich meine alte Sehnsucht zu heiraten wieder befallen hat. Es ist wirklich eine alte Sehnsucht, die wieder aufgebrochen ist, heftig, wie eine Quelle, deren lebhaft sprudelndes Wasser sich gegen alle Widerstände seinen Weg sucht. Ich wünschte von ganzem Herzen, Zuchra, wenn nicht... Ja, wenn nicht! Diese gottverdammt blöden, tödlichen Binsenwahrheiten!

Zwei weitere junge Männer sind hinzugekommen: Husni Allam und Mansur Bahi. Ich trachte danach, sie kennenzulernen, denn ich habe eine Art Jäger- und Sammlerinstinkt, wenn es darum geht, neue Bekannte und Freunde zu erwerben, der mich jedes neue Gesicht voller Erwartung anschauen läßt. Zudem stammt Husni Allam aus einer alten, angesehenen Familie in Tanta. Er ist stolzer Besitzer von hundert Feddan Acker, hat ein hübsches Gesicht, einen kräftigen Körperbau, ist also das, was ein jeder von uns sich wünschte zu sein. Ich verabscheue seine Klasse, aber ich bin von jedem entzückt, der zu ihr gehört und den mir besondere Umstände über den Weg führen. Jeder kann sich ausmalen, wie ein junger Mann wie er leben kann, obwohl die Zeiten andere geworden sind. Und wenn er so großzügig ist, wie es sich für seinesgleichen nun einmal gehört, dann werden wir wohl zahllose herrliche Nächte miteinander verbringen!

Mansur Bahi ist von ganz anderer Art: Rundfunksprecher beim Sender Alexandria und Bruder eines hohen Offiziers aus dem Sicherheitsdienst. Auch das ist schön und vorteilhaft. Aber er wirkt ungewöhnlich introvertiert. Er macht den Eindruck einer edlen Statue, von einem Bildhauer gefertigt, und hat so unschuldige Gesichtszüge, wie man sie eigentlich nur bei einem Kind findet. Wo ist der Schlüssel zu seiner Seele, wo der Zugang zu dem schmalen, verwinkelten Gäßchen, das zu seinem Herzen führt? Wie viele kommen vom Dorf in die Stadt auf der Suche nach Arbeit, und wie zahlreich sind die Schwierigkeiten, die man nur mit der Hilfe eines hohen Offiziers aus dem Sicherheitsdienst überwinden kann!

Plötzlich greife ich nach ihrem Arm. Ich warte, bis sie das Glas Tee auf den Tisch gestellt hat, greife plötzlich nach ihrem Arm. Sie verliert das Gleichgewicht und fällt mir, der ich im großen Sessel sitze, auf den Schoß. Ich umarme und küsse sie auf die Wange – die sie mir zugewandt hält – und gebe ihr einen raschen, nervösen, gierigen Kuß auf den Mund. Sie stemmt sich mit beiden Händen kräftig gegen meinen Arm, reißt sich dann von mir los, steht auf und tritt ärgerlich einige Schritte zurück. Gespannt und vorsichtig blicke ich zu ihr auf und lächle ihr dann besänftigend zu. Sie wirkt sehr gelassen. Dann entspannt sich ihr Gesicht, wird klar wie das Meer an einem ruhigen Herbstmorgen. Ich bedeute ihr, sie solle doch wieder zu mir kommen, aber sie tut es nicht, geht jedoch auch nicht aus dem Zimmer. Wie in einem Fieberwahn springe ich auf sie zu und reiße sie in wahnwitzigem Verlangen an mich, ohne daß sie nennenswerten Widerstand leistet. Dann begegnen sich unsere Lippen in einem langen, hungrigen Kuß.

Ich spüre den Duft ihres Haars und flüstere ihr zu: »Komm doch heute nacht zu mir!«

»Was wollen Sie denn von mir?« Sie sieht mich aufmerksam prüfend an.

»Dich will ich, Zuchra, dich!« Ich beobachte, wie sie ernst und nachdenklich wird, und frage: »Wirst du kommen?«

Bitter fragt sie zurück: »Was wollen Sie denn wirklich von mir?«

Langsam erwache ich aus meiner Erregung und antworte vorsichtig: »Wir reden miteinander und lieben uns!«

»Aber das tun wir doch jetzt schon!«

»In einer Eile und Angst, die keinerlei Freude aufkommen lassen!«

»Mir gefällt nicht, was Sie von mir denken!«

»Du verstehst mich falsch!«

Sie schüttelt den Kopf, als wolle sie mir sagen, daß sie mich durchaus richtig verstanden hat. Dann geht sie hinaus und lächelt trotz allem.

Kummer überkommt mich. Seufzend sage ich mir: Wenn sie doch aus einer guten Familie stammte, wenn sie gebildet wäre oder Geld hätte! Ich muß mir mit einer Flut von Schimpfworten Luft machen.

Es ist die Nacht mit Umm Kulthum.

Ich hätte sie von meiner Stimmung her am liebsten im Haus von Ali Bakir verbracht, denn dort hätten wir uns in einer angenehmen, ruhigen Atmosphäre zusammengefunden, um zu lauschen. Auch Raf'at Amin hatte mich eingeladen, zu ihm zu kommen. Aber nach einigem Nachdenken entschließe ich mich, die Nacht in der Pension zu verbringen, um die anderen Gäste besser kennenzulernen. Ich erblicke eine große Platte mit gebratenem Fleisch und trinke schnell, um Mut für den Überfall zu fassen, der unausweichlich wird. Es herrscht eine geradezu märchenhafte Atmosphäre. Ich trage die Mär von der »Familie al-Buheri« und allerlei über meine Position als Prokurist vor, nicht nur aus gespieltem Stolz, sondern auch in Erwartung der Reichtümer, die fließen werden, wenn Ali Bakir sein Abenteuer glücklich hinter sich gebracht hat. Gespräche über Politik brechen über uns herein wie das unabänderliche Schicksal. Haben Sie schon gehört...? Was sagen Sie zu...? Wollen Sie meine Meinung wissen, in aller Offenheit? Instinktiv begreife ich, daß ich die Revolution zu repräsentieren habe, möglicherweise gemeinsam mit Mansur. Es regnet Lobpreisungen, und wir prosten uns gegenseitig zu. Ich beobachte Zuchra und sage mir, daß eigentlich sie zuallererst die Revolution zu repräsentieren hätte, denn mir fällt ein, wie sie sie einmal in meiner Gegenwart gerühmt hat und wie mich die Ehrlichkeit und die unschuldige Begeisterung in ihren Worten faszinierten. Mansur Bahis Zweifel an meiner Aufrichtigkeit sind unverkennbar. Mein Lieber, begreif doch: Ich bin von Natur aus ein Feind der Feinde der Revolution. Ich gehöre zu denen, denen sie Segnungen verheißt, versteh doch!

»Es sind ebensoviele Türen zugeschlagen worden wie neue geöffnet wurden!«

»Denk einmal an die Volksmassen, dann urteile von neuem!«

»Einverstanden, aber was meinst du zu den Habgierigen, die aus allem ihren Nutzen gezogen haben?«

»Ich meine, daß sie in Wirklichkeit Feinde der Revolution sind und daß man nicht von ihnen auf die Revolution schließen darf!«

Madame Mariana habe ich liebgewonnen. Nicht nur, weil sie unsere Lieder mag, sondern auch weil sie geistreich und witzig ist, weil sie – wie ein Tonband – ihre Lebenserinnerungen, gewürzt mit Ursehnsucht nach Griechenland, vor uns abspielt. Ihre Erinnerungen machten mir manches in meinem eigenen Leben klarer, ihre Geschichten über ihre alte Liebe etwa oder ihre Vorliebe für ein üppiges, angenehmes Leben. Sie stammt eigentlich aus einer Emigrantenfamilie. Und Emigranten sehen ihr Vaterland überall da, wo ihnen ein angenehmes Leben in Wohlstand sicher ist.

Amir Wagdi ist im Grunde ein Denkmal, das Mansur Bahi entdeckt hat, ein Denkmal aus einer höchst faszinierenden Periode unserer Geschichte, von der wir kaum etwas wissen.

Als Tolba Marzuq die Errungenschaften der Revolution preist, preise ich im stillen seine äußerst amüsante Heuchelei. Ich begnüge mich mit der Einsicht, daß der Mensch trotz all seiner Erfindungsgabe und seiner Siege bis über beide Ohren in Dummheit steckt. Vielleicht wäre es recht nützlich, wenn wir Leute, die miteinander verfeindet sind, immer wieder einmal zusammennähmen, damit sie gemeinsam eine lange Nacht verbringen und miteinander trinken, fröhlich sind und hübschen Liedern lauschen.

»So glaubst du also nicht an Paradies und Hölle?«

»Das Paradies ist der Ort, wo der Mensch Sicherheit und Würde genießen kann, die Hölle ist dort, wo er beides nicht findet!«

Wenn Mansur über meine Witze lacht, wirkt er wie ein goldiges Kind, und dann verspüre ich die Hoffnung, daß ich den Weg zu seinem Herzen doch noch entdecken werde und daß uns am Ende dieser Nacht eine innige Freundschaft verbindet. Husni Allam dagegen! Es lebe Husni Allam! Er hat zu diesem Abend mit zwei Flaschen Dewarts beigetragen. Er thront in seinem Sessel wie ein Gemeindevorsteher, füllt die Gläser und verteilt sie und lacht immer wieder schallend. Als er kurz nach Mitternacht plötzlich verschwindet, ist das für unsere Runde ein schwerer Verlust.

Ich kann mich an Umm Kulthum und ihren Liedern gar nicht wie sonst erfreuen, singe auch keine Liedverse mit wie an anderen Abenden. Mein Rausch und meine Freude entzünden sich vielmehr nur an Zuchra, ob sie gerade kommt oder geht oder neben dem Wandschirm sitzt und lächelnd über unsere Ausgelassenheit staunt. Mit unseren Blicken umarmen wir uns verstohlen, tauschen schwermütige Küsse miteinander.

Diesen Mann habe ich doch schon gesehen! Er geht von der Saad-Zaghlul-Straße her auf das Trianon zu, ich komme vom Platz her. Dann plötzlich erkenne ich ihn, es ist Tolba Marzuq. Ich sehe ihn jetzt zum ersten Mal in Straßenkleidung, in seinen dicken Mantel gehüllt, mit einer Kufijja um den Hals und einem dunkelroten Tarbusch auf dem Kopf. Ich schüttle ihm ehrerbietig die Hand und lade ihn zu einer Tasse Kaffee ein. Er gibt meinem Drängen nach, und wir setzen uns an einen Tisch hinter die geschlossene große Scheibe, die auf das Meer geht. Der Wind spielt mit den Blättern der Palmen, die rund um das Denkmal von Saad Zaghlul stehen, und die Sonne läßt die Ränder der zarten Wölkchen am Himmel diamanten schimmern. Wir unterhalten uns über Alltägliches, Belangloses, Langweiliges, aber ich bin die ganze Zeit darauf bedacht, ihm meine Verehrung und Sympathie zu zeigen, ihm zu schmeicheln. Etwas in mir sagt mir, daß er nicht ganz mit leeren Händen dastehen kann. Natürlich, es muß ja Wege geben, etwas zu retten. Vielleicht möchte er sogar den Rest seines Besitzes nutzbringend anlegen, aber Angst hemmt ihn.

So komme ich auf die Lebenshaltungskosten zu sprechen: »Es ist geradezu absurd, wenn ein junger Mann wie ich heute nur von seinem Gehalt leben soll!«

»Was muß er also tun?«

Ich sage leise, als ob ich ihm mein Geheimnis anvertrauen wolle: »Ein kommerzielles Projekt, das ist das, woran ich denke.«

»Und woher haben Sie das Geld dafür?«

Ich tarne mich mit einem unschuldigen Lächeln: »Ich verkaufe einige Feddan Acker und suche mir dann einen Teilhaber.«

»Aber können Sie denn Ihren Beruf und ein kommerzielles Projekt gleichzeitig betreiben?«

»Das Projekt muß ein Geheimnis bleiben!« lache ich.

Er wünscht mir Erfolg und öffnet dann die Zeitung, um einen Blick in sie zu werfen, als habe er das Thema ganz vergessen. Vielleicht ist er wirklich ehrlich, aber wahrscheinlich ist es eher Taktik. Mich befällt jedenfalls das Gefühl, daß ich von ihm nichts zu erwarten habe.

Er weist auf eine rote Überschrift, in der es um Ostdeutschland geht, und sagt: »Sie haben sicher davon gehört, wie elend die Situation dort ist, besonders im Vergleich zu Westdeutschland.«

So redet er also über Außenpolitik und meint Innenpolitik! Ich stimme ihm zu, und er fährt fort: »Rußland kann einem Land, das zu seinem Machtbereich gehört, nichts bieten, Amerika dagegen ...«

»Aber Rußland hat uns mehrfach wertvolle Unterstützung geleistet!«

Schnell entgegnet er: »Das ist etwas anderes, wir gehören ja schließlich auch nicht zu seinem unmittelbaren Machtbereich!«

Er wird so vorsichtig, daß ich meinen Einwurf bereue. »Tatsache ist, daß sie beide, Rußland und Amerika, sich gleich sind, wenn es um den Wunsch nach der Vormachtstellung in der Welt geht, deswegen ist der Standpunkt der Neutralität, den wir einnehmen, klug, sehr klug!« fährt er fort.

Ich bedauere, daß er mir entschlüpft ist und daß sich sobald keine Gelegenheit mehr bieten wird, das verlorene Terrain zurückzugewinnen.

»Wenn die Julirevolution nicht gewesen wäre«, sage ich, »dann wäre das Land von einer blutigen Revolution erschüttert worden, bei der kein Stein auf dem anderen geblieben wäre, das steht jedenfalls fest!«

Er nickt mit seinem Tarbusch. »Gott ist groß und hat uns in Seiner Weisheit errettet!«

Wo hast du denn gesteckt? Wir hatten schon seit drei Tagen nicht mehr die Ehre miteinander! Wie kommt es, daß du dich zuletzt doch noch an mich erinnert hast? Warum kehrst du überhaupt zu alten, längst abgelegten Dingen zurück? Habe ich nicht gesagt, daß du ein elender Feigling und ein Mistkerl bist! Ach, laß mich doch in Ruhe mit deinen albernen Entschuldigungen! Und erzähl mir nicht von deiner so überaus wichtigen Tätigkeit in der Gesellschaft. Wenn ein Minister eine Freundin hätte, würde er sie jedenfalls nicht so vernachlässigen, wie du das mit mir tust!

Ich lächle, gieße Wein in zwei Gläser und habe sie innerlich so satt, daß ich mich vor ihr ekle. Jetzt spielt sie sich auch noch als Tyrannin auf. Nun muß ich sie wirklich loswerden! Für immer loswerden!

Aber die Sorgen dieser Welt, alle Kümmernisse dieser Welt lösen sich aus meiner Brust, wenn Zuchra in mein Zimmer kommt und mir den Tee bringt. Wir umarmen uns lange. Ich küsse ihre Lippen, ihre Wangen, ihre Stirn, ihren Hals. Konzentriert und genießerisch spüre ich, wie sie ihre Lippen auf meine preßt.

Dann tritt sie zwei Schrittchen zurück, seufzt und flüstert klagend: »Manchmal glaube ich, alle wissen ...«

Im Rausch der Liebe suche ich sie unbekümmert zu trösten: »Das soll dir doch egal sein!«

»Dir ist alles egal, aber...«

»Eins vor allem ist mir nicht egal, Zuchra...« Ich beuge mich etwas zu ihr hinunter, um ihr mit den Augen zu verdeutlichen, was ich meine, und bitte sie dann in echtem Verlangen: »Laß uns doch zusammenleben, irgendwo, weit weg von hier!«

»Und wo?« fragt sie zweifelnd.

»In einer Wohnung nur für uns beide!«

Sie schweigt und will mehr hören. Da ich ihr aber diesen Wunsch nicht erfülle, umwölken sich ihre Augen in Enttäuschung. Sie fragt weiter: »Wovon sprichst du eigentlich?«

»Du liebst mich genauso, wie ich dich liebe!«

»Ich liebe dich, ja, aber du, du liebst mich nicht«, antwortet sie mit gedämpfter Stimme.

»Aber Zuchra!«

»Du schaust auf mich herab, genau wie alle anderen!«

»Ich liebe dich, Zuchra«, sage ich und meine es aufrichtig, »ich liebe dich von ganzem Herzen, Gott ist mein Zeuge!«

Voller Kummer überlegt sie ein Weilchen und fragt mich dann: »Hältst du mich eigentlich genauso für einen Menschen wie dich selbst?«

»Kann es denn daran überhaupt einen Zweifel geben?«

Sie schüttelt verneinend den Kopf.

Ich begreife natürlich, was in ihr vorgeht, und betone: »Es gibt so viele Schwierigkeiten...«

Sie schüttelt wieder den Kopf, zieht aber diesmal zornig die Augenbrauen zusammen und stößt hervor: »Für mich gab es auch Schwierigkeiten, als ich auf dem Dorf lebte, aber ich habe mich von ihnen nicht kleinkriegen lassen!«

Ich habe nicht gewußt, daß sie so stolz auf sich ist. Ich spüre, wie die Liebe mich in den Abgrund zieht. Ich stehe mit beiden Füßen unmittelbar an seinem Rand und beuge mich mit all meinem Gewicht nach hinten, um mich in letzter Minute zu retten. Ich nehme ihre Hand zwischen meine Hände, küsse sie innen und außen und flüstere ihr ins Ohr: »Ich liebe dich, Zuchra!«

Jedesmal, wenn ich in das schöne, kräftige Gesicht von Husni Allam schaute, träumte ich von herrlichen Nächten. Aber eines Tages hörte ich von dem Projekt, dessentwegen er nach Alexandria gekommen ist, um es zu prüfen und in die Tat umzusetzen. Jetzt habe ich meine Meinung über ihn geändert. Tolba Marzuq kann ich aus meiner Kalkulation streichen, er ist eine Illusion, fern aller Realität. Husni Allam dagegen ist ein Mann voller Tatendrang. Ich muß mir unbedingt einen Platz in diesem Projekt sichern. Das bedeutet nicht nur Arbeit und Erfolg, sondern rettet mich auch im letzten Augenblick vor den teuflischen Plänen Ali Bakirs. Wirklich bedauerlich ist nur, daß Husni Allam nicht zu fassen ist, wie Quecksilber. Zwar redet er hin und wieder von dem Projekt, aber im Grunde streift er die ganze Zeit nur planlos in der Gegend umher, rast wie ein Irrer mit seinem Auto durch die Stadt, und auf dem Platz neben ihm sitzt immer irgendeine Frau.

Einmal meinte ich zu ihm: »Ein Realist vergeudet seine Lebenszeit nicht bei Vergnügungen!«

»Und womit vergeudet er sie dann?« fragte er und lachte.

Ich antwortete umsichtig, auf meinen Vorteil bedacht: »Er prüft die Dinge, denkt nach und handelt dann entsprechend.«

»Ist ja ganz schön, was Sie da sagen, aber mir gelingt

das Prüfen und Nachdenken immer nur, während ich mich vergnüge!« Dann, laut lachend: »Wir leben schließlich in der Zeit unmittelbar vor dem Weltuntergang!«

Ich ließ ihn allein und seufzte: »Mein Gott, ich möchte gern nützlich sein und auch selbst meinen Nutzen haben. Wie schafft man das bloß!«

Wir schleudern uns gegenseitig Schimpfworte an den Kopf, so verletzend wie Steine oder Abfälle. Wütend schreie ich: »Jedesmal zanken wir uns! Das ist wie das Jüngste Gericht!«

Wir schleudern uns gegenseitig Schimpfworte an den Kopf. Machmud Abul-Abbas, der mich zu seiner dritten Lektion in Rechnen und Buchführung in ihre Wohnung begleitet hat, ist verblüfft. Entschlossen, endgültig zu gehen, stehe ich auf, und der Mann geht mit mir. An der Haustür bitte ich ihn, umzukehren und ihr zu erklären, daß ich beschlossen habe, auf Nimmerwiederkehr zu verschwinden.

Ich mache mich auf den Weg ins Miramar. Erst als Zuchra mir die Tür öffnet, begreife ich, daß ich verfolgt werde. Da nämlich packt mich eine Hand am Nacken, und ich höre Safejjas Stimme kreischen: »Du willst mich verlassen? Hältst du mich vielleicht für ein Kind oder ein Spielzeug?«

Mit Mühe reiße ich mich von ihr los, aber sie ist schon in die Wohnung gestürmt. Keuchend flüstere ich ihr zu: »Geh doch endlich! Die Leute hier schlafen!«

Doch sie schreit rücksichtslos: »Du läßt mir etwas ausrichten und haust ab! Ich habe dafür gesorgt, daß du etwas zu essen, zu trinken und anzuziehen hast, und nun willst du einfach davonlaufen, du Mistkerl!«

Ich schlage sie, und sie schlägt zurück. Wir ringen

erbittert miteinander. Zuchra versucht vergeblich, uns auseinanderzureißen. Sie fordert sie auf: »Bitte, dies ist ein anständiges Haus!« Da das nichts nützt, ruft sie: »Verschwinden Sie, oder ich hole die Polizei!«

Safejja tritt einen Schritt zurück, wendet sich zu Zuchra und ruft hochmütig: »Du, ein Dienstmädchen . . .« Bevor sie ihren Satz beenden kann, verschließt ihr Zuchras Hand den Mund. Sie stürzt sich auf Zuchra, aber das Mädchen schlägt so kräftig auf sie ein, daß sie fast zu Boden fällt. Nun ist die Pension erwacht. Türen öffnen sich. Schritte kommen näher. Da steht plötzlich Husni Allam als erster vor uns, packt Safejja an der Hand und führt sie hinaus.

Blind vor Wut gehe ich auf mein Zimmer. Madame folgt mir und fragt verärgert, was geschehen sei. Ich drücke ihr mein Bedauern aus, aber sie will wissen: »Wer war sie?«

Um die Situation zu retten, lüge ich: »Sie war meine Verlobte, und ich habe gerade die Verlobung gelöst.«

Sie schüttelt den Kopf und unterstützt mich: »Ihr Verhalten hat gezeigt, daß Sie recht getan haben, aber . . .« Sie schweigt einen Augenblick und fährt dann fort: »Aber ich bitte Sie, Ihre Rechnung mit ihr nicht in diesen Räumen zu begleichen!«

»Ich lebe schließlich von meinem guten Ruf!« betont sie, schon auf dem Weg, die Pension zu verlassen.

Als Zuchra zur üblichen Zeit in mein Zimmer kommt, sieht man ihrem Gesicht das Vorgefallene immer noch an. Ich danke ihr und entschuldige mich bei ihr für das, was ihr geschehen ist. Wir werfen uns gegenseitig traurige Blicke zu, bis ich nicht umhinkomme, ihr zu sagen: »Ich habe sie deinetwegen verlassen!«

Sie fragt schroff: »Und wer ist sie?«

»Eine Prostituierte. Ich kannte sie von früher her. Madame mußte ich anlügen und ihr erklären, sie sei meine Verlobte gewesen.« Voller Dankbarkeit und Bedauern küsse ich sie auf die Wange.

Draußen dröhnt der Sturm wie unaufhörliches Donnern. Abenddämmerung hängt im Zimmer, obwohl es noch nicht einmal Nachmittag ist. Ich stelle mir die Wolken vor, die sich am Himmel zu Bergen türmen, und ich denke an die sich aufbäumenden Wogen des Meeres. Als Zuchra kommt – wir haben uns seit gestern nicht mehr gesehen –, zündet sie das Licht an. Ich habe die ganze Zeit schmerzlich auf sie gewartet und überfalle sie nun mit der leidenschaftlichen Bitte: »Laß uns doch gehen, Zuchra!«

Sie stellt die Tasse auf den Tisch und schaut mich in bitterem Vorwurf an.

»Wir werden für immer zusammenleben, für immer!« versichere ich ihr.

»Und dann wird es keine Schwierigkeiten geben?« spottet sie.

»Die Schwierigkeiten, unter denen ich zu leiden hätte, kämen nur durch eine Ehe!« entgegne ich ihr offen, wenn auch voller Bedauern.

»Ich kann meine Liebe zu dir nur bereuen!« murmelt sie in verhaltenem Zorn.

»Sag das nicht, Zuchra«, bitte ich sie leidenschaftlich und voller Überzeugung, »du mußt mich verstehen. Ich liebe dich, und ohne die Liebe zu dir wäre mein Leben sinnlos und öde. Aber eine Heirat würde mir zahllose Schwierigkeiten familiärer und beruflicher Art bringen. Sie würde meine Zukunft gefährden, mehr noch, unser beider gemeinsames Leben in Frage stellen. Was soll ich denn nur tun?«

»Ich wußte gar nicht, daß ich so viele Katastrophen bewirken könnte!« erwidert sie, nun deutlich verärgert.

»Nicht du, sondern die Dummheit, die harten sozialen Schranken, die stinkenden Realitäten! Was soll ich denn tun?«

Ihre Augen werden schmal vor Zorn: »Ja, wirklich, was kannst du tun? Aus mir eine Frau machen wie die von gestern?«

»Zuchra, wenn du mich liebtest, so wie ich dich liebe, so verstündest du mich sehr gut!«

»Ich liebe dich«, entgegnet sie scharf, »leider kenne ich kein Mittel dagegen!«

»Die Liebe ist stärker als alles, als alles, Zuchra . . .«

»Aber sie ist nicht stärker als die Schwierigkeiten!« setzt sie sarkastisch dagegen.

Wir schauen uns schweigend an, ich sie fiebrig und verzweifelt, sie mich hartnäckig, wütend. Hätte ich nicht einen so starken Willen oder besser: hätte ich nicht so viel Angst, hätte ich meinen Widerstand längst aufgegeben.

Ich überlege blitzschnell und sage: »Zuchra, es gäbe einen Mittelweg, zum Beispiel die islamische Ehe, wie sie ursprünglich war.«

In ihre Augen tritt ein Fragen an die Stelle des Zorns. Ich sage, und weiß darüber im Grunde nicht mehr, als was mir dunkel in Erinnerung geblieben ist: »Ich gebe bekannt, daß ich dich nach dem Brauch Gottes und seines Propheten zur Frau nehme.«

»Ohne Trauzeugen?«

»Nur vor Gott allein!«

Sie protestiert verächtlich: »Alle um uns herum handeln, als ob es Gott gar nicht gäbe!« Dann schüttelt sie heftig den Kopf und sagt: »Nein!«

Sie ist ungeheuer starrköpfig, nicht so weich und leicht zu nehmen, wie ich angenommen hatte. Ich bin bereit, wenn sie damit einverstanden ist, für immer mit ihr zusammenzuleben und auf eine Ehe und die Hoffnungen, die ich an sie knüpfe, zu verzichten. Ich habe schon daran gedacht, die Pension zu verlassen als ersten Schritt dazu, sie zu vergessen. Aber die Liebe zu ihr ist hartnäckig – wie sie selber – und klammert sich an mein Herz. Doch es hat kein Zerwürfnis zwischen uns gegeben. Sie hat mir die ganze Zeit zum gewohnten Termin den Tee gebracht und keinen Widerstand geleistet, wenn ich sie umarmt und geküßt habe. Ich war verblüfft, als ich sie – im Entrée – über ein Lesebuch für Schüler der ersten Klasse gebeugt sitzen sah. Ungläubig blieben meine Blicke an ihr hängen. Madame saß unter dem Jungfrauenbild, und Amir Wagdi hatte es sich im Sessel bequem gemacht.

Madame sagte lächelnd zu mir: »Da sehen Sie unsere Schülerin, Monsieur Sarhan!« Sie warf ihr einen ermutigenden Blick zu und erklärte mir: »Sie hat sich darauf mit unserer Nachbarin, der Lehrerin, geeinigt. Was meinen Sie dazu?«

Das ist wirklich ein Ereignis! Einen Augenblick lang war mir zum Lachen zumute, aber ich beherrschte mich und betonte eifrig: »Bravo, Zuchra, bravo!«

Der alte Mann schaute mich mit seinen verhangenen Augen an, und mich packte eine unerklärliche Furcht vor ihm. Ich verließ die Pension. Tatsächlich war ich tief berührt. Eine innere Stimme sagte mir, daß Gott es mir nie verzeihen würde, wenn ich die Liebe dieses Mädchens gering achtete. Aber ich konnte mich mit dem Gedanken an diese schreckliche Ehe nicht befreunden. Liebe ist ein Gefühl, dem man auf verschiedenste Weise beikommen kann. Die Ehe dagegen ist eine Institution, eine Gesellschaft wie die, in der ich als Prokurist beschäftigt bin. Sie braucht gewisse Voraussetzungen, hat ihre eigenen Gesetze und Praktiken. Wenn sie mir nicht durch die Einbindung in gute soziale Verhältnisse zu einem gewissen sozialen Aufstieg verhilft, was hat sie dann für einen Sinn? Wenn die Braut nicht wenigstens Beamtin ist, wie kann ich in diesen schwierigen, grausamen Tagen eine eigene Familie gründen, die diesen Namen verdient? Die Ursache meines Unglücks ist, daß ich ein Mädchen liebe, das die Bedingungen für eine solche Ehe nicht erfüllt. Wenn sie meine Liebe bedingungslos akzeptierte, so würde ich ihretwegen den Gedanken an eine Ehe opfern, wie sie mir seit dem Jünglingsalter vorschwebt.

»Du hast große Pläne, Zuchra!« Bei diesen Worten schaue ich sie voll Bewunderung an und sage dann bedauernd: »Aber du mutest dir sehr viel zu und vergeudest damit deinen Lohn!«

Sie steht vor mir, zwischen uns ist der Tisch, und sagt stolz: »Ich will nicht für immer unwissend bleiben!«

»Und was wird dir das Wissen nutzen?«

»Danach werde ich einen Beruf lernen. Ich will nicht für immer ein Hausmädchen bleiben!«

Ich verspüre ein schmerzhaftes Stechen in der Herzgegend, und mir schnürt sich die Kehle zusammen. Sie aber schlägt einen neuen Ton an: »Meine Verwandten waren heute da, um mich zu überreden, zu ihnen aufs Dorf zurückzukehren.«

Ich schaue sie fragend an und lächle, um meine Unruhe zu verbergen. Sie aber tut so, als sehe sie mich gar nicht, hält den Blick gesenkt.

»Und was hast du ihnen gesagt?«

»Wir sind dahin übereingekommen, daß ich Anfang des nächsten Monats zurückkehre.«

»Tatsächlich«, stoße ich beklommen hervor, »du gehst also zu dem alten Mann zurück!«

»Nein, er hat inzwischen geheiratet!« Mit leiser Stimme fährt sie fort: »Ein anderer Mann hat um mich angehalten.«

Ich greife heftig nach ihrer Hand und bitte: »Laß uns doch zusammen weggehen! Morgen, wenn du willst!«

»Wir haben uns, wie gesagt, darauf geeinigt, daß ich Anfang des Monats zurückkehre!«

»Zuchra, hast du denn ein Herz aus Stein?«

»Es ist eine Lösung ohne Schwierigkeiten!«

»Aber du liebst mich doch, Zuchra!«

»Die Liebe ist eins, und die Ehe ist etwas anderes«, wirft sie verächtlich hin, »du warst es, der mir das beigebracht hat!« Jetzt öffnen sich ihre Lippen zu einem kleinen Lächeln und verraten sie.

»Was bist du doch für eine kleine Hexe, Zuchra«, rufe ich. Eine Woge der Freude und Erleichterung überschwemmt mich. Währenddessen tritt Madame ins Zimmer und schlürft ihren Tee aus einer Tasse, die sie in der Hand hält. Sie setzt sich auf den Bettrand und erzählt mir die Geschichte von Zuchras Angehörigen und wie sich das Mädchen geweigert hat zurückzukehren.

Hinterhältig frage ich: »Wäre es denn aber nicht das beste, wenn sie zu ihrer Familie zurückkehrt?«

Madame lächelt wie eine erfahrene Kupplerin, die um alles weiß, und betont dann: »Ihre wahren Angehörigen sind doch hier, Monsieur Sarhan!«

Ich vermeide es, ihr in die Augen zu sehen, und ignoriere den Hintersinn ihrer Worte bewußt. Aber ich vermute, daß die Motte mit diesen Neuigkeiten von einem Zimmer zum anderen flattert. Vielleicht geht ihr Verdacht ja auch viel weiter. Am Ende bin ich ganz glücklich über meine vermeintliche Eroberung. In Wirklichkeit aber hat der Starrsinn, der mir keinerlei Hoffnung gestattet, nicht einen Augenblick lang nachgelassen. Ich frage mich, wann endlich ich den Mut finde, aus der Pension auszuziehen.

Es ist der vertraute und schon irgendwie langweilige Anblick: Madame sitzt so dicht neben dem Radio, daß man denkt, ihr Kopf werde darin verschwinden, und lauscht französischen Schlagern. Amir Wagdi spricht Zuchra einige Worte auf Hocharabisch vor. Es läutet, und Zuchras Lehrerin kommt herein: Entschuldigung, unsere Wohnung ist voller Gäste. Wenn Sie gestatten, halte ich die Lektion hier ab . . . Zweifellos sehr freundlich von ihr! Wir heißen sie herzlich willkommen. Sie ist hübsch, elegant und Beamtin. Ich beobachte sie, während sie Zuchra unterrichtet, und fühle mich dazu getrieben, zwischen beiden zu vergleichen, voller leidiger Erwägungen. Hier ist natürliche Schönheit, verbunden mit Armut und mangelnder Bildung. Dort ist Kultiviertheit, Eleganz, verbunden mit einer Beamtenstellung. Wenn doch Zuchras Persönlichkeit sich in einem anderen Milieu und dessen Möglichkeiten hätte entfalten können! Madame nimmt ungebeten an der Stunde teil, um ihre ewige Neugier zu befriedigen. So erfahren wir den Namen der jungen Dame, ihre familiären Verhältnisse, hören auch von ihrem Bruder, der zu einer Tätigkeit nach Saudi-Arabien delegiert wurde.

Plötzlich frage ich sie: »Wäre es vielleicht möglich, daß er uns von dort einiges schickt, was es hier nicht zu kaufen gibt?« Sie gibt zurückhaltend zur Antwort, sie werde sich erkundigen, ob das möglich sei.

Ich verlasse die Pension und gehe zum Café de la Paix, um mich mit dem Ingenieur Ali Bakir zu treffen.

Er schaut mich zuversichtlich an und erklärt: »Inzwischen ist klar, was wir im einzelnen zu tun haben, und der Erfolg ist ganz sicher!«

Gut, so wollen wir den Sprung zum Erfolg wagen, der unserem Erdendasein seinen Sinn und Wert geben wird!

Dann fragt mich Ali Bakir: »Ich habe Safejja Barakat im Délice getroffen. Stimmt es, daß . . .?«

»Dieses verdammte Weibsstück!« rufe ich widerwillig.

Er lacht und sieht mich interessiert an: »Aber hast du sie wirklich verlassen wegen . . .?«

»Bitte, glaub ihr nicht! Wann hat man sich je darauf verlassen können, daß sie die Wahrheit sagt?«

Er schaut noch interessierter und nachdenklicher und betont dann: »Unser Geheimnis jedenfalls ist von der Art, die man nicht einmal seiner Frau und seinem Sohn anvertraut!«

»Gott verzeihe dir! Was denkst du denn von mir?« rufe ich vorwurfsvoll.

Ist das wunderbar, sage ich mir. Ein Blick, der der Eitelkeit jedes Mannes schmeicheln würde! Sie lächelt nicht, zuckt nicht mit der Wimper. Sie – die Lehrerin – dreht den Kopf plötzlich von Zuchra und ihrem Buch zu mir und wirft ihn mir zu, diesen Blick. Er dauert nur wenige Sekunden. Sie wirft ihn mir zu, als Zuchra und Amir Wagdi gerade nicht aufpassen. Und er dauert nur wenige Sekunden. Ich habe Dutzende wie ihn auf mir ruhen fühlen, und in mir hat sich nichts geregt. Ich habe sie für völlig nichtssagende Blicke gehalten. In ihrem Blick aber blitzt etwas nicht zu Beschreibendes flüchtig auf, und das ist, als wolle sie mir eine ganze Botschaft übermitteln. Ich habe mich daraufhin entschlossen, meine Route zu ändern, habe mich ins Café Miramar unmittelbar hinter die

Scheibe gesetzt und beobachte nun die Wolken und warte. Ich habe kein bestimmtes Ziel. Es ist auch nicht das Gefühl der Zuneigung, das mich treibt. Es ist nur Neugier, begründet in einer gewissen Leere und Verzweiflung, Neugier auf ein Abenteuer, auf welches auch immer. Sie ist nicht der Typ, der mich fasziniert oder auch nur aufregt, aber sie hat mich, so kommt es mir vor, an einem entsetzlich langweiligen Ferientag zu einem Spaziergang eingeladen.

Da geht sie plötzlich vor dem Café vorbei, beide Hände in den Taschen ihres grauen Mantels. Ich gehe in einem gewissen Abstand hinterher und hole sie beim Atheneus ein. Sie kauft ein paar Süßigkeiten, steht dann da, als sei sie unschlüssig. Da trete ich auf sie zu und grüße sie. Sie erwidert den Gruß, und ich lade sie ein, mit mir eine Tasse Tee zu trinken. Sie entgegnet, sie habe schon vor einer Weile überlegt, daß sie sich jetzt einmal hinsetzen müsse. Wir trinken den Tee und essen zwei Stückchen Kuchen. Dann führen wir ein ziemlich belangloses Gespräch miteinander, aber es ist insofern nicht uninteressant, als es mir einige Informationen über ihre familiäre Situation und ihre Tätigkeit vermittelt. Schon allein wie wir das Gespräch miteinander führen, das veranlaßt mich, sie darum zu bitten, daß wir uns bald wieder treffen. Unser Treffpunkt ist das Buffet im Kino Amir. Dann sehen wir uns den Film gemeinsam an. Jetzt ist es an mir, die Art dieses Abenteuers festzulegen und näher zu definieren. Im Vergleich zu dem, was ich dabei verspüre, ist es eigentlich nicht wert, daß ich es fortsetze oder gar Mühen darauf verwende. Und trotzdem, als sie mich auffordert, sie bei ihren Eltern zu besuchen, nehme ich die Einladung an. Mir wird klar, daß sie einen Mann zum Heiraten sucht. Ich wäge mit kühlem Verstand ab, ziehe ihr Gehalt und die zusätzlichen Einnahmen durch Privatstunden ins Kalkül, denke gleichzeitig an die wachsende Verzweiflung, in die mich Zuchra stürzt. Als ich ihre Familie besuche, entdecke ich eine weitere Attraktion: ihre Eltern besitzen ein Gebäude, nicht zu groß und nicht zu klein, in Karmuz. Ich merke, daß ich die Angelegenheit nun ganz ernsthaft überlege, nicht, weil mich ihr Geld lockt, auch nicht, weil ich sie liebe, sondern einfach aus meiner alten Sehnsucht nach der Ehe. Und Zuchra? Vielleicht finde ich etwas Trost für meinen Verrat an ihr gerade in dieser Ehe, die mich für immer an eine Frau bindet, die ich nicht liebe! Aber werde ich diese leidenschaftliche Liebe zu Zuchra in meinem Herzen wirklich ersticken können?

Er macht mir ein Zeichen, ich möge bitte warten. Ich wollte eigentlich weitergehen, nachdem ich meine Zeitung bei ihm gekauft hatte, da er gerade mit einem Kunden abrechnet.

Als er mit ihm fertig ist, kommt er zu mir und erklärt: »Ustas, ich werde um Zuchras Hand anhalten!«

Ich lächle, um meine Betroffenheit zu verbergen, und frage ihn: »Herzlichen Glückwunsch! Seid Ihr Euch schon einig geworden?«

»Fast!« gibt er mir in stolzer Zuversicht zur Antwort. Ich spüre ein schmerzhaftes Stechen im Herzen, und ich frage ihn: »Was meinst du mit ›fast‹?«

»Sie kauft täglich bei mir. Wir haben über das Thema noch nicht offen miteinander gesprochen. Aber niemand kennt die Frauen so wie ich!«

In diesem Augenblick hasse ich ihn wie die Pest. Er aber fragt mich: »Ustas, was halten Sie von ihrem Charakter?«

»Sie ist ein sehr gutes Mädchen, wenn du mich fragst.«

»Ich werde bei Madame Mariana um ihre Hand anhalten, damit ich ihre Angehörigen kennenlerne.« Ich wünsche ihm Erfolg und gehe, aber er kommt mir nach, nachdem ich zwei Schritte entfernt bin, und fragt: »Was wissen Sie über den Streit zwischen ihr und ihren Angehörigen?«

»Wie hast du denn davon erfahren?«

»Amir Bey hat mich darüber informiert. Der alte Mann...«

»Alles, was ich weiß, ist, daß sie starrköpfig ist und widerspenstig.«

Er lacht und prahlt: »Ich kenne das Heilmittel gegen jede Krankheit!«

Er hat um sie angehalten ... und einen Korb bekommen. Das hat mich ebenso befriedigt, wie es mein Gefühl der Verantwortlichkeit ihr gegenüber verstärkt hat. Unruhe zerreißt mich, Liebe überwältigt mich von neuem. Alejja verblaßt und rückt in den Hintergrund. Sehnsüchtig und flehentlich packe ich Zuchra am Handgelenk und dringe in sie: »Hilf mir doch! Laß uns auf der Stelle gehen!«

Schroff macht sie sich von mir los und fordert: »Sag das nie wieder! Ich hasse es, das zu hören!«

Wir werden uns nie einigen! Sie liebt mich, will sich mir aber ohne die feste Bindung einer Ehe nicht geben. Ich liebe sie, lehne jedoch diese feste Bindung an sie ab. Weder das eine noch das andere ist die wahre Liebe, die Willen und Verstand hinwegfegt.

Herr Mohammed, Alejjas Vater, hat mich zum Mittagessen eingeladen, und ich habe zugesagt. Am Wochenende lade ich die Familie zum Abendessen ins Pastroudis ein. Das Wetter schlägt um, während wir dort sitzen. Der Sturm heult, es regnet in Strömen. Während der ganzen Zeit suche ich mich selbst davon zu überzeugen, daß

Alejja ein hervorragendes Mädchen ist und daß ich mit ihr eine glückliche Ehe werde führen können. Sie ist hübsch, sehr elegant, eine Beamtin, gebildet und kultiviert. Was willst du denn noch mehr? Wenn ich ihr nicht gefallen hätte... Warum bin ich eigentlich so zurückhaltend? Zweifellos liebt sie mich. Wer jemanden heiraten will, will ihn auch lieben. Außerdem, was ist das für ein Gefühl, das uns das Paradies verspricht, ohne auch nur ein Gran seines Versprechens in die Wirklichkeit umzusetzen?

Der Sturm draußen tobt immer heftiger. Es ist, als wolle er diese schöne Stadt aus ihrer Verankerung reißen. Um so mehr verspüren wir hier die Annehmlichkeit der Wärme und Geborgenheit im geschlossenen Raum. Ich sage mir, daß ich, wenn ich schon, lediglich von spontanen Gefühlen getrieben, bei dieser ehrbaren Familie anklopfe ohne einen wirklichen Plan oder feste Absichten, auch ohne den geeigneten finanziellen Hintergrund, daß ich sie dann ganz offen über meine Position, meine Verantwortlichkeiten gegenüber meiner Familie informieren muß, um ihr selbst die Wahl zu überlassen, ob sie mich aufnehmen will. Wir kommen nach allerlei Hin und Her auf das Thema »Ehe« ganz allgemein zu sprechen.

Alejjas Vater sagt: »Zu unserer Zeit heiratete man früh. So kann man uns noch dazu gratulieren, wenn unsere Kinder verantwortliche Positionen einnehmen!«

Ich schüttle bedauernd den Kopf und erkläre: »Aber diese Zeit ist vorüber! Unsere Gegenwart ist voller Dornen und Klippen!«

Er neigt sich zu mir und flüstert: »Ein anständiger junger Mann ist, so wie er ist, ein Juwel. Wer loyal denkt und eine gute Position einnimmt, sollte ihm helfen, die Schwierigkeiten auf seinem Weg beiseite zu räumen!«

Was für ein finsteres Gesicht! Als er merkte, daß ich auf seinen Stand zukam, und ich nur noch zwei Schritte von ihm entfernt war, verfinsterte sich sein Gesicht. Jetzt wirft er mir so wütende Blicke zu, daß ich mich über ihn wundere.

Ohne mir, wie sonst immer, die Zeitung zu überreichen, stellt er mir die spöttische Frage: »Warum haben Sie mir eigentlich verschwiegen, daß Sie sie lieben?«

Ich bin verblüfft über seine Worte, überrascht von seinem ungebührlichen Ton und rufe: »Du bist ja verrückt!«

»Und Sie sind ein Feigling!« schreit er zurück.

Ich verliere meine Selbstbeherrschung und gebe ihm mit dem Handrücken einen leichten Schlag ins Gesicht. Er versetzt mir mit seiner Riesenpranke eine Ohrfeige. Wir prügeln uns blindwütig und unbarmherzig, bis die Umstehenden uns auseinanderreißen. Als wir uns danach gegenüberstehen, werfen wir uns die unflätigsten Schimpfworte an den Kopf. Ich gehe dann ziellos weiter und frage mich, wer wohl so boshaft war, diese Idee in seinen Hohlkopf zu pflanzen.

Erst nach längerer Zeit sehe ich ihn wieder. Ich war ins Restaurant Panioti gegangen, um ein leichtes Abendbrot zu mir zu nehmen, und finde ihn auf dem Platz des Besitzers hinter der Kasse. Ich will wieder hinausgehen, aber er springt von seinem Platz auf, schließt mich in die Arme, küßt mich auf den Kopf und will mich unbedingt zum Abendbrot auf seine Kosten einladen. Er entschuldigt sich für das Vorgefallene und gesteht mir, Husni Allam habe ihm damals diese Lüge aufgetischt.

»Meine Liebe, ich bitte dich, Zuchra darf nichts von dem erfahren, was zwischen uns ist!«

Wir sitzen am Machmudijja-Kanal im Casino al-Palma

im wärmenden Sonnenschein. Daß sie ständig mit Zuchra zusammen ist, macht mir Sorgen. Sie weiß nichts von den wirklichen Gründen für Zuchras Wunsch, bei ihr Unterricht zu nehmen. So wie Zuchra sich nicht vorstellen kann, daß ihre Lehrerin beschlossen hat, den Mann ihres Herzens zu erobern.

Alejja schaut mich zweifelnd an und fragt: »Und warum?«

»Sie tratscht, und Tratsch können wir beim gegenwärtigen Stand unserer Beziehung nicht gebrauchen!«

»Aber unsere Beziehung wird früher oder später ohnehin bekannt werden«, entgegnet sie, immer noch voller Zweifel.

Mit unüberlegter Offenheit sage ich: »Manchmal kommt es mir so vor, als warte sie nur auf einen geeigneten Moment ...«

Sie lächelt matt: »Vielleicht hat sie Gründe dafür ...«

»Alle Gäste treiben gelegentlich ihre Späßchen mit ihr, und ich mache es nicht anders. Das ist alles!«

Ihre Beziehung zu mir ist jedenfalls zu Liebe geworden. Mir ist weniger wichtig, daß sie mir wirklich glaubt, als daß sie Zuchra nichts sagt. So hat also der Verstand über das Herz gesiegt, und ich muß jetzt unbedingt die Verlobung bekanntgeben! Trotzdem zögere ich. Ich verschiebe den ausgemachten Termin unter dem Vorwand, ich müsse zunächst aufs Dorf fahren, damit meine Familie die traditionelle Rolle spielen könne. Mit jedem Tag werden meine Gefühle gegenüber Zuchra gespannter, nagt mein peinlicher Betrug stärker an meinem Herzen. Ich seufze voller Wehmut und sage bei mir: Wenn sie doch nachgäbe, wenn sie sich meinen Wünschen fügte, mein Herz gehörte ihr für immer!

Ist das Donner? Ein Erdbeben? Ist ein Leichnam ins Zimmer gefallen? Ich stecke meinen Kopf unter der Decke hervor und sehe um mich herum stockdunkle Nacht. Ich bin es nur, niemand anderer! Und das ist mein Bett in der Pension Miramar! Aber was ist das? Mein Gott! Das ist doch Zuchras Stimme! Sie klopft an meine Tür!

Ich eile hinaus. Im Licht der Nachtlampe sehe ich, wie sie sich in heftiger Abwehr aus der Umklammerung von Husni Allam freizumachen sucht. Mir wird auf den ersten Blick klar, was los ist. Ich will sie befreien, ohne daß es Aufsehen erregt und ohne daß meine Beziehungen zu Husni getrübt werden. Sanft lege ich meine Hand auf seine Schulter und flüstere: »Husni!«

Aber er hört mich nicht. So packe ich ihn fester an der Schulter und sage lauter: »Husni, sind Sie verrückt geworden?!«

Er versetzt mir mit seinem Rücken einen brutalen Stoß, ich jedoch greife ihn noch kräftiger an der Schulter und fordere ihn entschieden auf: »Gehen Sie sofort ins Bad, und stecken Sie den Finger in den Mund!«

Da dreht er sich zu mir um und schlägt mich gegen die Stirn. In einem jähen Wutanfall schlage ich zurück. Wir prügeln uns heftig, bis Madame zu uns tritt. Sie behandelt den Übeltäter mit einer Sanftheit, die er nicht verdient. Ich verstehe die Alte gut. Aus meinen eigenen Interessen heraus verstehe ich sie gut. Beide sind wir darauf erpicht, uns mit Husni gut zu stellen, in der Hoffnung, aus seinem Phantasieprojekt Nutzen zu ziehen. Sie zögert, stellt ein Bein vor und das andere zurück. Ich dagegen bin die ganze Zeit sprungbereit. So wird mir jetzt die Tür endgültig vor der Nase zugeschlagen. Sie aber behandelt das Opfer mit Strenge zugunsten des Täters.

Einige Tage später sehe ich Husni Allam um ein Uhr

nachts in Begleitung von Safejja Barakat aus dem Genevoise kommen. Mein Erstaunen hält nur kurze Zeit an, dann erinnere ich mich, wie er sie damals aus der Pension geführt hat. Sie sind sich gleich im Hinblick auf ihren Leichtsinn und ihre Träume von utopischen Projekten. Liebe und Träume werden sie miteinander verbinden. Ich habe jene Nacht mit Ali Bakir und Raf'at Amin in George's Bar verbracht. Wir waren die Corniche entlangspaziert, angeregt von der lauen, reinen Luft der Nacht und vom Wein, den wir getrunken hatten. Raf'at Amin kennt, besonders wenn er betrunken ist, kein anderes Gesprächsthema als die Wafd-Partei. Mir wurde klar, daß Ali Bakir keinen Unterschied zwischen der Wafd-Partei und dem Nationalen Sportclub zu kennen scheint. Andererseits interessiert mich Politik nicht eigentlich, trotz meiner zahlreichen politischen Aktivitäten. Raf'at Amin erzählt weinselig vom Wafd und der Zeit, da er die Macht im Lande hatte. »Wirst du dir eigentlich nie eingestehen, wenn jemand oder etwas tot ist?« spotte ich.

Seine Stimme hallt in der leeren Straße wider: »Sag von mir aus von der Revolution, was du willst. Ich will ja ihre allumfassende Macht gar nicht bestreiten. Aber das Volk ist tot, seit der Wafd tot ist.«

In diesem Augenblick sehe ich Husni Allam und Safejja Barakat wie zwei kräftige Bären auf die Corniche tapsen. Ich zeige auf sie und sage lachend: »Da hast du das Volk des Wafd, das in nachmitternächtlicher Stunde seinen Kampf fortsetzt!«

Als wir uns trennen müssen, flüstert mir Ali Bakir ins Ohr: »Wir werden bald das Startzeichen geben können!«

Ich komme in die Pension, als alle schlafen. Durch die Glastür des Zimmers von Mansur Bahi allerdings sickert

Licht. Es ist die anregende Wirkung des Weins, die mich bei ihm anklopfen und eintreten läßt ohne wirklichen Anlaß. Er sitzt in einem großen Sessel und sieht mich leicht erstaunt an. Seine kleinen, aber schönen Augen blicken nachdenklich und kummervoll.

Ich setze mich auf einen Stuhl in seiner Nähe und erkläre: »Entschuldigen Sie! Ich bin betrunken!«

»Das sieht man!« entgegnet er obenhin.

Ich lache und fahre dann mit leichtem Vorwurf fort: »Tatsache ist, daß ich vergeblich versucht habe, Ihre Sympathie zu gewinnen. Sie scheinen sehr introvertiert zu sein!«

»Es hat eben jeder seine Eigenheiten!« entgegnet er höflich, aber nicht sehr ermutigend.

»Augenscheinlich macht Ihnen Ihr Kopf zu schaffen!«

»Der Kopf ist die Ursache allen Übels!« Er hüllt sich in Rätselhaftigkeit.

»Wie selig sind da doch wir Hohlköpfe!« lache ich.

»Machen Sie sich nicht so schlecht! Sie sind doch der Mittelpunkt unermüdlicher Aktivitäten!«

»Ach, wirklich?«

»Ich meine Ihre politischen Aktivitäten, Ihre revolutionären Gedanken ... Ihre Liebesabenteuer!«

Das letzte empfinde ich als Schlag vor den Kopf, der aber durch meine Betrunkenheit gemildert wird. Mir wird jedoch klar, daß er mich nicht gerade willkommen heißt, daß er niemanden willkommen heißen würde. So schüttle ich ihm die Hand und gehe.

Als Zuchra in mein Zimmer tritt, um mir den Tee zu bringen, löse ich mich aus meinen Gedanken und Plänen, und mein Herz öffnet sich für die wirkliche Liebe, nur für sie. Aber ihr Gesicht ist hart, wie versteinert, und bleich vor Zorn. Ihr Blick, unbeweglich, finster, feindselig, schrecklich, erfüllt mich mit Unruhe und Hoffnungslosigkeit.

Mitfühlend stelle ich fest: »Zuchra, du bist anders als sonst!«

Sie entgegnet zornig und aggressiv: »Wenn Gottes Weisheit nicht unbegreiflich wäre für unseren Verstand, so würde ich nicht mehr an ihn glauben!«

Unruhe befällt mich. »Gibt es neuen Kummer, zusätzlich zu unseren Sorgen, mit denen wir nicht fertig werden?« frage ich sie.

»Ich selbst habe euch zusammen gesehen«, erwidert sie kurz und verächtlich.

Ich weiß, wen sie meint, und mir krampft sich das Herz zusammen. Verzweifelt frage ich: »Von wem sprichst du?«

»Von der Lehrerin!« Dann voller Haß: »Diese mannstolle Hure!«

Ich lache. Ich kann nicht anders, ich muß lachen, lachen mit der Geringschätzung, mit der wir gewöhnlich einem ungerechtfertigten Wutanfall begegnen. Ich lache und tadle sie: »Was bist du nur für eine ... Zufällig habe ich deine Lehrerin getroffen und ihr ...«

»Du Lügner!« unterbricht sie mich schroff. »Das war kein Zufall! Ich habe es von ihr selbst gehört!«

»Nein!« rufe ich beklommen.

»Die alte Ziege hat zugegeben, daß sie sich mit dir getroffen hat. Weder ihr Vater noch ihre Mutter waren darüber erstaunt. Wohl aber staunten sie beide über meine Neugier in dieser Hinsicht.«

Ich schweige betroffen, bin stumm.

»Warum nur hat Gott solche Feiglinge wie dich erschaffen!« stößt sie voller Zorn und Ekel hervor.

Ich muß mich geschlagen geben. Das Kartenhaus meiner Lügen ist zusammengefallen. Zutiefst unglücklich beschwöre ich sie: »Zuchra, das ist doch alles ganz grundlos! Das ist doch nur ein verzweifeltes Herumtappen! Überleg es dir noch einmal, Zuchra! Laß uns zusammen weggehen!«

Sie hört mir überhaupt nicht zu, sondern fährt fort: »Was kann ich tun? Ich habe keinerlei Recht auf dich! Du elender Mistkerl! Scher dich doch zum Teufel!« Sie spuckt mir ins Gesicht.

Ich werde wütend. Obwohl ich auf verlorenem Posten stehe, werde ich wütend. Ich schreie sie an: »Zuchra!«

Wieder spuckt sie mir ins Gesicht.

Blind vor Zorn brülle ich: »Geh, oder ich bringe dich um!«

Sie stürzt sich auf mich und schlägt mir mit erstaunlicher Kraft ins Gesicht. Rasend vor Zorn springe ich auf und packe sie fest an der Hand, aber sie entzieht sie mir mit Gewalt und schlägt mich ein zweites Mal. Ich bin um meinen Verstand gebracht und falle prügelnd über sie her. Sie schlägt mit einer Kraft zurück, die mein Fassungsvermögen übersteigt. Da eilt plötzlich Madame zu uns, in tausend Sprachen zugleich radebrechend. Sie reißt sie von mir weg, und ich schreie sie in wahnsinnigem Zorn an: »Ich bin frei! Ich heirate, wen ich will! Alejja werde ich heiraten!«

Mansur Bahi kommt und bringt mich in sein Zimmer. Ich weiß nicht mehr, worüber wir gesprochen haben, aber ich erinnere mich, daß er mich mit einer seltsamen Unverschämtheit angegriffen hat und daß auch wir uns zu prügeln begannen. Das war für mich überraschend, sehr überraschend. Es wäre mir nie in den Sinn gekommen, daß auch er ein Verehrer von Zuchra ist. So aber wird mir der Grund für seine seltsame Abneigung mir gegenüber klar. Madame kommt zu uns. Sie hat beschlossen, mich fallenzulassen. Die alte Kupplerin! Sie sagt, die Pension kenne keine Ruhe mehr, seitdem ich hier bin. Ich habe sie in einen barbarischen Markt für Unflätigkeiten und Prügeleien verwandelt.

Mit rücksichtsloser Offenheit fordert sie mich auf: »Suchen Sie sich eine andere Wohnung!«

Nun gibt es nichts mehr, das mich veranlassen könnte zu bleiben. Aber ich beschließe, erst am nächsten Nachmittag auszuziehen, am letzten Tag der Woche, für die ich die Miete im voraus bezahlt habe. Es sind zuerst und zuletzt meine Starrköpfigkeit und mein Stolz, die mich dazu treiben.

Ich verlasse die Pension und irre lange unter einem wolkenbedeckten Himmel umher, lasse mich von pausenlosen kalten Windböen schütteln. Ein wenig Trost finde ich schließlich in den Auslagen der Läden, die vor Neujahrsgeschenken nur so glitzern. Müde schaue ich auf den guten alten Weihnachtsmann.

Dann gehe ich zum Pedro zu einer Verabredung mit dem Ingenieur Ali Bakir, die ich schon vorher getroffen hatte.

»Hast du die Geldanweisungen erledigt?« fragt er mich.

Da ich bejahe, sagt er: »Morgen in aller Frühe . . . Morgen in aller Frühe geht's los!«

Während ich am nächsten Morgen zur Gesellschaft gehe, spreche ich mir Mut zu: »Die erste Morgenfrühe ist vorbei. So ist das Spiel gelaufen!«

Ich bin unruhig, begierig auf Neuigkeiten. Ich telefoniere mit der Fabrik und verlange Ali Bakir. Man sagt mir, er mache seine Runde. So ist also der Plan gut und erfolgreich realisiert, und er erledigt jetzt gerade seinen alltäglichen Routinegang! Trotzdem bin ich unruhig und breche unter irgendeinem Vorwand vorzeitig auf. Als ich am Rundfunkgebäude vorbeigehe, sehe ich Mansur Bahi und ein hübsches Mädchen herauskommen. Wer sie wohl ist? Seine Verlobte? Seine Geliebte? Ist Zuchra wieder abgehalftert? An Zuchra denke ich voller Wehmut. Die Liebe zu ihr hat mich immer noch nicht ganz verlassen. Das war das einzige aufrichtige Gefühl in meinem von so vielen Begierden geplagten Herzen.

Ich mache mich auf, Alejja Mohammed zu besuchen, werde aber sehr lau, ja ausgesprochen unfreundlich aufgenommen. Ich will wie sonst einige Lügenmärchen auftischen, aber ihr Vater sagt ärgerlich: »Stellen Sie sich doch unsere Lage vor, als dieses Dienstmädchen uns zur Rede stellte!«

Die Mittagszeit kommt, aber ich werde nicht eingeladen. Ich verlasse die Wohnung ohne Hoffnung darauf, daß sich das zerbrochene Porzellan kitten läßt. Tatsache ist, daß ich mich auch nicht allzu sehr darum bemüht habe. Nur noch wenige Stunden trennen mich vom Reichtum. Und dann werde ich mit Sicherheit die geeignete Ehefrau finden, eine Frau, mit der ich Ehre einlegen kann!

Bei Panioti – oder besser bei Machmud Abul-Abbas – esse ich zu Mittag. Dann gehe ich zur Wohnung von Ali Bakir, treffe ihn aber nicht an. Brennend vor Begier auf Neuigkeiten begebe ich mich in die Pension. Ich packe meinen Koffer und bringe ihn ins Entrée. Dann rufe ich Ali Bakir an und bin ungeheuer erleichtert, als ich ihn »Hallo!« sagen höre.

»Hier ist Sarhan! Guten Tag! Wie steht's?«

»Alles in Ordnung! Nur den Fahrer habe ich noch nicht getroffen!«

»Wann werden wir endgültig erfahren, wie die Dinge stehen?«

»Komm heute abend um acht Uhr ins Casino Pelikan!«

»Gut, also heute abend um acht Uhr. Ich erwarte dich im Pelikan!« entgegne ich ungeduldig. »Auf Wiedersehen!«

»Auf Wiedersehen!«

Von der Pension Miramar siedle ich in die Pension Eva über. Ich schlendere von einem Café zum anderen, trinke hier ein Glas und dort, gebe planlos mein Geld aus. Mit Alkohol betäube ich meine Unruhe. In ihm suche ich meine sterbende Liebe zu ertränken. Meinen Angehörigen verheiße ich in Gedanken einen Wohlstand, von dem sie seit dem Tod meines Vaters nicht mehr träumen konnten. Kurz vor der verabredeten Zeit begebe ich mich ins Casino Pelikan. Am Eingang treffe ich Tolba Marzuq, der mir äußerst ungelegen kommt. Aber ich schüttle ihm die Hand und gebe mich freudig überrascht.

»Was führt Sie denn hierher?« fragt er mich.

»Eine wichtige Verabredung!«

»Bitte, ich möchte Ihnen nichts schuldig bleiben. Wir wollen uns zusammensetzen, bis Ihr Freund kommt!«

Wir setzen uns in den Wintergarten, und er fragt mich mit seiner hohlen Stimme: »Cognac?« Ich bin zwar schon betrunken, habe aber Lust auf noch mehr Alkohol. Wir trinken, reden und lachen miteinander.

Dann fragt er mich: »Glauben Sie, daß man mich nach Kuwait zu meiner Tochter fahren läßt?«

»Ich glaube schon. Wollen Sie von vorn beginnen?«

»Nein, aber mein Schwiegersohn – er ist auch mein Neffe – hat dort große Reichtümer gemacht.«

»Wollen Sie vielleicht auswandern?«

In seine Augen tritt ein vorsichtiger Blick, als er entgegnet: »Aber nein, ich will nur meine Tochter besuchen!«

Ich neige mich zu ihm hinüber und frage: »Wollen Sie einen echten Trost?«

»Und der wäre?«

»Es gibt Leute, die die Revolution satt haben. Aber welches System könnte denn an ihre Stelle treten? So intensiv Sie auch darüber nachdenken: Es gibt als Alternative nur die Kommunisten oder die Muslimbrüder. Wen von beiden hätten sie lieber anstelle der Revolution?«

»Weder die einen noch die anderen«, beeilt er sich zu sagen.

Ich lächle voller Vertrauen und Siegesbewußtsein: »Sehen Sie, das war mir von vornherein klar! Lassen Sie sich das zum Trost gereichen!«

Es wird acht Uhr, aber Ali Bakir kommt nicht. Ich warte eine weitere qualvolle halbe Stunde. Dann gehe ich zum Telefon, wähle seine Privatnummer, jedoch niemand meldet sich. Vielleicht ist er auf dem Weg hierher, aber was hat ihn davon abgehalten, früher zu kommen? Kann er sich denn nicht vorstellen, wie sehr mich diese Verspätung auf die Folter spannt? Tolba Marzuq blickt auf die Uhr und sagt dann: »Ich muß mich verabschieden!« Dann schüttelt er mir die Hand und geht. Ich trinke weiter. Endlich kommt der Kellner, um mir zu sagen, daß mich jemand am Telefon verlangt. Ich springe auf, laufe zum Apparat, nehme den Hörer und merke, daß mein Herz wie rasend schlägt.

»Hallo! Ali? Warum bist du nicht gekommen?«

»Sarhan, hör zu! Die Sache ist aufgeflogen!«

Seine Worte dringen in mein vom Alkohol umnebeltes Hirn, und mir ist, als ob sich Himmel und Erde um mich drehen. »Was sagst du da?«

»Es ist aus mit uns!«

»Aber wieso? Sag schnell, was ist passiert?!«

»Was hat denn das jetzt noch für einen Sinn?! Der Fahrer wollte allein absahnen, und das ging schief! Er wird uns ans Messer liefern, wenn er es nicht bereits getan hat.«

Mir wird vor Angst der Mund trocken: »Was machen wir jetzt? Was tust du gerade?«

»Es ist aus mit uns! Ich tue, was mir der Teufel diktiert.« Er hängt auf.

Ich zittere. Meine Füße tragen mich kaum noch. Einen Augenblick lang denke ich daran wegzulaufen, aber ich kehre, beobachtet vom Kellner, an den Tisch zurück. Ich trinke mein Glas aus, bezahle die Rechnung. Verzweiflung kriecht mit bestürzender Schnelligkeit in mir hoch. Und eine höllische Angst. Ich gehe schnurstracks zur Bar, verlange vom Barkeeper eine Flasche Cognac und fange an, gedankenlos zu trinken, während er mir besorgt zuschaut. Ich gieße mir ein, trinke aus, gieße mir wieder ein, ohne ein Wort, ohne einen Seitenblick, ohne Unterbrechung.

Dann schaue ich zu ihm auf und sage: »Ein Rasiermesser bitte!«

Er lächelt, ohne sich zu bewegen. Ich wiederhole: »Ein Rasiermesser bitte!«

Er zaudert kurz. Als er die Entschlossenheit in meinem Gesicht sieht, ruft er den Kellner und fragt ihn nach dem Messer. Der bringt ein gebrauchtes Rasiermesser ohne Hülle. Ich nehme es ihm dankend ab und deponiere es in meiner Tasche. Mit einiger Mühe erhebe ich mich von der Bar und gehe zur Außentür, schwankend, verzweifelt, eilig. Ich überquere die Straße und wäre am liebsten gerannt, ganz schnell gerannt.

Ich bin verzweifelt, völlig verzweifelt.

V. Amir Wagdi

All das, was sich in der Pension in der letzten Zeit ereignet hat, vergällt mir das Leben. Ich habe hier Zuflucht gesucht, um die Ruhe zu genießen, die ich in meinen alten Tagen brauche, auch um mich mit angenehmen Erinnerungen über die bittere Enttäuschung hinwegzutrösten, die ich am Ende meines Arbeitslebens erfahren mußte. Es wäre mir nie in den Sinn gekommen, daß sich die Pension Miramar in eine Bühne für brutale Schlägereien verwandeln könnte, die schließlich mit einem Mord enden.

Aber heute spüre ich wieder etwas Unternehmungslust, verlasse das Zimmer und setze mich zu Mariana und Tolba Marzuq zu unserem gewohnten Beisammensein im Entrée. Ich würde Zuchra gern bei uns sehen, aber Mariana ist dermaßen erregt und Tolba schaut so finster drein, daß ich davon Abstand nehme, sie zu uns zu bitten. Diese Atmosphäre würde ihren Kummer nur steigern, sie braucht jetzt vor allem Schonung.

Ich erfahre, daß Husni Allam die Pension fast auf die Minute zu seiner üblichen Zeit verlassen hat. Er war eine Weile lang sehr erregt über die Nachricht von der Bluttat, dann machte er sich auf den Weg wie immer. Mansur Bahi hat gegen seine sonstige Gewohnheit sehr lange geschlafen.

Mariana seufzt: »Da haben wir nun den letzten Tag des Jahres. Und der hat ihm das schrecklichste Ende beschert, das man sich vorstellen kann! Was uns das neue Jahr wohl bringen wird?«

Tolba Marzuq fragt nervös und verdrossen: »Welcher Ärger wird uns hier bevorstehen?«

»Solange wir unschuldig sind ...«, murmle ich.

»Sie können sich immer auf Ihr hohes Alter berufen«, unterbricht er mich scharf. »Sie ficht nichts mehr an!«

Da hören wir, wie sich Mansurs Tür öffnet. Er geht ins Bad. Nach einer halben Stunde kehrt er in sein Zimmer zurück.

Kurz darauf erscheint er hinter dem Wandschirm, schon in Anzug und Mantel, sehr bleich, mit düsterem Blick und versteinerten Gesichtszügen. Madame weist ihn darauf hin, daß sein Frühstück bereitsteht, aber er lehnt es mit einem Kopfschütteln ab und sagt weiter nichts. Sein Anblick beunruhigt uns. Natürlich ist Madame die erste, die nach einer Erklärung für sein Aussehen forscht.

»Setzen Sie sich doch zu uns, Monsieur Mansur! Fühlen Sie sich wohl?«

»Mir geht es hervorragend«, sagt er, ohne Platz zu nehmen, »ich habe nur länger geschlafen als gewöhnlich, das ist alles!«

Sie weist auf die Zeitung, die aufgeschlagen auf dem Sofa liegt, und fragt ihn: »Haben Sie das Neueste schon gehört?«

Er zeigt keinerlei Interesse, sie fährt fort: »Sarhan al-Buheri ... Man hat ihn tot auf dem Weg zum Palma gefunden!«

Er schaut sie lange an, ist gar nicht erstaunt, nicht aufgestört. Aber er schaut ihr weiter in die Augen, als habe er ihre Worte gar nicht gehört oder sie nicht richtig verstanden, oder aber als litte er unter einer Krankheit, die ernster ist, als wir vermuten. Mariana fordert ihn auf, sich die Zeitung anzusehen. Er wirft einen ruhigen, bedächtigen Blick auf die Meldung, während wir ihn mustern. Dann hebt er den Kopf und sagt: »Ja..., er wurde tot aufgefunden!«

Mitleidig fordere ich ihn auf: »Sie sind überanstrengt. Setzen Sie sich doch!«

Kühl oder vielleicht auch nur gleichgültig wehrt er ab: »Mir geht es wirklich gut!«

»Wie Sie sehen, sind wir höchst beunruhigt«, erklärt Mariana.

»Aber warum denn?« fragt er und läßt den Blick von einem Gesicht zum anderen schweifen.

»Wir erwarten, daß die Polizei hierherkommt und uns unsere Ruhe nimmt.«

»Sie wird bestimmt nicht kommen!«

»Aber die Polizei ist, wie Sie wissen...«, will Tolba Marzuq sagen.

»Ich bin der Mörder von Sarhan al-Buheri!« unterbricht er ihn ruhig.

Er geht zur Tür, bevor wir überhaupt begriffen haben, was er gesagt hat, öffnet sie, schaut uns an und erklärt: »Ich gehe selbst zur Polizei!« Dann schließt er die Tür hinter sich.

Wir schauen uns betroffen an, eine ganze Weile schauen wir uns schweigend und bestürzt an.

»Er hat den Verstand verloren«, ruft Mariana dann ängstlich.

»Nein, er ist krank«, widerspreche ich.

»Vielleicht ist er aber wirklich der Mörder«, vermutet Tolba Marzuq.

»Aber doch nicht dieser zurückhaltende, höfliche junge Mann«, protestiert Mariana.

»Kein Zweifel, er ist krank«, wiederhole ich mitleidig.

»Warum sollte er ihn denn ermordet haben?« fragt Mariana.

»Und warum sollte er freiwillig gestehen, daß er der Mörder ist?« stellt Tolba Marzuq die Gegenfrage.

»Ich sehe immer noch sein Gesicht vor mir«, sagt Mariana, »irgend etwas hat ihn aus dem Gleichgewicht gebracht.«

»Er hat jedenfalls noch zu allerletzt hier eine Auseinandersetzung mit ihm gehabt«, bekräftigt Tolba Marzuq seine Meinung.

»Aber hier hatte jeder mit ihm Streit«, wende ich ein.

Er weist auf das Zimmer von Zuchra und sagt: »Dort liegt die Ursache!«

»Er war aber doch der einzige, der ihr keine besondere Aufmerksamkeit geschenkt hat«, protestiere ich.

»Das heißt doch nicht, daß er sie nicht geliebt hat oder daß er nicht den Wunsch verspürt hätte, an einem Nebenbuhler Rache zu nehmen.«

»Mein Herr, Sarhan al-Buheri hatte sie verlassen!«

»Aber er hatte ihr Herz in Besitz genommen, wie er ihr ihre Ehre geraubt hat!«

»Pst, verleumden Sie die Leute nicht, solange Sie nichts Genaues wissen!«

»Ob er wirklich zur Polizei gegangen ist?« fragt Mariana.

Wir reden erhitzt weiter, bis zur Erschöpfung.

Schließlich gebiete ich Einhalt: »Wir wollen aufhören! Es reicht jetzt! Warten wir darauf, was uns das Schicksal beschert!«

Und die Taten der Ungläubigen sind
Wie Finsternisse in tiefstem Meeresgrund,
Bedeckt von einer Woge,
Über der eine Woge,
Über der Wolken von Dunkelheiten,
Eine über der anderen.
Wenn er seine Hand hervorholt aus ihnen,
Sieht er sie kaum vor Finsternis.
Wem Gott kein Licht gesetzt,
Der besitzt kein Licht.
Sahst du nicht, daß Gott alles preist,
Was im Himmel und auf Erden?
Auch die Vögel, dort im Fluge oben,
Jeder kennt sein Gebet und weiß ihn zu loben.
Und Gott weiß sehr wohl, was sie tun!
Gott ist der König des Himmels und der Erden
Und zu Gott ist unser Werden!

Meine Augen ermüden schnell beim Lesen. Ich verlasse das Zimmer und gehe in die Diele, als die Uhr gerade vier schlägt. Mariana finde ich in eine Lektüre vertieft. Sie ruft mir zu: »Das ist meine erste Silvesternacht, die verläuft wie ein Leichenbegängnis!«

»Redet doch um Gottes willen nicht schon wieder von Kummer und Sorgen!« fordert Tolba Marzuq energisch.

Ärgerlich gibt Madame zurück: »Die Pension ist von einem Fluch betroffen, darüber bin ich mir nun im klaren. Und Zuchra muß gehen! Soll sie sich irgendwo anders eine Stelle suchen!«

Ihr Zorn schneidet mir ins Herz, und ich versuche zu begütigen: »Mariana, sie ist unschuldig an all dem. Sie ist vom Pech verfolgt und hat bei Ihnen Zuflucht gesucht.«

»Allmählich betrachte ich sie als ein unglückliches Omen!«

Tolba Marzuq schnipst mit den Fingern, als sei ihm ein neuer Gedanke gekommen: »Was hindert uns denn eigentlich daran, die Silvesternacht richtig zu feiern?«

»Was hindert uns denn eigentlich . . .!« wiederhole ich bestürzt. »Das ist doch wirklich der Gipfel!«

Er ignoriert meinen Einwurf und sagt zu Mariana: »Machen Sie sich fertig, meine Liebe! Wir werden den Abend gemeinsam verbringen, wie wir es beschlossen hatten!«

»Ach, meine Nerven, meine Nerven, Monsieur Tolba!« klagt sie.

»Eben deswegen lade ich Sie ja ein, diese Nacht zu feiern!«

Die Atmosphäre ist plötzlich verändert. Jedenfalls für die beiden. Ganz ernsthaft besprechen sie Tolbas Vorschlag. Da kommt Husni Allam von draußen und verkündet seinen Entschluß, er wolle aus der Pension ausziehen. Madame erzählt ihm die seltsame Geschichte von Mansur Bahi. Er hört sie mit großer Bestürzung und redet eine Weile darüber. Schließlich zuckt er die breiten Schultern, als wolle er die Geschichte von sich abschütteln. Er packt seine Sachen zusammen, verabschiedet sich von uns und geht.

Nachdem er uns verlassen hat, stellt Madame traurig fest: »Nun sind wir wieder allein wie zuvor!«

»Danken wir Gott dafür!« äußert Tolba seine Freude.

Beide sind plötzlich von einer emsigen Geschäftigkeit, die ihre Unruhe und ihren Kummer vertrieben hat.

Madame hat sich zurechtgemacht wie in vergangenen Zeiten. Sie trägt ein braunes Abendkleid, das ihre zarte weiße Haut zur Geltung bringt, und darüber einen schwarzen Mantel mit Naturpelzkragen, goldfarbene Schuhe an den Füßen, hat Brillantohrringe und ein Perlenkollier angelegt. Sie ist wieder eine attraktive Schönheit aus der Oberschicht und hat die Spuren des Alterns unter einer Maske aus Schminke verborgen. Wir mustern uns eine Weile, während sie, sichtlich, um sich zur Schau zu stellen, an der Wohnungstür stehengeblieben ist.

Sie lacht fröhlich wie ein Backfisch und sagt im Hinausgehen zu Tolba: »Ich erwarte Sie dann beim Friseur!«

Ich bin allein, habe keinen anderen Gefährten als den wild heulenden Sturm. Ich rufe nach Zuchra und muß dreimal rufen, bis sie hinter dem Wandschirm erscheint. Sie steht da, traurig, niedergeschlagen, gebrochen, wirkt, als sei sie kleiner geworden und als habe ihr Rücken sich gekrümmt.

Ich weise auf das Kanapee, sie geht schweigend hinüber und setzt sich unter das Bild der Jungfrau. Mit über der Brust verschränkten Armen blickt sie zu Boden. Mir schnürt sich vor Mitleid und Zärtlichkeit das Herz zusammen, und ich spüre, wie mir Tränen in die Augen treten, die heute nicht mehr zu einem erlösenden Weinen werden können.

»Warum ziehst du dich auf dich selbst zurück, als hättest du keinen Freund?« schelte ich sie sanft. »Hör mir zu! Ich bin, wie du siehst, ein sehr alter Mann oder richtiger ein Greis. Drei- oder viermal in meinem Leben habe ich Schicksalsschläge erlebt, die mich so weit brachten, daß ich mir am liebsten das Leben genommen hätte. Jedesmal rief ich aus wundem Herzen: ›Nun ist alles zu Ende!‹ Und jetzt siehst du mich in einem Alter, das nur sehr wenige erreichen. An die Anfälle tiefer Verzweiflung in meinem Leben habe ich heute nur noch sehr verschwommene

Erinnerungen, Erinnerungen ohne jeden bitteren Beigeschmack, bedeutungslos für mich, als seien sie die eines anderen.«

Sie hört mir lustlos, aber auch nicht ganz desinteressiert zu.

»Lassen wir unsere Traurigkeiten, Zuchra, die Zeit heilt alle Wunden! Du mußt jetzt an deine Zukunft denken. Tatsache ist, daß die Dame dich hier nicht mehr haben will...«

»Das kümmert mich nicht!« unterbricht sie mich heftig.

»Und was hast du vor?«

»Dasselbe wie vorher«, entgegnet sie und schaut immer noch zu Boden, »bis ich erreicht habe, was ich will.«

Aus ihren Worten spricht eine Entschlußkraft, die mir meinen Mut zurückgibt. »Gut!« sage ich, »gut, daß du weiterlernen und dich auf einen Beruf vorbereiten willst! Aber wie gedenkst du deinen Lebensunterhalt zu sichern?«

Mit ebensoviel Zuversicht wie Trotz entgegnet sie: »Ich treffe jetzt auf Schritt und Tritt jemanden, der mir eine Arbeitsstelle anbietet.«

Sanft versuche ich sie zu überreden: »Und das Dorf... Willst du nicht dahin zurückkehren?«

»Nein! Sie denken dort schlecht von mir!«

Fast bittend frage ich: »Und Machmud Abul-Abbas? Er hat sicher seine Fehler. Aber du bist doch stark, kannst ihn dir zurechtbiegen und zum Besseren führen!«

»Er denkt genauso schlecht von mir wie meine Angehörigen!«

Ich seufze traurig und ergeben: »Ich möchte mich nur ruhig fühlen können deinetwegen, Zuchra. Ich mag dich, und ich glaube, das beruht auf Gegenseitigkeit. Und im

Namen Gottes bitte ich dich, daß du zu mir kommst, wenn du in irgendwelchen Schwierigkeiten bist!«

Da sie mich dankbar und liebevoll ansieht, fahre ich fort: »So bitter auch die Erfahrung war, die du gerade hinter dir hast, sie ändert nichts an der Natur der Dinge. Dein Ziel wird es immer noch bleiben, einen anständigen jungen Mann zu finden, den du heiraten kannst.«

Sie senkt den Kopf und seufzt.

»Du wirst den jungen Mann, der deiner würdig ist, mit Sicherheit treffen. Es gibt ihn irgendwo, und vielleicht hält er schon nach dem geeigneten Moment Ausschau!«

Sie sagt leise etwas vor sich hin, was ich nicht verstehe, aber mein Herz versichert mir, daß es gute Worte sind.

»Die Welt ist immer noch schön«, fahre ich fort, »und sie wird es bleiben!«

Wir sitzen noch eine Weile beieinander, einmal schweigend, dann wieder miteinander redend. Aber nach geraumer Zeit entschuldigt sie sich und geht in ihr Zimmer.

Ich bleibe lange Zeit allein, bis ich – ich bin eingeschlafen, ohne es zu merken – vom Geräusch der aufgehenden Tür aufwache.

Mariana und Tolba Marzuq kommen angetrunken und singend herein.

Der Mann ruft mir zu: »Was, Sie sitzen immer noch hier, Alter?«

Ich gähne überrascht und frage, wie spät es ist.

Mariana antwortet mit alkoholschwerer Zunge: »Es ist zwei Stunden nach Mitternacht!«

Da küßt der Mann sie und will sie in sein Zimmer schieben. Sie fügt sich ihm nach kaum nennenswertem Widerstand. Dann schließt sich die Tür hinter ihnen. Ich schaue ihnen nach und habe das Gefühl zu träumen.

Wir sitzen am Frühstückstisch allein zusammen. Mariana ist noch nicht erschienen, während Zuchra gegangen ist, nachdem sie den Tisch gedeckt hat.

Ich sehe ihn an und finde, daß er mitgenommen, ja krank aussieht.

Scherzend rufe ich ihm zu: »Einen gesegneten Hochzeitsmorgen!«

Zunächst ignoriert er mich, dann murmelt er: »Sie müssen es gewesen sein, der mich verhext hat!«

Als ich ihn neugierig anschaue, muß er lachen und bekennt: »Es war ein Fiasko, blamabel und lächerlich gleichermaßen!«

»Wovon reden Sie?« frage ich, mich dumm stellend.

»Sie wissen genau, wovon ich rede, Sie Schlaumeier!«

»Von Mariana?«

Noch einmal muß er lachen, dann berichtet er: »Wir versuchten das Unmögliche, taten alles, was man sich nur vorstellen kann, aber ohne Erfolg. Als sie sich ausgezogen hatte, sah sie aus wie eine zerschmelzende Figur aus einem Wachsfigurenkabinett. Und ich war entsetzt.«

»Sie sind verrückt!«

»Dann bekam sie eine Nierenkolik. Stellen Sie sich das vor! Sie fing an zu weinen und beschuldigte mich, ich sei herzlos zu ihr.«

Nach dem Frühstück kommt er mit mir auf mein Zimmer, setzt sich auf einen Stuhl unmittelbar vor mich hin und erklärt: »Mir schwebt vor, demnächst nach Kuwait zu fliegen. Der Verstorbene erteilte mir ein Fetwa darüber!«

»Der Verstorbene?«

»Sarhan al-Buheri!« Er lacht kurz auf und sagt dann ohne den geringsten äußeren Bezug zum Vorhergehenden: »Er wollte mich mit einer seltsamen Logik von der Revolution überzeugen!«

Da ich ihn fragend anschaue, fährt er fort: »Er versicherte mir, es gebe keinen Ersatz für die Revolution als entweder die Kommunisten oder die Muslimbrüder! Und glaubte, mich damit in die Enge getrieben zu haben.«

»Aber das ist vollkommen richtig«, bekräftige ich überzeugt.

Er lacht spöttisch und meint: »Nein, es gibt noch eine dritte Lösung!«

»Und die wäre?«

»Amerika!«

Zornig protestiere ich: »Amerika soll uns regieren!«

»Warum nicht?« entgegnet er mit verträumter Ruhe. »Über die liberale Rechte!«

Verärgert über seine Utopien, fordere ich ihn auf: »Gehen Sie lieber nach Kuwait, bevor Sie den Verstand verlieren!«

Die Zeitungen liefern uns jetzt Nachrichten über das Verbrechen. Seltsame und widersprüchliche Nachrichten. Mansur Bahi hat zwar den Mord gestanden, aber er hat niemanden von seinem Motiv überzeugen können. Er hat gesagt, er habe Sarhan al-Buheri getötet, weil der – seiner Meinung nach – es verdiente, getötet zu werden. Und warum er es verdiente? Aufgrund niederträchtiger Eigenschaften und Verhaltensweisen, die jedoch nicht auf ihn beschränkt seien. Und warum er gerade ihn ausgewählt habe? Rein zufällig. Er hätte auch genausogut jemanden anders wählen können. So gab er zur Antwort. Wer hat sich davon schon überzeugen lassen! Hat der junge Mann den Verstand verloren? Oder gibt er vor, den Verstand verloren zu haben?

Der gerichtsmedizinische Bericht hat festgestellt, daß der Tod durch das Öffnen der Schlagader des linken Arms mit einem Rasiermesser eingetreten sei, nicht durch Fußtritte, wie der vorgebliche Mörder gestanden hat. So ist es wahrscheinlich, daß der Tod durch Selbstmord erfolgt ist, nicht durch einen Mord.

Schließlich wird auch die Beziehung des Toten zu einem großangelegten Versuch, Garn zu schmuggeln, aufgedeckt. Das bestätigt den Selbstmordverdacht.

Wir fragen uns, welche Strafe Mansur Bahi wohl verdient. Ja, es kann wirklich nur eine leichte Strafe sein. Er wird sein Leben weiterleben können. Aber wie muß ihm ums Herz sein? Was wird er denken?

Traurig sage ich: »Er ist ein hervorragender junger Mann. Aber er leidet an einer uns unbekannten Krankheit. Er muß sich von ihr kurieren lassen!«

Da steht Zuchra vor mir, wie ich sie bei der ersten Begegnung gesehen habe, aber viel trauriger. Die letzten Tage haben mehr zu ihrer Reifung beigetragen als all die Jahre vorher. Ich nehme ihr die Tasse aus der Hand und verberge meine Beklommenheit hinter einem Lächeln.

»Ich gehe morgen früh«, sagt sie, als sei das ganz natürlich.

Ich hatte versucht, Mariana dazu zu bewegen, ihre Meinung zu ändern, aber sie blieb hartnäckig. Andererseits hatte mir Zuchra gesagt, daß sie selbst dann nicht geblieben wäre, wenn Madame ihre Ansicht geändert hätte.

Wieder bekräftigt sie zuversichtlich: »Ich werde es besser haben, als ich es hier hatte!«

»Gott sei Dank!« entgegne ich herzlich.

Sie lächelt sanft und verspricht mir: »Ich werde Sie nie vergessen!«

Ich bedeute ihr, sie möge näher zu mir kommen, küsse sie dankbar auf die Wange und sage: »Ich danke dir, Zuchra!«

Dann flüstere ich ihr zu: »Du kannst sicher sein, daß deine Zeit hier nicht verloren war. Denn wer erkennt, wer nicht für ihn taugt, weiß wie durch ein Wunder, was für ihn richtig und wünschenswert ist!«

Wie immer, wenn ich erregt bin, flüchte ich mich zur Sure »Der Allerbarmer« und lese:

Der Allerbarmer lehrte dich
Den Koran zum Vortrage.
Den Menschen erschuf er
Und lehrte ihn die klare Sprache.
Sonne und Mond hieß er halten die Bahn.
Sterne und Bäume beten ihn an.
Er hob den Himmel und setzt ein die Waage,
Daß Ihr recht haltet das Gewicht
und nicht verkürzt die Waage!
Die Erde setzt er um des Menschen willen,
Fruchtbäume drauf und Palmen mit Fruchthüllen
Und Korn auf Halmen und duftende Basilien.
Ihr Menschen und Ihr Genien!
Welche Gnade Eures Herrn wollt Ihr verkennen?

Worterklärungen

Abaya: Mantelartiger Überwurf aus Wolle.
Abuqir: Badeort nordöstlich von Alexandria.
Abul-Abbas al-Mursi: (gest. 13. Jh.), Lokalheiliger von Alexandria, gilt als Patron der Fischer und Seeleute.
Achmed Schafiq: (1860–1940) schrieb mit seinen Memoiren 1934/6 eine Geschichte der Wafd-Partei.
Ala Kefak: Restaurant in Alexandria.
Alf Laila wa-Laila: »Tausendundeine Nacht«, Restaurant in Kairo bis in die fünfziger Jahre.
Ali Machmud: (1902–1949), zu seiner Zeit berühmter Koranrezitator.
Anfuschi: Bucht im Westen Alexandrias mit Badestrand und Fischereihafen.
Antoniadis-Garten: Park im Süden von Alexandria, früher Landsitz eines reichen Griechen.
ASU: Arabische Sozialistische Union, Einheitspartei während der Nasserzeit. Mitglieder der Grundeinheiten wählten für je zwei Jahre das Komitee der Zwanzig, das sich zweimal monatlich traf. Die ASU wurde 1978 von Präsident Sadat durch politische Parteien ersetzt.
Atheneus: griechisches Restaurant in Alexandria.
al-Azhar: 988 in Kairo gegründete islamische Hochschule, bis heute bedeutend.
Bargawan: Straße in Altkairo, nahe al-Gamalijja.
Basturma: Rinderschinken.
Befreiungsorganisation: Nach der Auflösung der ägyptischen Parteien am 17. 1. 1953 gegründete politische Organisation, die dem neuen Regime die Unterstützung des Volks sichern sollte.
Buhera: Provinz im Delta, bekannt für ihre Landwirtschaftsprodukte, besonders Zwiebeln.
Bey: Aus der Türkenzeit stammender Ehrentitel.
Camp de César: Stadtteil im Osten Alexandrias.
Cecil-Hotel: Hotel im Kolonialstil an der Corniche.

Cleopatra: Stadtteil im Osten Alexandrias.

Danaf: Anspielung auf den Gerichtsprozeß gegen Ibrahim al-Gharbi, einen nubischen Transvestiten, der die Kairoer Bordellszene in den zwanziger Jahren kontrollierte und großen sozialen und politischen Einfluß besaß.

Darb al-Achmar: Straße in Altkairo, vom Bab al-Wezir zum Bab Zuwela.

Dimirdaschijja: Mystische Bruderschaft in Kairo.

Efendi: In der ersten Hälfte dieses Jahrhunderts Anrede für Personen, die nicht so hochrangig waren, daß sie mit Bey oder Pascha tituliert wurden.

Ereignisse vom 4. Februar: Am 4. 2. 1942 zwang Großbritannien Ägypten durch einen Staatsstreich eine als probritisch geltende Wafd-Regierung auf, die das Parlament von 1938 auflöste, bis Oktober 1944 regierte und das Ansehen der Wafd-Partei im Lande diskreditierte.

Ereignisse von 1925: Bei den Wahlen im März 1925 nach der Auflösung des Parlaments durch königliches Dekret im Dezember 1924 gewann die Wafd-Partei. Doch löste der Premierminister Achmed Ziwar Pascha das Parlament auf.

Feddan: Flächenmaß, 0.42 ha.

Fetwa: Gutachten des religiösen Rechts, hier ironisch gebraucht.

Fort Qajitbey: Festung vom Ende des 15. Jh. an der Nordspitze des Hafens von Alexandria.

Genevoise: Fiktives Restaurant und Nachtlokal.

Gilbab: Weites, hemdartiges Obergewand.

Groppi: Laden- und Restaurantkette in Kairo mit vorwiegend europäischen Nahrungs- und Genußmitteln.

Ibrahimijja: Badestrand im Westen Alexandrias.

Imam Mohammed Abduh: (1849–1905), religiös-politischer Reformer, der das Land gegenüber der britischen Einflußnahme stärken wollte.

Inschaallah: »Wenn Gott will.«

Juli-Gesetze: Nationalisierungsgesetze vom Juli 1961, denen zufolge die ägyptische Regierung alle Banken und Versicherungen, den Import-, fast den gesamten Export-Handel, über 300 Industriebetriebe übernahm und eine Einkommenshöchstgrenze festlegte.

Juli-Revolution: Unblutiger Staatsstreich vom 23. 7. 1952, der das Königshaus absetzte.

Kalif Omar: Der zweite der vier »rechtgeleiteten Kalifen«, die bis heute als ideale Herrscher gelten, regierte 634–644.

Karmuz: Stadtviertel im Süden Alexandrias.
Khan Gaafar: Straße in al-Gamalijja in Altkairo.
Khan al-Khalili: Bedeutendster Markt traditionellen Stils im Zentrum von Kairo.
Khawaga: Bezeichnung für die Europäer in Ägypten.
Khawagijja: Femininform zu Khawaga.
Komitee der Zwanzig: Vgl. ASU.
Kufijja: Tuch, das arabische Männer um Kopf und Schultern schlagen.
Lipton-Garten: Gartenrestaurant in Kairo bis in die fünfziger Jahre.
Machmudijja-Kanal: Kanal im Süden Alexandrias, 1819–23 zur Trinkwasserversorgung der Stadt angelegt.
Mazarita: Stadtteil im Osten Alexandrias.
Maulaja: Anrede an einen islamischen religiösen Würdenträger.
Maulid: Volkstümliches Fest zur Feier des Geburtstags des Propheten.
Mausoleum von Sidi Abu s-Su'ud: In Fustat, im Süden Kairos, gelegen.
Milaja: Schwarzer Umhang der ägyptischen Frauen.
Miramar: Fiktive Pension in Mazarita in Alexandria.
Mohammed-Ali-Straße: Im 19. Jahrhundert angelegte große Straße in Kairo, vom Platz al-Ataba al-Khadra zum Fuß der Zitadelle. War bekannt für ihre Amüsierlokale. Heute Scharia al-Qal'a.
Mohammed Nagib al-Gharabli: Prominentes Mitglied der Wafd-Partei zwischen 1924 und 1952.
Moharram-Bey-Viertel: Im Süden Alexandrias.
Naima: Vgl. Danaf.
National-Charta: Am 30. 6. 1962 vom ägyptischen Kongreß bestätigte Charta Präsident Nassers, die die Prinzipien des Islams, des arabischen Nationalismus und des Sozialismus postulierte.
Nationale Partei: 1907 gegründete Partei, die eine türkisch-ägyptische Allianz gegen die Briten, auch panislamische Ideen vertrat. Ihre Rolle im ägyptischen Parlament bis 1952 war im Vergleich zum Wafd unbedeutend.
Nationale Union: Im Mai 1957 anstelle der »Befreiungsorganisation« geschaffenes Organ zur Aufstellung von Kandidaten für die Nationalversammlung.
Palma: Gartenrestaurant am Machmudijja-Kanal im Süden Alexandrias.
Pascha: Aus der Türkenzeit stammender Ehrentitel, hier, in den Reflexionen Amir Wagdis, fiktive Gestalt mit Zügen von Saad Zaghlul.

Pastroudis: Griechisches Geschäft für Kuchen und Süßwaren in Alexandria.

Revolution von 1919: Breite antibritische Erhebung, nachdem die Engländer Demonstrationen in Kairo und anderen großen Städten unterdrückt, Saad Zaghlul als Führer der Nationalbewegung inhaftiert und exiliert hatten.

Rif: Das flache Land (im Gegensatz zur Stadt).

Saad Zaghlul: (1857–1927) Organisator der Wafd-Partei, als deren Führer mehrfach Ministerpräsident.

Sajjid Darwisch: (1893–1923), berühmter Sänger arabischer Musik in Ägypten.

Sault's: Restaurant in Kairo bis in die fünfziger Jahre.

Schatbi: Strand im Osten Alexandrias.

Scheich Gawisch: Herausgeber der Zeitung der Nationalen Partei vor 1914, fanatischer Muslim.

Sidi Gaber: Stadtviertel im Osten Alexandrias.

Sijuf: Stadtviertel im Osten Alexandrias.

Silsila: Landzunge am Osteingang des Osthafens von Alexandria.

Tarbusch: Rote Filzkappe mit schwarzer Quaste (auch Fez).

Trianon: Elegantes Caféhaus im europäischen Stil nahe dem Cecil-Hotel in Alexandria.

Tscherkessen: Türkische Tscherkessen bildeten seit der Osmanenzeit die Oberschicht, kontrollierten Armee und Regierung.

Umm Kulthum: (1899–1975), berühmte ägyptische Sängerin arabischer Musik.

Ustas: »Meister«, »Professor«, Anrede für Künstler und Intellektuelle.

Ustasa: Femininform zu Ustas.

Volks-Partei: Im März 1907 als erste moderne politische Gruppierung Ägyptens gegründete Partei der säkularisierten, in Europa ausgebildeten Oberschicht, vertrat Ideen des britischen Liberalismus und Utilitarismus.

Wafd-Partei: Partei, die zwischen dem Ende des Ersten Weltkriegs und dem Sturz der Monarchie 1952 das politische Leben in Ägypten stark bestimmte. Vertrat zunächst die Interessen der progressiven Mittelschichten gegen die Briten, später die der Großbourgeoisie und Großgrundbesitzer.

Windsor-Hotel: Hotel im Kolonial-Stil an der Corniche, unweit des Cecil-Hotels in Alexandria.

Zakarija Achmed: (1890–1961), bekannter ägyptischer Komponist.

Die zitierten Koranverse sind folgende:

Seite 24 Sure 55 (»Der Allerbarmer«), Verse 1–8
Seite 24 Sure 55 (»Der Allerbarmer«), Verse 25, 26
Seite 25 Sure 55 (»Der Allerbarmer«), Vers 33
Seite 54 Sure 28 (»Die Erzählung«), Verse 1–6
Seite 70 Sure 55 (»Der Allerbarmer«), Verse 25–27
Seite 225 Sure 24 (»Das Licht«), Verse 40–42
Seite 233 Sure 55 (»Der Allerbarmer«), Verse 1–13

Die Übertragung folgt im wesentlichen der von Friedrich Rückert, bis auf die Verse der 24. Sure, die bei Rückert fehlen.

Aussprachebezeichnung

gh: am hinteren Gaumen gesprochenes abgeschliffenes g, dem Zäpfchen-r ähnlich
kh: wie ch im deutschen »Bach«
q: am hinteren Gaumen gesprochenes k
s: stimmloses s wie deutsches ß etwa in »saßen«
th: wie englisches stimmloses th etwa in »through«
z: stimmhaftes s wie im deutschen »Rose«